KB251309

고래가 정말 올까요?

고래가 정말 올까요?

고래가 정말 많아요?
김혜영 지음
끝

차례

한승리

집을 비우라는 날이 하루하루 가까워졌다. 머릿속으로는 나와 상관없는 일처럼 생각하려고 애써 봤지만 마음은 머리를 따라가지 못했다. 어쩔 수 없는 불안과 초조함이 마음을 덮쳐와 매일 밤잠을 설치고는 했다. 마음을 다치지 않고 온전하게 살고 싶은 소망이 욕심이었을까. 아무리 생각해도 말이 되지 않는다고 따지고 싶었지만 그건 정상적인 인간들에게나 통하는 이야기였다. 세상은 넓고 미처 경험하지 못한 악질의 인간은 무수히 많다. 그게 생물학적인 엄마라고 해서 달라질 건 없다. 승리는 절대 비굴하게 사정하지 않고 타협하지도 않을 작정이었다. 도망치지도 않을……. 과연 그럴 수 있을까? 그쪽에서 원하는 대로 순순히 집을 떠나지 않을 거라고 다짐했지만 그날 이후 승리의 마음은 이미 다른 방향으로 돌아서서 가고 있었는지도 모른다. 한 순간 모든 게 귀찮아졌고 감당하기 버거워졌다. 엄마랑 맞서 싸워야 한다고 스스로 다짐하는 순간 의지는 이미 저만치 물러서고 있었다. 방어할 방패도, 공격할 창도 없이 불을 뿜는 거대한 용 한 마리와 맞서는 기분이 들었다. 아예 마주치지 않는 편을 택하기로 마음먹은 건 그쪽에서 예고한 날의 불과 사흘 전이었다.

모든 경험은 '처음'에서 시작한다. 그러니 처음이라고 해서 두려울 이유도 없었다. 비행기 표라고 뭐 다를까. 주저할 이유가 없었다. 마음먹은 김에 제주행 비행기 표를 예매했다. 처음 해 보는 거라 쉽지 않았지만 두려울 이유도 없었다. 어차피 이제부터 모든 걸 스스로 해결해야 하고 그게 고작 비행기 표 예매일 뿐이었다. 역시 인생은 예측불허라는 말이 맞다. 이렇게 갑자기 어른이 될 거라고는 생각해 보지 못했다. 표를 예매하고 나니 비로소 실감이 났다. 제주도는 수능이 끝나면 함께 가자고 할머니와 약속했던 곳이다. 할머니, 결국 소원하던 비행기 한 번 타 보지 못하고 떠났다.

"할머니, 거기 바닷가에 앉아 있으면 남방큰돌고래 떼가 지나가는 걸 볼 수 있대요. 우리 그거 봐요. 올레도 걷고 싶지만 할머니는 어차피 다리 아프니까 고래만 봐요. 도시락도 싸고요.”

“그래, 그러자. 우리 승리 하고 싶은 거 다 하자. 우리도 비행기 타고 제주도 한번 가 보자.”

그때 할머니도 정말 고래가 보고 싶었을까? 할머니의 목소리도 아이처럼 잔뜩 들떠 있었다. 개와 고양이 외에 살아 있는 동물이라고는 보지 못했다던 할머니. 동물원도 가 보지 못한 할머니는 승리와 함께 드라마를 보다가 온갖 고래를 보게 되었다. 여자 주인공 상상 속 여러 종류의 고래가 나타날 때마다 할머니의 몸이 자꾸 텔레비전 앞으로 기울었다.

“저런 게 정말 제주도에 있다는 거냐?”

“아니, 저런 고래가 다 있는 건 아니고 남방큰돌고래라는 종류가 있대요.”

할머니의 목소리는 마치 호기심 가득한 소녀의 음성처럼 들떠 있었다. 인터넷 창을 열어 ‘제주 남방큰돌고래’를 검색했다. 역시 최근에도 목격했다는 글이 여럿 올라와 있었다. 어떤 사진에서는 돌고래가 헤엄치는 모습을 선명하게 확인할 수 있었고, 또 어떤 사진에서는 아주 멀리 있는 듯 보였지만 분명 까만 돌고래 떼가 윤슬을 가르며 헤엄치고 있었다. 할머니에게 휴대폰 영상을 보여주었다.

“그래, 죽기 전에 비행기는 한 번 타 봐야지. 제주도 한 번 못 가보고 죽기에는 인생이 너무 하찮은 거지. 다음 생에는 고래처럼 헤엄치는 바닷속 물고기로 태어나고 싶다."

할머니는 그렇게 맞장구쳐 주었다. 하지만 이제 할머니와 함께 고래를 보는 꿈은 이루어질 수 없게 되었다. 그렇지만 승리 역시 제 눈으로 확인해 보고 싶었다. 무엇보다 자신 속에도 할머니와 똑같이 말하는 또 다른 자아가 있었다. 비행기도 못 타 보고, 제주도도 못 가 보고 죽기에는 역시 좀 억울하다는 생각이 들었다. 시간이 지날수록 생각이 많아지고 그 생각의 대부분은 썩 유쾌하지 않게 흘러갔다.

'그럼에도 용기를 가져야 한다'는 식의 말들은 톡 부러질 뾰족한 연필심 끝만큼이나 하찮고 우습게 들렸다. 희망이라는 단어는 이미 죽은 생선의 눈알처럼 기능을 잃은 지 오래였다. 그대로 죽어 버리고 싶은 순간이 문득문득 찾아왔다. 수족관 밖으로 튀어나온 물고기 신세 같았다. 할머니 없이 살아갈 용기도, 그러고 싶은 마음도 생기지 않았다. 세상에서 유일하게 자신을 걱정하고 잘 되기를 바랐던 할머니가 더 이상 존재하지 않는다. 할머니 없이 살아갈 수 있다고 단 한 번도 생각해 본 적 없는데 그런 미래를 받아들인다는 게 가능은 할까. 자신을 이렇게 만든 사람들에게 비난을 퍼부어 봐야 소리조차 닿지 않는다는 사실이 기운 빠졌다. 며칠 동안 아무리 머리를 싸매고 고민해 봐도 도망치는 방법 밖에 없었다. 그러니 망설일 필요 역시 없었다. 제주도는 어쩌면 승리 인생에 마지막 여행지가 될 테고, 할머니가 고래의 자유를 원했듯 자신도 고래처럼 바다로 갈 작정이었다.

그러나 이내 숙소를 검색하면서 깨달았다. 숙소가 생각보다 많이 비싸다는 것을. 비행기 표를 너무 생각 없이 구입했다는 것도 뒤늦게 깨달았다. 저질러 놓고 보니 저가 항공사도 있고 시간에 따라 가격이 천차만별이었다. 이래서 경험이 중요하다고들 말하는 걸까. 더 저렴한 표로 바꿀 생각을 하다가 승리의 머릿속에 또 다른 생각이 스쳤다. 처음이자 마지막이 될 여행인데 돈에 구애받지 않고 제값을 치르면서 당당하고 싶은 치기였다. 그 정도의 값어치로 자신을 대접해보는 것도 나쁘지 않다고 주저하는 마음을 합리화 시켰다. 하지만 또 금방 깨달았다. 그렇게 치기를 부릴 만큼 자신은 가진 게 없었다. 그럴 줄 알았으면 수능 끝나고 아르바이트라도 할 걸, 후회가 밀려왔다. 그러나 곧이어 자신에게 그럴 시간이 없었다는 걸 깨닫고는 길게 한숨을 내쉬었다. 할머니 장례를 치르고 며칠이 지나지 않은 시점이었다. 명치가 아프기 시작했다. 산소호흡기를 떼어 버린 호흡기 환자처럼 숨쉬기 힘들어졌다.

　몇 시간을 검색한 끝에 적당한 게스트하우스를 찾아냈
다. 〈동백 아래〉라는 이름처럼 마당에 커다란 동백나무 두
그루가 있는 아담한 곳이었다. 도미토리 형식이라 가격도
저렴하고 무엇보다 후기에 올라온 조식 사진이 눈을 사로
잡았다. 사진을 보는 순간 며칠 동안 제대로 먹지 못한 걸
자각함과 동시에 허기가 몰려왔다. 평소 식탐이 없었다고
는 하지만 어쩌다 그렇게 허기진 줄도 모르고 있었는지 놀
라웠다. 조식에 눈이 번쩍 뜨여 주저 없이 3박을 예약했다.
그러면서 스스로가 조금 찌질하다는 생각이 들기도 했다.
최고급 레스토랑의 파인다이닝 코스 요리로 즐기는 최후
의 만찬도 아니고 고작 게스트하우스 조식에 혹하는 찌질
이라니. 자신이 그 정도에 감동하는 인간이라고 인정한다
는 건 진짜 쪽팔리는 일이었다.

　비행기 표와 숙소까지 예약하고 잠을 자려고 누웠지만 새
벽녘까지 잠은 쉽게 오지 않았다. 여행에 대한 기대감보다
우울한 생각이 자꾸만 꽈배기처럼 비비 꼬이고 부풀었다.
그러다가 어느 순간 정말 될 대로 되라는 마음이 들었다. 그
렇게 결론을 내리고 보니 지금까지 해 온 고민이 무색해졌
다. 그다지 깊이 사색하는 유형도 아니었지만 그런 식의 생
각을 해 본 적 없었다. 할머니를 떠올릴수록 삐딱함이란 있

을 수 없었다. 자신은 이춘자 여사가 믿던 착하고 예의 바른, 하나뿐인 손녀 한승리니까. 승리는 지금까지 자신에게 정직하고 진지하게 살아야 할 의무가 있다고 여기며 살았다.

채 한 시간이 되지 않는 비행시간 동안 내내 창밖을 바라봤다. '구름바다'가 허구가 아니라 실제로 눈앞에 펼쳐졌다. 눈을 뗄 수 없는 광경이었다. 다시 못 올 순간이라고 생각하니 억울한 생각도 들었다. 비행기 안 사람들의 얼굴은 하나같이 즐겁고 행복해 보였다. 자신만 바보 같이 울상이 돼서 아닌 척 시치미를 떼고 있자니 더 그런 생각이 들었다.

제주국제공항 밖 버스 정류장으로 걸어 나오자 가장 먼저 커다란 돌하르방과 야자수가 눈을 사로잡았다. 사진에서만 보았던 그런 실물들을 실제로 마주하자 제주에 왔다는 실감이 났다. 사람들 대부분은 서둘러 건널목을 건너더니 주차장 쪽으로 총총히 사라졌다. 주차장 한곳에 각 렌트카 회사의 셔틀 버스가 대기하고 있었다. 건널목을 사이에 두고 그들과 자신의 위치가 확연하게 구분되는 순간이었다. 건널목을 건넌다 한들 승리에게는 무의미한 일이었다. 건널목의 황색 선이 일제히 일어나 자신을 거부하는 바리케이트를 친 것 같았다. 처음부터 구분된 비루함 같은 것이라고 인정했다.

게스트하우스에서 알려준 장소로 가서 121번 버스를 기다렸다. 오래 기다리지 않아 버스가 도착했고 주저 없이 버스에 올랐다. 어서 그 자리를 떠나고 싶었다. 버스에 타고 보니 여행객으로 보이는 사람은 승리뿐이었다. 잠시 후 차가 막 출발하려는데 느린 걸음의 매우 피곤해 보이는 할아버지 한 분이 버스 계단을 올라왔다. 기둥을 잡고 힘겹게 오르는 할아버지의 오른손은 핏기 없이 하얗게 질린 데다 핏줄이 질서 없이 튀어나와 있었다. 왼손에는 서울의 한 대학병원 약봉지가 들려 있었다. 그 약봉지 외에 다른 짐은 없었는데 짐은 커녕 휴지 한 장도 힘겨울 만큼 기운 없어 보였다. 할아버지의 약봉지는 자연스럽게 할머니의 약봉지를 떠올리게 했다. 울컥하는 마음 또한 반사작용처럼 일어났다. 눈물은 왜 마르지 않는지, 이미 승리의 머릿속에서 할머니와 눈물은 같은 신경회로를 공유한 모양이었다.

차창 밖으로 보이는 제주의 풍경은 생각했던 것보다 훨씬 더 새로웠다. 한겨울인데 길가에 꽃이 피고 열매가 열려 있었다. 지금까지 보지 못했던 나무와 꽃들이 이국적으로 보였다. 도로 옆으로 무수히 많은 귤밭을 지나갔다. 밭마다 주황색 보석이 가지가 휘어지도록 열려 있었다. 가로수로 심어 놓은 노란 하귤이 주렁주렁 달린 것도 생소하고 신기했다. 이름 모를 빨간 열매가 꽃처럼 열려 있는 나무도 이

색적이었다. 지금껏 살아온 세상과 닮은 듯 다른 경치에 조금씩 호기심이 피어나며 설레기 시작했다.

2학년 수학여행지가 제주였지만 승리는 가지 못했다. 할머니에게 말했다면 물론 보내줬겠지만 말하지 않았다. 단순히 경비만의 문제가 아니었다. 까닭 없이 우울하고 모든 일에 위축된 채 열등감에 사로잡혀 있던 시기였다. 1년이 지난 지금이라고 달라진 건 없지만 친구들 사이에서의 승리는 말 없고 늘 생각에 빠져 있는 그런 캐릭터였다. 언제부터인가 또래들과 어울리는 게 점점 어려워졌다. 3박 4일간 학교가 아닌 공간에서 친밀하게 지내는 건 생각만으로도 자신 없는 일이었다. 어차피 자신의 불참을 아쉬워할 친구도 없었다. 그래서인지 아쉬운 마음 역시 들지 않았다.

담임은 그런 승리에게 노골적으로 싫은 내색을 했다. 처음에는 자신의 설득을 받아들이지 않는 게 불쾌해 견딜 수 없다는 표정을 숨기지 않았다. 사람 얼굴의 근육이 하나하나 개별로 비틀어질 수 있다는 걸 그때 알았다. 마치 함부로 구겼다가 펴놓은 종이 뭉치를 떠올리게 했다. 담임은 화가 나거나 기분이 상할 때는 꼭 다른 인격이 나타나는, 감정이라고는 숨길 줄 모르는 사람이었다. 반면에 승리는 그럴 때 기분 상한 내색을 하면 안 된다는 정도는 알고 있었다. 그건 운동 경기의 규칙처럼 학교생활을 하며 자연스럽게 터득한 것이었다. 학교란 페어플레이가 이루어지지 않는 공정하지 못한 경기장이었다. 강자의 입장에서 생각했을 때 함부로 내보일 수 있는 감정을, 약자는 비굴하게 숨겨야 했다.

담임은 승리에게 서울의 다섯 군데 궁 방문과 각 건축물에 대한 리포트 작성 과제를 내 주었다. 인터넷 검색으로 대신할까 봐 각 전각 앞에서 찍은 사진을 첨부하라는 주문도 잊지 않았다. 과제가 아닌 벌을 주겠다는 의도가 분명했지만 승리는 그대로 따랐다. 그래야만 더 큰 질책을 피할 수 있었다.

중간에 몇몇이 타고 내렸다. 약봉지 할아버지도 언제 내렸는지 버스 안에는 기사와 승리뿐이었다. 버스 안에서 풍경을 내다보는 것만으로도 여행은 이미 시작되었다. 키 큰 가로수가 도열한 길을 지나고, 삼나무가 빽빽이 우거진 숲 사이 길을 달리고, 말 몇 마리가 바닥에 널린 무를 우걱우걱 씹어 먹고 있는 목장도 스치듯 지났다.

"학생, 내려요. 종점이에요."

깜박 잠들었던 모양이었다. 운행을 멈춘 기사가 작은 파우치를 겨드랑이에 낀 채 잠이 덜 깬 승리를 내려다보고 있었다.

※※※

상투처럼 틀어 올린 머리카락 사이사이 흰머리가 섞여 있고 피부색이 유독 그을린 듯한 중년 남자가 성큼성큼 다가왔다. 외모만으로도 눈에 띄는 남자였다. 타인을 허락 없이 관찰한 것 같아 미안한 생각이 들어 눈이 마주치자마자 얼른 외면한 승리와 달리 그는 손까지 흔들면서 다가왔다.

"한승리?"

남자는 미처 대답하기도 전에 승리 손에서 가방을 낚아 챘다.

"나와 주셔서 감사합니다."

인사말이 그의 귀에 닿기도 전에 그가 승리의 가방을 뒷 좌석에 내려놓으며 물었다.

"짐은 이것뿐인가?"

사내의 행동이 무척이나 빨랐다. 그가 빠르게 승리를 스캔한 것처럼 승리도 재빨리 그를 스캔했다. 동남아? 네팔? 그러는 사이 다시 남자와 눈이 마주쳤다.

"왜? 나 토종이야. 타."

그는 어느새 승리의 속을 읽은 게 분명했다. '근데 이 아저씨 왜 자꾸 반말이지? 재수 없는 꼰대네.' 승리는 그의 말투가 자꾸 거슬렸다.

그러거나 말거나 그는 뭐가 그리 좋은지 연신 싱글벙글 웃는 낯이다. 얼굴 가득 미소를 짓고 조수석 문을 열어 주더니 승리가 자리에 앉아 벨트를 매기도 전에 차를 출발시켰다. 잠시 뒤 그가 침묵을 깨고 말했다.

"우측 봐봐. 표선 해비치 해수욕장이야."

그의 고갯짓에 따라 우측으로 눈을 돌리고 얼마 지나지 않아 모래 해변이 나타났다. 구름 한 점 없는 파란 하늘, 그리고 하늘과 구별이 안 될 만큼 푸른 바다. 바닷물은 에메랄드빛이었는데 수평선과 가까울수록 그 색이 조금씩 더 진해졌다. 바다가 이런 색일 수 있다는 걸 승리는 처음 알았다.

윤슬이 반짝이는 수면 위로 갈매기가 날아오르는 장면은 그 자체로 명화였다. 하얀 모래 해변, 가장자리에 듬성듬성 서 있는 야자수까지. 이곳이 정말 한국이 맞는지 의심스러웠다. 승리는 지금까지 하와이 정도는 가야 이런 풍경을 볼 수 있을 것이라고 생각했다. 그러고 보니 바다도 처음이었다. 울컥 서러운 마음이 목울대까지 차올랐다. 어느새 마음은 바닷물에 빠졌다가 나온 것처럼 축축하게 젖어 갔다. 삼면이 바다인 나라에 살면서 열아홉 살 겨울에야 처음 바다를 보다니, 눈물을 들키지 않기 위해 고개를 돌리고 가만가만 한숨을 쉬었다.

"아름답지? 머무는 동안 실컷 보고 가."

룸미러를 통해 잠깐 눈이 마주쳤지만 금방 외면한 그의 목소리는 습기를 머금은 듯 축축하게 들렸다. 그가 자신을 대신해 울어 주는 게 아닌가 싶은 생각이 들었다. 그런 어림없는 생각을 한 스스로가 어이없었다. 조금 더 지나자 그가 다시 우측 해변을 가리켰다.

"여기는 소금막 해변이야, 자염이라고 들어봤어?"

"자염이요? 아니요, 처음 들어보는데요."

"요즘은 다들 천일염만 알고 있는데 천일염은 1900년 초에 생산된 거고 그전에는 바닷물을 끓여서 소금을 만들었다고 해. 끓일 자에 소금 염자를 써서 '자염'인거지. 이 해변에 가마를 걸고 소금물을 끓여 자염을 만들던 소금막이 있었대. 그래서 이 해변 이름이 소금막 해변이야. 조금 전 지나온 표선 해수욕장과 연결돼 있어."

말투와 다르게 그의 설명은 알기 쉽고 친절했다. 속으로 그래봤자 '친절한 꼰대네'하며 웃었지만 또 생각해 보니 이런 친절을 언제 받아봤는지 기억나지 않았다.

"제주 서쪽, 애월, 구엄리 해변에 가면 돌 염전이 있어. 지금 천일염 염전처럼 규모가 크지 않지만 염전의 형태를 갖춘 곳이지. 너럭바위에 황토로 둑을 쌓고 물을 고이게 해서 증발시켜 소금을 얻었는데 그곳의 기록에 의하면 조선 명종 시대부터라네. 자염을 만들던 시기에도 지역에 따라서는 천일염을 생산했다는 설이 맞을 것 같아.”

그는 소금에 대해 꽤 많은 정보를 알고 있는 전문가처럼 보였다.

“근데 어떻게 그렇게 잘 아세요?”

“그야 소금막 동네에서 사니까 기본 상식이지.”

그가 약간은 쑥스러우면서도 당연하다는 듯 웃으며 대답했다. 참 헷갈리는 남자다. 말투는 예의가 없는데 더없이 친절했다. ‘반말만 하지 않으면 좋겠는데 참 거슬린단 말이야.’ 승리는 그의 꼰대 같은 말투에 어떻게 대처해야 할지 고민됐다.

“차가 없는 손님은 이렇게 픽업 서비스를 해.”

그가 갑자기 생각난 듯 묻지 않은 말을 했다.

“학생이 자꾸 고맙다고 해서……. 호의를 그냥 받는 것도 베푸는 사람에 대한 예의거든. 너무 거절하거나 불편해하면 오히려 이상해. 이렇게 말하면 꼰댄가?”

그가 기분 좋은 미소를 지으며 말했다. ‘독심술을 하는 건가?’ 아까부터 계속 승리의 마음을 꿰뚫어 읽고 있는 것 같았다. 지금껏 승리에게 그렇게 호의를 베푸는 사람도 별로 없었거니와 누군가가 관심을 보이더라도 먼저 경계하고 거리를 두고는 했다. 무엇 때문인지 이유는 정확히 알 수 없지만 어쩌면 자격지심과 열등감의 다른 이름은 아니었을까.

어느 해안가를 지나자 그가 차를 잠시 멈춰 세웠다. 하천과 바위 해변인 '빌레'가 만나는 지점쯤 놓여 있는 규모가 작은 다리 위였다. 다리 위로 밀물이 차오르는 중이었다. 그가 다시 엑셀을 밟으며 물었다.

"이 다리 이름이 뭔지 알려 줄까?"

무슨 말인지 몰라 말없이 기다리자 그가 빙그레 웃는다.

"배고픈 다리야."

"배고픈 다리요?"

"응, 학생이 생각하는 그 배고픈이 맞아. 이 다리를 지나면 바로 우리 동네야."

"근데 왜 배고픈 다리예요?"

"글쎄, 다리 중간이 푹 꺼져 있어서 그렇지 않을까 싶네. 여기가 한라산에서 흘러 내려온 천미천과 바다가 만나는 곳인데 이 다리는 만조 때 물에 잠겼다가 썰물 때 다시 나타나거든."

나타났다 사라졌다 하는 다리라니 선뜻 머릿속에 그려지

지 않았다. 지금은 썰물 때인지 그냥 뭍으로 드러난 평범한 다리의 모습이었다. 만조 때 다시 와 봐야겠다고 생각했다.

"얘야 뛰지 마라. 배 꺼질라."

그가 뜬금없이 노래 한 소절을 부르다 말고 씩 웃었다. 그럴 때는 꼭 개구쟁이 같다. 할머니가 가끔 흥얼거리던 노래다. 재생 버튼을 누른 것처럼 또 할머니가 떠올랐다. 연이어 밀물처럼 슬픈 감정이 또 차오르려는 걸 억지로 참으며 승리도 씨익 웃어 주었다. 그가 핸들에 얹은 손가락을 까닥까닥 움직였다. 아직 속으로 노래를 부르고 있는지 고개도 끄덕거리고 있었다. 세상 살아가는 게 재미가 하나도 없는 자신과 달리 그처럼 매 순간 콧노래가 절로 나오는 사람도 있다고 생각하니 억울한 마음이 들었다. 세상은 역시 불공평하고 모순으로 가득하다고 외치고 싶은 마음을 꾹 눌렀다.

해안 도로를 벗어나 5분쯤 더 달리자 마을 끝에 벽면이 대부분 유리로 된 2층 건물이 나타났다. 검색할 때 봤던 〈동백 아래〉다. 유리 건물은 북 카페고 게스트하우스는 뒤쪽에 있는 단층집이었다. 카페 입구 계단 다섯 개를 오르면 옆에 커다란 발코니 공간이 나타났다. 바닥은 나무 데크를 깔았고 철제로 난간을 둘렀다. 승리가 계단을 다 오르자 커다란 래브라도리트리버 한 마리가 꼬리를 흔들며 껑충껑충 뛰었다. 그 공간은 그대로 커다란 개집이면서 개 놀이터라고 할 공간이었다. 그걸 증명하듯 잘 지어진 개집 하나가 벽에 바짝 붙어 있었다.

"우리 동백 아래 마스코트 동백이야."

"동백이요?"

동백꽃과 어울리지 않게 크고 늠름해 보이는 게 그 종의 특성다웠다. 그에 비해 살랑거리는 꼬리와 웃는 듯한 표정은 자신이 순둥이라고 말하고 있었다.

"이래 봬도 암컷이야. 두 돌이 채 안 됐어. 덩치는 크지만 아직은 그냥 큰 강아지야."

승리는 속으로 동백이, 하고 이름을 불러 보았다. 순하고 정겨운 이름이다. 승리도 강아지를 좋아한다. 어렸을 때부터 키워 보고 싶었지만 할머니는 절대 허락하지 않았다.

"개 한 마리 키우는 게 어린애 하나 키우는 것보다 돈이 더 든다잖니. 너 하나 키우기도 벅찬데 강아지는 무슨, 쓸데없는 소리 하지도 마라."

할머니는 늘 돈을 주문처럼 외웠고 그런 만큼 집착이 강했다. 그 뒤로 두 번 다시 강아지 이야기를 꺼내지 못했다. 계속 고집부려서 할머니를 힘들게 할 만큼 승리도 형편을 모르지 않았다.

✳

"너 하나라면 내가 무슨 짓을 하든지 책임 못 지겠냐. 불쌍한 네 삼촌한테 들어가는 돈이 한 달에 얼만데."

할머니도 더 이상 우기지 못하는 승리가 안 됐다고 생각했을 것이다. 그 말은 그럴 때마다 변명처럼 내뱉는 레퍼토리였다. 할머니는 더 이상 푸념을 잇지 못했지만 그건 거절보다 더 강력한 침묵 효과를 발휘하는 주문이었다. 때로는 변명처럼 들렸지만 가망 없는 소리를 막는데 그런 푸념보다 더 확실한 카드는 없었다. 삼촌이 그렇게 되지 않았다면 자신도 정말 강아지 정도는 키울 수 있었을까? 할머니는 죽는 순간까지 생선포를 뜨지 않고 편히 살 수 있었을까? 생각할수록 우울한 감정만 살아났다.

삼촌은 충청도 어느 시골 요양원에 들어간 지 벌써 18년이 넘었다. 승리 아빠와 삼촌은 모든 면에서 달랐다. 마치 자석의 양극처럼 반대였고 애초에 성질이 다른 물질로 만들어진 생명체들이었다. 동네 양아치 삼류 건달이었던 승리 아빠와는 달리 삼촌은 주변에서 모두가 인정하는 수재였다. 서울대 입학으로 할머니에게 더없는 자랑과 보람을 느끼게 해 준 아들이었다.

"상인들이 시장 입구에 현수막을 걸어 주더라. 시장 생기고 서울대 법대 들어간 사람은 네 삼촌이 처음이었거든."

할머니의 이야기는 시장에서 걸어 주었다는 현수막이 승리의 눈앞에서 펄럭이는 것처럼 실감 났다. 삼촌 이야기를 할 때면 언제나 얼굴색이 밝았지만 금세 다시 어두워지고는 했다. 뿌듯함과는 다른 절망의 빛이었다. 과거 그 시점으로 돌아간다면 그 표정은 지금과 분명히 달랐을 것이고 찬란하게 빛났을 것이다. 할머니는 얽힌 게 있는 사람처럼 손바닥으로 가슴을 쓸어내렸고 그도 모자라 주먹으로 퍽퍽 소리가 나도록 두드렸다. 그렇게 세게 두드리다가 갈비뼈에 금이라도 갈까 걱정스러울 지경이었다.

할머니의 자랑이었고 시장의 자랑이었던 삼촌이 사법 시험 2차에 번번이 떨어진 후 그 영향인지 정신 착란 증세를 보이기 시작했다. 고장 난 신호등처럼 빨간불과 파란불이 무질서하게 깜박였다. 어쩌다 거짓말처럼 제정신이 돌아오면 자신의 상태를 부정하고 싶어서였을까. 몇 번의 자해를 한 후 병은 더 깊어졌다. 승리를 재워 두고 할머니가 잠깐 외출한 사이 삼촌이 자신의 책에 불을 붙였다. 다행히 큰불로 번지기 전에 발견돼 더 큰 피해는 없었다. 놀란 할머니는 당장 조치를 하지 않으면 큰일이 날 수도 있겠다고 인정하지 않을 수 없었다. 그 일을 겪고 할머니는 더 이상 둘을 함께 보호할 수 없음을 깨달았다. 그렇게 삼촌은 정신

요양원에 입소할 수밖에 없었다. 할머니는 그때의 심정이 팔 하나를 끊어내는 것처럼 아프고 괴로웠다고 했다.

"거기 두고 오는데 나도 그만 거기서 네 삼촌이랑 콱 죽어 버리고 싶었어. 그런데 그렇게 못한 건 너를 두고 왔기 때문 이었지. 너를 살려야 하는 책임이 나한테는 있었으니까."

하나를 두고 오면서 두고 온 다른 하나에게 돌아가는 길 이 얼마나 괴로웠을까. '내가 만약 태어나지 않았다면 할머 니는 계속 삼촌과 살았을까? 할머니는 한순간이라도 나와 삼촌 중에 누구를 선택할지에 대해 고민하지 않은 순간이 있었을까? 할머니가 없는 지금부터는 유일한 혈육인 내가 삼촌을 책임져야 하는 것은 아닐까?' 승리는 기억에도 없 는 삼촌의 보호자가 된다는 생각만으로 머리가 지끈거렸 다. 그러나 승리는 삼촌을 떠올리는 사실마저도 무의미하 다고 생각했다. 감정의 과잉 같았다. 역시 방법이 없었다.

∗∗∗

그가 잠시 출입문을 잡은 채 기다려 주었다. 승리는 동백 이의 환영을 받은 기분이 들어 자신도 모르게 손을 흔들며 카페로 들어섰다. 사방이 온통 유리라서 그런지 자연 채광

만으로도 카페 안이 환했다. 여기저기 놓인 온갖 낯설고 이국적인 소품들이 먼저 눈에 들어왔다. 밖을 내다보고 앉아 있던 여자가 몸을 돌리며 미소 지었다. 할머니라고 부르기도, 아줌마라고 부르기도 애매해 보이는 중년 여자였다.

"어서 와요."

목소리는 나이보다 훨씬 젊어 보였다. 그녀는 일어서지 않았다. 손님인 자신을 나이 어리다고 무시하는구나 싶어 승리는 섭섭한 마음이 들었다. 하지만 그런 오해는 금방 풀렸다. 인사를 하면서 보니 그녀는 휠체어에 앉아 있었다. 처음에는 탁자에 가려 보이지 않았을 뿐이었다. 옹졸했던 마음을 들킨 것 같아 얼굴이 뜨거워졌다.

"롭샹, 웰컴 티 좀."

'롭샹? 한국인이라고 했는데? 독특한 이름에 잠시 주춤하던 승리는 입구 쪽 의자에 가방을 내려놓고 남자를 바라봤다. 허리까지 오는 주방의 나무 문을 열고 들어가며 그가 말했다.

"저 아줌마는 여기 주인, 차차 알게 되겠지만 전직 교수. 이 교수, 학점 되게 짜게 생겼지?"

롭샹이라 불리는 남자의 말에는 장난기가 잔뜩 묻어 있었다.

"이정인이에요. 근데 대학생?"

"아뇨, 고등학생……."

승리는 말끝을 흐리고 말았다. 그러자 둘이 동시에 놀라는 눈치였다.

"고등학생인데 혼자 온 거예요? 그런데 우리 게스트하우스는 보호자 동의 없이 미성년자는 받아줄 수 없는데 어쩌지요?"

승리는 미처 생각하지 못한 상황에 당황했다. 당연한 일이었고 어차피 대비하지 못했을 일이었다. 그럼 다시 집으로 가야 하나 머릿속이 복잡해지기 시작했다.

"이렇게 합시다. 보호자에게 전화를 걸어 줘요. 보호자가 허락하면 가능해요."

역시 예상치 못했던 질문이었다. 승리는 계단을 뛰어오른 것처럼 숨이 차올랐다. 미처 생각하지 못한 상황들이 보란 듯이 벽처럼 버티고 있는 기분이었다. 막막하다는 게 이런 거구나 싶은 게 사방의 벽이 자신을 향해 점점 좁혀오고 있었다.

"저 보호자 없어요. 진짜예요."

"학생, 우리는 법을 어길 수 없어요."

정인 역시 조용하지만 단호한 어조로 잘라 말했다. 롭상도 어느새 다가와 앞에 서 있었다. 그들은 지금 승리를 가출 소녀 정도로 생각하고 있는 게 틀림없었다. 승리의 고개가 저절로 푹 떨어졌다. 뭐라고 그들을 설득시켜야 할지 다음 말이 쉽게 나오지 않았다. 그들 역시 같은 생각인지 재촉하지 않고 참을성 있게 다음 말을 기다려 주었다. 동정을 받는 것은 싫었지만 어쩔 수 없이 밝혀야만 했다.

"아빠는 제가 아기 때 돌아가셨고 엄마는 그 뒤 집을 나갔어요. 고모가 한 분 계시는데 연락처를 모르고 삼촌은 정신병원에 계세요. 할머니랑 둘이 살았는데 2주 전에 돌아가셨어요. 정말이에요. 저는 혼자예요."

기껏 용기 내서 잘 말했는데 '혼자'라고 말하는 순간 자신도 모르게 목소리가 떨렸다. 동굴 속에서 웅크리고 겨울잠 자던 동물이 천천히 기어 나와 처음 내는 것처럼 기운 없는 목소리였다. 거짓말이 아닌데 거짓말하다가 들킨 아이처럼 가슴이 두근거렸고 그만큼 당혹스러웠다. 뒤돌아서 다시 동굴 속으로 들어가고 싶어지는 상황이었다. 정적이 흘렀다. 그럴수록 더 고개를 들 수 없었다. 언제 가져왔는지 롭샹이 탁자 위에 차 두 잔을 올려놨고 정인이 한 잔을 승리 쪽으로 슬며시 밀며 말했다.

"일단 진정하고 차 마셔요."

찻잔을 잡을 엄두도 못 내고 머뭇거리자 다시 권하듯 찻잔의 손잡이를 승리가 잡기 편하도록 돌려주며 말했다.

"직접 담근 청귤차예요."

양손으로 찻잔을 잡았다. 투명한 유리잔은 적당히 식어 뜨겁지 않았고 감싸 쥐기에 딱 좋았다. 가만히 들어 살짝 맛을 보았다. 새콤하고 달고 맛있었다. 잔뜩 흐렸던 기분이 아주 조금씩 맑아지는 기분이 들었다.

"몇 학년이에요? 학교는 어쩌고?"

"3학년이요. 자체 방학이라 쉬다가 졸업식에 가면 돼요."

"쌤, 어쩔 수 없네요. 학교 측하고 통화해 보는 건 어때요?"

롭샹이 귤이 가득 든 바구니를 가져와 승리 앞에 놓으며 말했다.

'롭샹', 승리는 속으로 그 이름을 가만히 불러 보았다.

정인은 담임과 통화해 사실을 확인했다. 승리에게는 담임의 말이 들리지 않았지만 어떤 말을 했을 지 짐작할 수 있었다. 정인은 간단하게 상황을 설명한 후에 줄곧 대답만 하다가 통화를 끝냈다. 정인은 담임이 잘 부탁한다는 인사를 했다고 전해 주었다. 그건 어쩐지 그냥 하는 말 같았다. 정인의 표정이 처음처럼 밝지 않았다.

할머니 장례식에 담임은 오지 않았다. 반장 편에 조의금

5만 원을 넣은 흰 봉투만 대신 보냈다. 담임은 곧 아기를 낳는다.

"곧 출산할 사람이 다닐 만한 곳은 아니잖아. 너무 섭섭하게 생각하지 마."

반장이 했던 말이 뒤늦게 떠올랐다. 담임이 이 낯선 사람들에게 자신에 대해 정말 부탁이라는 걸 하고 싶었을까? 굳이 알고 싶지 않았다. 그보다는 좀 헷갈렸다. 승리는 누구에게도 자신에 대해 부탁 따위 하고 싶지 않았다. 자신은 얼마든지 거절에 익숙했다. 어쩌면 태생 자체부터가 거절의 연속이 아니었나. 자신을 거절하지 않은 사람은 오로지 할머니 한 사람이었다. 할머니가 없는 세상에서 자신을 받아 줄 사람이 누가 있겠는가. 그런 생각을 하면 저도 모르게 슬픔에 빠져들어 헤어날 수 없었다. 아랫입술을 지그시 깨물었다. 앞에 앉아 있는 두 사람에게 그런 감정조차 내색하고 싶지 않았다. 동정을 원한 적 없는데 동정의 대상이 되는 건 그리 유쾌한 일이 아니었다. 오히려 서글픈 일이었다.

롭샹이 안내해 준 넓은 방에는 2층 침대 네 개가 있었다. 8인실 도미토리였다. 아직 다른 게스트의 흔적이 없는 것으로 보아 게스트는 승리 혼자 같았다.

"아무 자리나 찜해 봐."

승리는 가장 안쪽 창가 앞 침대의 아래층을 가리켰다.

"잘했어, 퍼펙트. 역시 좋은 자리를 볼 줄 아는군. 탁월한 선택이야."

그는 엄지를 치켜들어 보여 주었다. 그래봐야 도미토리 방의 침대 한 칸 차지하는 걸로 유난 떠는 모습이라니. 그의 과한 리액션과 설레발로 미루어 짐작했을 때 승리 자신과는 영 맞지 않을 것 같은 느낌이 강하게 들었다. '그래봐야 3일인데 뭐, 굳이 나랑 맞아야 할 이유도 없잖아?' 그렇게 생각하니 그의 설레발도 봐 줄 만했다. 이것저것 설명해 준 후 롭상이 나가자 승리는 그때까지 들고 있던 가방을 침대 발치에 가만히 내려놓았다.

침대에 엉덩이를 걸쳐 보았다. 몸을 돌려 다리도 뻗어 보았다. 태어나서 그때까지 한 번도 침대를 가져 보지 못했다. 승리의 방은 침대를 놓기에 너무 비좁았다. 책상을 놓고 서랍장과 행거를 놓으면 한 사람 겨우 누울 만한 공간이 남았다. 비록 3박 4일이지만 자기 몫의 침대가 생겼다고 생각하니 기분이 묘했다. 미끄러지듯 누웠다. 잘 접혀 있는 이불을 펼쳐 덮어 보았다. 포근했다. 바닥에 깔려 있는 전기요의 온도를 조절했다. 금방 따끈한 온기가 올라왔다. 이불을 머리끝까지 올리니 할머니 품속처럼 아늑하고 따뜻했다. 갑자기 울컥 눈물이 났다. 기어이 참았던 울음이 터져 나왔고 이번엔 억지로 참지 않았다.

할머니 이춘자 여사가 돌아가셨다.

할머니는 오른손에 무쇠 칼을 쥔 채 통나무 도마 앞에 쓰러져 있었다. 생선의 배를 가르고, 토막을 치고, 비늘을 벗기고, 포를 뜨는 것까지 그 칼 한 자루로 다 해결했다. 무겁고 두꺼운 무쇠 칼, 너무 오래 써서 칼날 위쪽보다 아래쪽이 심하게 닳아진 칼, 그리고 아름드리 통나무 도마가 할머니의 마지막을 배웅했다. 너무 오래 써서 가운데가 푹 꺼지면 한 번씩 깎아내야 했던, 할머니의 세월이고 인생이었던 그 도마 앞에서 동태포를 뜨던 상태 그대로 쓰러진 것 같다고 했다. 맨 처음 할머니를 발견한 과일가게 여자가 한 말이었다. 그날 할머니에게 무슨 일이 있었던 걸까. 승리는 상인들이 장례식장에 와서 저마다 하는 말을 듬성듬성 주워 들었고 퍼즐 맞추듯 떠올려 보려 애썼다.

할머니는 며칠 전부터 체한 것처럼 속이 메스껍고 답답하다고 했다. 그날 새벽에도 약을 한 주먹 삼켰다. 이상하게 그날따라 약이 효과가 더디다고 느꼈다. 효과가 없었다는 말이 더 적당했다. 일찍 해가 지고 시장에 손님의 발길도 많이 뜸해졌다. 식은땀도 나고 몸이 안 좋아 남은 자반고등어를 떨이로 다 팔아 치워 버렸다. 생선이 다 팔려야 끝나는 평소와 달랐다. 셔터를 반쯤 내렸을 때 시장 입구 과일가게 여자가 급하게 달려와서 내려가는 셔터를 잡아 올렸다.

"벌써 들어가시게요? 그러지 말고 동태포 한 마리만 떠 줘요. 오늘 애들 아빠 제사예요. 하루 온종일 어찌나 바빴는지 준비가 늦어졌어요."

"내가 오늘 몸이 좀 안 좋아. 들어가려던 참이야."

할머니가 다시 셔터를 내리려고 하자 여자가 셔터를 잡아 올렸다. 힘겨루기하듯 셔터를 잡은 두 사람의 손에 셔터가 잠시 주춤거렸다.

과일가게 여자는 한 번씩 무르거나 시든 과일을 골라 할머니에게 가져다주었다. 그래서 승리는 온전한 과일을 먹어 본 기억이 별로 없다. 썩은 부분은 깎아내고, 무른 부분은 발라내고, 찍힌 부분은 도려내서 먹었다. 그래도 다 못 먹는 건 잼을 만들었다. 그럼에도 할머니가 그녀에게 마른 멸치 하나 거저로 주는 법이 없다는 걸 안다. 그 대신 여자에게는 가장 실하게 생긴 생선을 골라 줬다. 여자가 자꾸만 할머니에게 불량 과일을 건네는 걸 두고 누군가는 쓰레기 봉투를 아끼려고 그러는 거라고 했지만 승리는 그게 아니라는 걸 안다. 상한 과일과 함께 한 개씩 멀쩡한 게 따라 올 때가 있었다. 승리나 할머니 생일, 명절 때는 특히 포장용지에 반듯하게 싸인 게 더러 섞여 오는 경우도 있었다.

늙은 과부, 젊은 과부, 끼리끼리 친하다고 삐죽거리는 상인도 더러 있었다. 그녀의 남편이 죽었을 때 시장에서 조의금을 가장 많이 낸 사람이 할머니라고, 그녀는 그게 두고두고 고마웠다고 말하고는 했다. 그 말에 사람들은 또 말했다. 과부 사정 과부가 잘 알아서라고. 그래서 둘 사이에는 알게 모르게 연대 같은 게 생겼는지 모른다.

"측은지심도 모르는 것들."

할머니는 사람들이 쑥덕거리는 걸 알면서 모른 척했다. 승리가 보기에 할머니는 그리 친절한 사람이 아니었지만 '경우'는 바른 사람이었다. 그러니까 그건 '경우'에 속하는 일이었다.

할머니가 반쯤 내려진 셔터를 그냥 놔둔 채 허리를 굽혀 다시 들어가고 불이 켜지는 것을 보고 여자는 돌아섰다. 곧 냉동고 문 여는 소리가 여자의 귀에 또렷이 들렸고 그녀는 반쯤 올라간 셔터를 그대로 둔 채 돌아섰다. 시장 주차장 옆 대형 마트에서 상에 놓을 제수와 정종을 사고 동태포를 찾으러 온 여자는 그렇게 칼을 쥔 채로 고꾸라져 있는 할머

＊

니를 발견한 거라고 울먹이며 말했다.

오른손에 쥔 칼에는 반쯤 포를 뜨다 만 동태가 채 녹지 않은 상태 그대로 꽂혀 있었다. 꽁꽁 언 동태처럼 그사이 할머니 몸도 굳어가고 있었다. 너무 놀란 여자의 무릎이 꺾였다. 그녀가 할머니를 마구 흔들었다.

"할머니, 할머니, 정신 좀 차려 봐요. 여기요, 여기, 누가 119 좀 불러줘요. 이를 어째……."

상인들이 몰려오고 구급대원이 심폐소생술을 하고 있는 사이 여자가 갑자기 생각났다는 듯이 궁시렁 거렸다.

"내 동태포, 내 동태포는 어쩌라고……."

그녀의 눈이 나무 도마와 칼 사이를 바쁘게 오가는 것을 본 상인들에게 이 상황에 그깟 동태포가 중요하냐며 실컷 욕을 먹었다고 했다. 그 순간 경우도 없고 측은지심도 모르는 건 과일가게 여자였다. 할머니만 그걸 몰랐다. 그러고 보면 사람은 누구나 어느 상황에서나 자기 일이 최우선인 게 맞다.

할머니는 서른여덟 살에 홀로되었다. 그 시절에는 하나 마나한 얘기지만 삼 남매 키우면서 죽음보다 무서운 게 허기였다고, 밥만 안 굶으면 된다고 믿는 사람이었다. 새끼들 굶주리지 않는 것만이 유일한 목적인 양 밥이 되는 일이라면 온갖 잡일을 마다하지 않았다. 그렇게 생선 장사를 시작한 지도 30년이 넘었다. 생선 대가리를 자르고 내장을 따던 할머니는 죽는 순간에도 그렇게 생선과 함께했다. 마지막까지 동태포를 뜨다가 심장이 멎는 순간 할머니는 무슨 생각을 했을까. 심장이 멎으면서도 끝내 손에서 칼을 놓지 않았던 할머니가 지키고 싶었던 건 무엇이었을까. 그게 승리 자신이었을까 봐, 그렇게 생각하면 자신이 너무 죄를 지은 것 같아서 참을 수 없었다. 자신만 아니었으면 할머니의 마지막이 그런 모습으로 기억되지 않았을지도 모를 일이라고. 승리의 머릿속에서 떠오른 질문들이 계속해 승리를 따라다녔다.

할머니가 너무 그립다. 수틀리면 내남없이 퍼붓던 욕설과 코를 감싸 쥐게 하던 비린내마저 그립다. 할머니 옷장을 정리하던 승리는 아랫집 강아지 코코처럼 할머니 냄새를 찾아 코를 킁킁거렸다. 할머니 옷마다 오랜 시간 켜켜이 퇴적된 비린내가 마음속에서부터 서서히 풍화작용을 시작했다. 할머니 옷은 전부라고 해 봐야 종이 박스로 두 개가 채 되지 않았다. 살아 계실 때 한 번도 가늠하지 못했다. 사람이 어떻게 이렇게 살 수 있었을까, 라는 생각을 할머니가 떠난 후에야 하다니. 자신이 그만큼 할머니에게 무심한 손녀였다는 자책을 하지 않을 수 없었다.

할머니는 시장 상인 친목계도 들지 않았고 신협에서 조합원들에게 공짜로 보내 주던 관광 한 번 가지 않았다. 승리가 어렸을 때는 어린 것을 혼자 두고 갈 수 없다고 했고, 승리가 자라면서는 다리가 아파 쫓아다니지 못한다고 했다. 지금 생각해 보니 모두 핑계였다. 할머니는 자신을 위해 돈 쓰는 걸 두려워했고 심지어 죄악시했다. 쉬지도 않고 생선을 팔던 할머니는 변변한 옷 한 벌 없이 대부분 일복만 입다가 떠났다. 할머니의 두툼한 솜바지를 꺼내어 보다가 그만 왈칵 눈물이 쏟아졌다. 바지마다 무릎이 다 닳아서 천이 덧대어 기워져 있었다. 덧댄 천은 하필 승리의 중학교 체육복 쪼가리였다.

그날도 할머니는 승리 손을 꼭 잡고 교복 매장에 갔다. 그날따라 할머니는 가슴을 쭉 펴고 뭔지 모를 당당함에 콧노래까지 흥얼거렸다.

"할머니, 물려받아 입어도 돼요. 선배들이 물려 준 교복을 손질해서 무료로 나눠 준다잖아요."

"내가 누구 때문에 생선 내장 따고 비린내 맡아 가며 이

장사를 하는데, 너한테 교복 한 벌 못 사 줄까 봐? 아서라, 너는 그렇게 안 키운다."

평소 천 원짜리 한 장에도 벌벌 떨던 할머니였다. 그날은 교복에 여벌의 치마와 블라우스, 체육복까지 몇십만 원이나 되는 금액을 보란 듯이 현금으로 계산했다. 주머니가 여러 개 달린 카키색 조끼의 주머니를 뒤질 때마다 물고기가 물 밖으로 튀어나오듯 접히거나 구겨진 지폐가 몇 장씩 나왔다. 바지 안쪽 주머니에서는 제법 두툼한 봉투가 나왔다. 느린 화면 재생처럼 그 상황은 더디게 진행되었고 그와 반대로 승리의 가슴은 몇 배속으로 빠르게 쿵쿵 뛰었다. 그것을 전부 계산대 위에 올려놓자 순식간에 매장에 비린내가 퍼졌다. 냄새가 밀물이 되어 파도치듯 밀려온 게 아닐까 싶을 만큼 집요하게 주변을 잠식하며 맴돌았다.

할머니는 아무렇지 않게 접히고 구겨진 돈을 손가락 끝에 침까지 바르면서 한 장씩 헤아렸다. 매장 직원이 코를 쿵쿵거리며 표시 안 나게 인상을 찡그렸다. 여자의 표정을 할머니가 볼까 봐 걱정되면서도 승리는 정작 할머니의 표정은 살피지 못했다. 할머니의 느린 동작에 답답하면서도 차마 도울 용기가 나지 않았다. 되도록 외면하고 싶었고 일행이 아닌 척 몇 발짝 떨어져 있었다. 혹시 매장 안의 손님

중에 아는 얼굴이 있을까 봐 빠르게 두리번거렸고 그럴수록 출입문에 자꾸 시선이 갔다.

점원이 집게손가락으로 지폐를 한 장씩 집어 올려 헤아릴 때마다 네일아트로 꾸민 그녀 손톱에서 큐빅이 반짝였다. 눈부시고 찬란한 큐빅의 반짝임. 할머니도 돈을 세다 말고 신기한 듯 그걸 바라보고 있었다. 점원이 서둘러 계산을 하고 교복을 쇼핑백에 넣자 어느새 할머니는 까맣게 때 긴 손톱을 감추듯 주먹을 꼭 쥐고 있었다. 끙 소리를 내며 일어나는 할머니의 의자를 점원이 표시 안 나게 살폈다. 승리의 눈은 점원의 행동을 따라가고 있었지만 점원은 승리를 의식하지 않았다. 점원이 건네주는 두툼한 쇼핑백을 받아 들었다. 그녀가 교복 모델인 아이돌 그룹의 브로마이드를 챙기는 동안 승리는 얼른 출입문을 향해 걸어갔다. 방금 같은 학교에 배정된 반 친구가 자기 엄마의 팔짱을 끼고 교복이 걸려 있는 쪽으로 가는 걸 보았다. 승리는 출입문을 나서기 전 저도 모르게 뒤를 돌아보았다. 모녀의 모습이라는 게 원래 저렇게 다정한 걸까. 의미 없는 질문을 스스로 하고 있었다.

계단을 내려오는데 올라갈 때와 다르게 경사가 더욱 가파르게 느껴졌다. 마치 벼랑 끝에서 추락하는 느낌이었다. 입구에서 멀리 떨어져 서 있었다. 잠시 후 할머니가 천천히 내려왔다. 할머니는 아무 말 없이 돌돌 말린 브로마이드를 승리에게 내밀었다.

"이딴 거 필요 없단 말이야."

승리가 신경질 내며 말했지만 할머니는 아무 말 없이 그걸 승리가 들고 있는 쇼핑백 구석에 집어넣었다.

"가, 집에 가서 다시 입어 봐. 어디 잘못된 데 있나 꼼꼼하게 보고."

할머니는 돌아서 건널목 앞에 섰다. 올 때와 다르게 더 이상 흥겨워 보이지 않았다. 할머니는 조끼 주머니에 양손을 넣은 채 길 건너를 바라보고 있었다. 건널목을 건너면 바로 시장이었다. 신호등이 영영 바뀌지 않을 것처럼 시간이 더디게 흘러갔다.

'나는 정말 싸가지 없고 은혜도 모르는 손녀딸이야.' 눈물이 할머니의 솜바지 위로 뚝뚝 떨어졌다. 승리는 흐르는 눈물을 닦을 생각도 하지 못했다. 소리 내 울고 싶었지만 소리가 새어 나오지 않도록 꾹 참았다. 옷에 얼룩이 지고 축축해지도록 울다가 그걸로 얼굴을 감싸고 더 서럽게 울었다. 숨을 쉴 때마다 할머니 냄새가 났다. 진짜 할머니 냄새였다. 그렇게 다 울고 나면, 더 이상 눈물이 나오지 않을 만큼 울고 나면, 슬픈 감정도 눈물처럼 멈추고 사라질 거라고 생각했다. 그래서 그 밤에 모든 걸 해결하고 말 것처럼 숙제를 해치우듯 울었다. 그러다가 어느 순간 깨달았다. 견뎌야 한다고. 아무도 같이 아파해 주지 않을 거라고. 어쩌면 승리는 누군가 자신과 함께 울어 주고 같이 아파해 주기를 바라고 있었는지 모른다. 하지만 누구도 그렇게 해 줄 수 없으며, 너무나도 명확하게 세상에는 오직 자신뿐이라는 사실을 머리 위에서 번개가 치듯 번쩍 깨닫고 말았다. 승리는 반듯하게 자세를 고쳐 앉았다. 우는 것도 사치라는 생각이 들면서 위기감이 몰려왔다. 그건 할머니를 잃었다는 상실과는 또 다른 두려움이었다. 실체가 보일 듯이 선명하게 다가오고 있었다.

아빠는 동네 건달이었다.

"네 애비가 절대 나쁜 사람은 아니었다. 그냥 친구를 잘못 만나서."

할머니는 아빠 이야기를 할 때마다 그렇게 변명했다.

"에이, 할머니 다 끼리끼리 논다고 했어요. 그 친구 엄마도 아빠보고 그렇게 말할 걸요. 친구를 보면 그 친구를 안다고……."

"떽! 넌 네 애비를 그렇게 말하고 싶으냐. 그럼 못 쓴다. 네 애비는 착한 사람이었다. 네 애미가 나쁜 년이지."

할머니는 그랬다. 그렇지만 승리는 아빠를 두둔하는 것도 엄마를 욕하는 것도 뭐라 반박할 수 없었다. 모두 사실이었다. 엄마는 아빠의 사망보험금을 받아서 집을 나갔다. 엄마 나이 겨우 스물한 살의 일이었고 승리는 돌도 되지 않은 10개월 아기였다.

"그때 너는 아랫니 두 개, 윗니 두 개가 나 있었지. 이빨이 나느라 간지러운지 아무거나 입으로 가져갔고 자꾸 손가락을 입에 넣어서 토하기도 했어. 침을 질질 흘려 침독으로 얼굴이 늘 빨갰었단다."

고모의 말이었다.

젖먹이 승리는 그렇게 아기일 때 부모를 다 잃었다. 엄마 소식은 한 번도 듣지 못했다. 드라마처럼 학교에 찾아와 울고불고하는 일도 없었고 발신인 없는 소포를 받아 본 적도 없었다. 하늘에서 뚝 떨어진 물건처럼, 애초에 부모가 없었던 아이처럼 승리는 할머니에게 맡겨졌다. 할머니는 승리에게 엄마이고 아빠였으며 승리의 전부였다.

할머니의 소원은 승리가 얼른얼른 자라 어른이 되고 결혼을 해서 할머니 곁을 떠나는 거라고 했다. 그래야 비로소 훨

훨 자유로워질 거라고, 그날만 손꼽아 기다릴 거라고 말했다.

"싫은데, 나는 결혼도 안 할 거고 할머니랑 계속 같이 살 건데."

"예끼, 그런 소리 마라. 할미도 이제 늙어서 힘들다. 너를 빨리 키워 시집보내야 내 할 도리 다 끝나. 그래야 나도 편히 쉴 수 있어."

할머니는 살아 있는 동안 하루도 편히 쉬지 못했다. 죽는 순간까지 일을 손에서 놓지 못했다. 아니, 칼날처럼 시퍼렇게 날 선 한 많은 세월을 살다가 그대로 죽어 버리고 말았다. 승리는 할머니를 생각할 때마다 자신 때문에 할머니가 그렇게밖에 살 수 없었다는 걸 자각했다. 그래서 더 아팠고 미안했고 참을 수 없이 자신이 미웠다.

＊＊＊

그녀가 나타났다. 몸서리치게 싫었고 할 수만 있다면 승리는 그녀를 죽이고 싶다고 생각했다.

집 나가 단 한 번도 찾아오지 않았던 그녀가 할머니가 돌아가신 걸 어떻게 알고 찾아왔을까. 3일장을 치르는 동안 그녀는 장례식장을 지켰다. 몇 안 되는 친척들은 못마땅해하면서도 내심 안도하는 눈치였다. 그녀와 장례 절차를 상의하고, 그녀는 아무렇지 않게 상주 노릇을 했다. 알다가도 모를 일이었다. 애초에 집 나간 적 없는 사람처럼, 할머니의 며느리 노릇을 아무렇지 않게 했다. 그런 그녀의 하는 짓은 의심할 수 없을 만큼 자연스러웠다. 누구도 반박할 수 없을 만큼 장례식도 무리 없이 치렀다. 그리고 그 며칠 후 누구도 상상할 수 없는 일이 일어났다.

장례식 치르고 3일째 되던 날 골목 입구 지성부동산 아줌마와 함께 낯선 사람들이 찾아왔다. 그녀는 쌀집과 복덕방을 했던 아버지의 상가를 유산으로 받았다. 복덕방이 아닌 부동산 중개소로 간판이 바뀌었지만 부녀가 대를 잇듯 토박이인 주민들 역시 대를 이어 고객이 되었다. 그들은 집을 보러 왔다고 했다. 부동산 아줌마와 중년 여자, 그리고 함께 온 젊은 여자는 결혼을 앞둔 예비 신부였는데 신혼집을 구한다고 했다. 도무지 이해할 수 없는 일이었다.

"너희 엄마가 되도록 빨리 나갈 수 있도록 해 달라는 구나. 바로 이사할 수 있다면서."

"엄마요? 저는 엄마 없는데요."

여자가 서류 하나를 보여주었다. 17평에 방 두 칸짜리 빌라가 '김미숙' 명의로 되어 있다는 서류였다. 할머니 이름은 눈을 씻고 찾아봐도 없었다. 승리는 뭐가 뭔지 전혀 알 수 없는 일이었다.

다음날 그녀 김미숙이 나타났다. 장례식 때처럼 아무렇지 않게, 마치 퇴근 후 귀가한 사람처럼 자연스럽게 현관문을 열고 들어왔다. 어리둥절한 승리에게 그녀는 보란 듯 축구공 모양 키링에 걸린 현관 열쇠를 흔들었다. 열쇠는 할머니와 승리만 가지고 있었고 할머니 몫은 자신에게 있었다. 그녀가 왜 그걸 가지고 있는지 영문을 몰라 멍하니 쳐다봤다. 그녀가 거실 겸 부엌인 공간을 찬찬히 훑어보았다. 그녀의 눈이 벽에 나란히 붙여놓은 승리의 상장에 붙박인 채 물었다.

"그래도 공부는 잘했나 보네. 기집애, 머리는 나를 닮았구나?"

그녀의 말은 토가 나올 만큼 메스껍고 역겨웠다. 승리가 어이없어하며 방으로 들어가려 하자 그녀가 팔을 거칠게 잡았다.

"다음 달 5일에 집 비우기로 했어. 3주 남았으니 괜찮지? 어차피 짐도 쓸 만한 게 없는 것 같고, 옷가지나 챙겨 몸만 이사하면 되겠다. 문제없지?"

할머니는 승리가 상을 받아올 때마다 다이소에서 2천 원짜리 액자를 사다가 벽에 붙였다.

"우리 승리가 지 삼촌을 닮아 공부도 잘하고 아주 똑똑하지."

그렇게 말하며 뿌듯해 하던 할머니를 보며 봐 줄 사람도 없는데 굳이 이유를 모르겠다고 투덜댔었다. 돌이켜 보니 이 모든 게 마치 며느리 '그 나쁜 년'에게 보이기 위함이 아니었을까 의심이 드는 순간이었다. 도저히 그 상황을 이해할 수 없었고 기분이 더럽게 나빴다.

"미친 거 아냐?"

할머니 말대로 그녀는 '나쁜 년'이 맞았다.

"싸가지 없이 너는 그게 엄마한테 할 소리니?"

"여보세요, 엄마라니요. 누구신데 자꾸 엄마라고 하세요. 아, 열 달밖에 안 된 딸 놔 두고 남편 사망 보험금 먹고 튀었다는 그 막돼먹은 년이 댁이신가 보죠?"

말이 채 끝나기도 전에 그녀의 손이 더 빠르게 승리의 오른쪽 뺨을 후려쳤다. 그녀도 승리처럼 왼손잡이였다. 기분이 더 더러웠다. 그 자리에 그만 주저앉았다.

"잘 들어. 네가 아무리 발악해도 난 네 엄마야. 네가 미처 모르는 것들이 있어. 너와 네 아빠가 내 인생을 망쳤어."

승리가 태어난 건 아빠가 엄마에게 큰 죄를 지었기 때문이고, 아빠를 교도소에 보내지 않는 대신 할머니는 엄마 앞으로 집 명의를 변경해 주었다. 이후 아빠가 죽고 난 뒤에도 할머니는 사망 보험금을 엄마가 받을 수 있게 했다. 그 대가로 승리와 할머니가 그 집에 살도록 합의 본 것이라고 말하는 그녀의 눈은 금방 타오를 듯이 사납게 번뜩였다. 그 정도 불길이라면 승리는 물론 모두를 태우고도 남을 기세였다.

자신에게 일말의 애정도 없는 사람, 그녀의 말이 다 사실인지 아닌지는 중요하지 않았다. 그저 그 상황이 당황스럽고 구역질 날 뿐이었다.

엄마라는 사람이 18년 만에 나타나 한 짓이었다. 도저히 납득할 수 없는 상황이었다. 그녀가 다시 떠나고 지난날들을 곰곰이 떠올려 보았다. 한 번이라도 엄마라는 존재를 그리워한 적이 있었던가. 아주 없지는 않았다는 생각이 떠올라 온몸에 소름이 돋았다.

초등학교 입학 다음 날부터 승리는 혼자 등하교했다. 다른 아이들은 적응 기간인 며칠 동안 보호자가 함께했다. 대부분 엄마들이었고 간혹 조부모의 손을 잡은 아이들이 눈에 띄었다. 그때 엄마의 부재를 새삼 깨달았다. 교문 밖에서 기다리던 엄마들이 아이들의 손을 잡고 집으로 돌아갈 때 승리는 신호등을 두 번 건너 할머니가 있는 시장 생선가게로 갔다. 가게라고 해 봐야 세평 남짓한 작은 점포가 다닥다닥 열 지어 있는 어시장 골목 5번 점포였다. 손님들은 '욕쟁이 할머니네'라고 불렀고 시장 상인들은 '5호 집'이라고 불렀다. 할머니는 직접 염장한 자반고등어와 반건조 생선을 주로 팔았다. 거기다가 다른 상인들이 귀찮아하는 동태포를 떠서 팔았다. 그러다 보니 '동태포 뜨는 할머니'로 더 유명했다.

한 학기가 다 지나고 여름 방학 날이었다. 담임은 방학에 무엇을 할 건지 물었고 아이들은 재잘대며 계획을 발표했다. 아무 데도 가지 않고 아무 계획도 없는 건 오로지 승리뿐이었다. 갑자기 요의를 느낀 승리는 화장실에 갔다. 오줌을 다 누고도 화장실 밖으로 나오지 않았다. 그 시간이 끝나는 종이 울리고서야 교실로 돌아갔다. 그날 역시 여느 때처럼 혼자 할머니에게 갔다. 막 어시장 골목으로 들어선 순간 그 자리에 발이 붙어 버리고 말았다. 할머니 가게 앞에 여러 사람이 서 있었고 지나가는 사람들도 흘깃거리며 가게 안을 쳐다봤다. 차마 발이 떨어지지 않아 더 이상 앞으로 나갈 수 없었다.

"아, 이 할머니가 정말. 아까 분명히 오천 원 드렸잖아요."

"애기 엄마, 글쎄 안 받았다니까 그러네. 나는 항상 일을 다 마친 다음에 돈을 받는다고."

“할머니, 아까 할머니가 포 뜨기 전에 오천 원이라고 해서 제가 먼저 드렸다고요.”

두 사람의 대화는 계속 도돌이표처럼 주거니 받거니 하다가 급기야 언성이 높아졌다.

“거지같아서 정말, 장사 똑바로 하세요. 늙은이가 욕심만 가득 차서는.”

“거지같아? 젊은 년이 말하는 꼬락서니 하고는.”

“뭐? 젊은 년? 당신 지금 말 다 했어?”

여자가 할머니에게 달려들었다. 2호 집 아줌마가 먼저 달려왔고 4호 집 건어물 아줌마가 손님을 세워 둔 채 달려와 두 사람 사이를 가로막았다. 그때 생닭 집 삼촌이 승리의 손을 잡아 돌려세웠다.

“승리야, 이리 와. 별일 아니야. 괜찮아.”

승리는 괜찮지 않았다. 그 순간에 처음으로 그렇게 생각했다. 새삼 엄마라는 존재가 있었으면 좋겠다고. 시끄럽고 냄새나는 시장 골목이 아니라 자신도 친구들처럼 엄마 손 잡고 집으로 가고 싶었다. 아무도 자신을 지켜 줄 수 없겠다고 깨달았다. 그날 승리의 눈에 할머니는 고집 세고 목소리 큰 그냥 노인일 뿐이었다. 생닭 비린내 나는 삼촌이 아니라 진짜 엄마의 품에 안기고 싶다고 생각했다. 생닭 삼촌이 놀라서 떨고 있는 승리의 손에 꽈배기를 쥐어주었다. 아이들이 울면 왜 어른들은 자꾸 먹는 걸로 달래려고 했을까. 어린 승리는 꽈배기에 묻었던 설탕이 다 떨어지도록 먹지 않고 들고만 있었다. 그걸 먹는 게 꼭 할머니한테 나쁜 짓을 하는 것 같았다. 설탕이 녹아서 손이 끈적끈적해졌다. 손에 들려 있던 꽈배기가 짓이겨지도록 어쩌지 못하고 있었다. 꼭 자신의 마음도 그렇게 함부로 짓이겨져 버린 기분이었다.

그날 할머니의 싸움이 어떻게 끝났는지 기억나지 않는다. 확실한 건 그날 이후로 승리는 되도록이면 시장에 가지 않았다. 그 대신 혼자서도 잘 노는 아이가 되었다. 승리는 할머니에게 낮에 시장에 갔었다는 말도, 할머니가 싸우는 걸 봤다는 말도 하지 않았다. 그날 점심을 굶은 일도, 꽈배기를 몰래 시장 주차장 쓰레기통에 버렸다는 이야기도 하지 않았다. 엄마가 보고 싶어 입술을 깨물며 참았다는 이야기는 더더욱 하지 않았다.

일찍 철이 든다는 것은 참을 줄 안다는 의미였다. 감정을 숨길 줄 알아야 한다는 것도 어렴풋이 알게 되었다. 아무렇지 않은 척, 아무것도 못 본 척 승리는 저녁 늦게 들어온 할머니의 어깨를 꾹꾹 주물러 주었다. 저녁 밥상에 할머니는 두툼한 갈치를 두 토막이나 올렸다. 밀가루를 살짝 입혀 노

룻하게 구운 갈치는 어린 눈에도 먹음직스러웠다. 할머니는 갈치 뼈를 발라 승리 숟가락 위에 올려 주었다. 목이 자꾸 메었지만 승리는 내색하지 않고 달게 받아먹었다. 다른 때보다 밥을 더 많이 먹으니 할머니가 기뻐했다. 할머니를 기쁘게 하는 게 너무 쉬운 일이라 앞으로도 그렇게 할 거라고 속으로 다짐도 했다.

팔다 남은 생선에서는 쿰쿰한 냄새가 났다. 여러 종류의 생선 대가리와 내장이 가득한 탕이나 찌개는 보기에도 역겨웠다. 좀처럼 먹을 마음이 들지 않았다. 생선을 팔았지만 온전한 생선을 먹을 일은 극히 드물었다. 반찬 투정을 하지 않고 밥을 잘 먹을 때마다 할머니는 엉덩이를 토닥여 주고 머리도 쓰다듬어 주었다. 그렇게 밥을 많이 먹는 일은 할머니를 기쁘게 했다. 그래서 승리는 반찬이 없어도 밥을 잘 먹는 아이로 자랐다. 그러니까 그 저녁 비싼 갈치 중에서도 살이 제일 두툼한 가운데 토막을 구워 준 건 할머니의 상이었다. 어떤 일이 할머니로 하여금 상을 주고 싶게 했는지, 할머니는 이야기하지 않았다. 승리는 낮에 본 일을 끝까지 말하지 않았다. 그 대신 평소보다 밥을 더 많이 떴다. 숟가락에 불룩하게 솟은 한 덩어리의 밥, 생선 가시처럼 자꾸 목에 걸리는 개운치 않은 기분까지 꼭꼭 씹어서 꿀떡꿀떡 삼켰다.

✳

"할머니도 먹어."

승리가 갈치 접시를 할머니 앞으로 밀었다.

"아이고, 우리 기특한 새끼, 벌써 할미 생각도 할 줄 알고. 할미가 안 먹어도 배가 부르구나."

벌써 아득해진 일들이 이 시점에 왜 갑자기 떠올랐을까. 다정했던 할머니, 그립고 보고 싶은 할머니가 며칠 새 과거형이 돼 버렸다. 훌쩍이다가 그만 잠들어 버리고 말았다.

방문 두드리는 소리에 놀라 잠이 깼다. 며칠간 설쳤던 잠을 다 잔 것처럼 개운했다. 시간이 얼마나 지난 걸까. 휴대전화 시계를 보니 6시 5분이었고 밖으로 나와 보니 사방은 이미 밤처럼 어둑했다. 카페만 환하게 불을 밝히고 있었다.

"저녁 같이 먹어요. 주변에 식당이 없어서 밥 챙겨 먹기 좀 불편해요."

정인이 컵에 물을 따르며 말했다. 롭상이 정인의 옆 의자를 가리켰다. 이곳을 예약하면서 조식이 특별하다는 후기는 봤지만 저녁까지 얻어먹는 건 생각하지 못했다. 그렇게 잠들지 않았다면 어디든 나가 봤을 텐데, 밥값을 따로 계산해야 하나 망설였다. 엉거주춤 서 있자 정인이 말했다.

"우리는 상황 되면 게스트와 함께 먹기도 해요. 특별대우 아니니까 부담 갖지 말아요."

롭상도 웃으면서 승리 자리에 밥그릇을 놓아 주었다. 어쩐지 밥이 익숙했다. 잡곡밥이었다. 선뜻 밥을 뜨지 못하고 밥그릇만 쳐다보고 있자 정인이 다시 말했다.

"흰 쌀밥이 아니라 미안해요."

다시 할머니가 떠올랐다. 승리는 어려서부터 흰 쌀밥 대신 잡곡밥을 먹어 왔다.

"쌀밥은 맛이 없어. 도저히 목구멍으로 넘어가지를 않아."

늘 그렇게 말하던 할머니의 잡곡밥에는 온갖 잡곡이 다 들어갔다. 현미와 백미, 보리가 골고루 섞인 데다 콩과 옥수수 등이 들어가서 까슬거렸고, 입안에서 제각각 굴러다녔다. 아무리 투정을 해도 건강을 위해서라는 할머니의 고집을 꺾을 수 없었다. 할머니에 맞춰 익숙해질 때까지 뭐 하나 쉬운 일이 없었다. 그건 익숙해졌다기보다 그냥 어쩔 수 없는 선택이었다. 잡곡밥까지도 내내 극복해야 할 시련처럼 느껴졌다. 그랬던 할머니의 잡곡밥마저 사무치게 그리워하고 있었다는 걸 새롭게 깨달았다.

상 위에는 식당에서 사용하는 흰 비닐이 깔려 있었다. 밥상은 생일상이라고 해도 될 만큼 잘 차려져 있었다. 비엔나 소시지와 야채를 토마토케첩에 버무려 볶고, 청경채는 맛살과 함께 볶았다. 가지와 버섯, 두부를 구워 한 접시에 수북하게 담았다. 새우볶음과 오징어채무침은 조명을 받아 반짝거렸다. 눈으로 이미 맛이 느껴지는 모양새였다. 총각김치는 먹기 편하게 썰어서 보기 좋게 담았다. 뚝배기에서는 고등어조림이 아직도 잔열로 끓고 있었다. 그 모든 음식이 누가 봐도 승리 앞으로 티 나게 몰려 있었다.

정인이 먼저 젓가락을 들어 총각김치 한쪽을 입으로 가져갔다. 눈이 마주치자 그녀는 눈으로 말했다. '자 너도 어서 맛있게 먹어 보렴.' 승리는 이렇게 근사한 밥상을 받아 본 기억이 없다. 반찬은 늘 반찬통 채로 놓고 먹기 일쑤였고 냄비의 찌개는 한 번에 많이 끓여 두고두고 먹었다. 너무 여러 번 끓이다 보면 짜졌고 그럼 또 물을 추가했다. 그러다 보니 좀처럼 끝이 나지 않았다. 다른 집도 다 그런 줄 알던 때가 있었다. 짰다가 싱겁고 다시 짜고 싱겁고 그렇게 무한반복 할 거라고, 다들 그렇게 일관적이지 못한 찌개를 먹고 살 거라고 믿었다.

지금 막 끓여낸 새 고등어조림에 입맛이 재빠르게 적응했다. 오랫동안 길들여졌던 맛의 정의가 한순간에 흔적 없이 사라지고 새로운 정의가 성립되는 순간이었다. 겨우 밥상일 뿐인데 승리에게는 하나의 세계가 새롭게 열린 기분이었다.

✳

몇 시간 전까지 암흑의 세계였고 도무지 희망이라고는 기대조차 할 수 없었다. 밥상에 올라오는 반찬 하나까지 도대체 발전이라고는 없는 게 승리의 미래처럼 암울했다. 먹는 즐거움이라든지 행복감을 모른 채, 살기 위해 한 끼 때우기가 지금까지 매 끼니의 방식이었다. 그런 사소한 일들로 자꾸만 스스로 비약하는 일조차 초라하기 짝이 없었다. 그런 생각을 하니 젓가락을 들다 말고 그만 고개를 숙이고 말았다. 눈물이 밥그릇 위로 뚝뚝 떨어졌다. 정인이 휠체어를 옆으로 바짝 당겨와 살며시 안았다.

"아직 어린데 무슨 사연이 그렇게 많아서."

정인이 등을 쓸어주며 혼잣말을 하다가 그마저도 그만두었다. 가만히 울음이 그칠 때까지 기다려 주었다. 곧 터져버릴 만큼 가득 채워져 축 늘어진 물풍선처럼 위태로워 보였다. 자신의 품 안에서 터져버려 물세례를 받는다면 충분히 같이 젖어 주리라. 승리에게는 지금 그런 공감이 필요해 보였다. 정인 자신이 그걸 누구보다 잘 알았다. 마지막까지 가본 사람만이 느낄 수 있는 파동 같은 게 승리에게서 전해지고 있었다. 롭상 역시 말을 잊고 가만히 창 쪽으로 물러나 창밖을 바라보고 섰다. 12월도 이미 중순을 지나 연말이 다가오고 있었다. 지나가는 사람 하나 없는 돌담길에 어둠이 내려 더욱 고요했다. 카페 앞 가로등 불빛이 망망대해 등대 불빛처럼 어둠 속에 저 혼자 빛을 내고 있었다.

롭샹이 식어 버린 고등어조림을 다시 데워 왔다. 그건 정말 의도하지 않은 일이었고 민망해진 승리는 언제 그랬냐는 듯 밥을 떠먹었다. 처음엔 두 사람에게 미안해서 더 과장해서 한 행동이었다. 그런데 정말 맛있었다. 반찬까지 하나같이 자신의 입에 최고의 맛이었다. 친구들은 급식을 두고도 불평이 많았다. 그렇지만 승리가 생각하기에 그때까지 급식만 한 완전한 식단이 없었다. 그런데 급식은 비교도 못 할 맛이었다. 감정과 관계없이 입맛은 도전적으로 젓가락질을 멈추지 말라고 재촉하고 있었다. 그런 중에도 밥이라는 게 이렇게 무서운 거였구나 싶었다. 한편으로 남이 차려준 밥에 그토록 감동하는 자신이 초라하기 짝이 없었다.

생각해 보니 할머니의 죽음과 장례식 과정, 엄마의 방문까지 하루하루가 폭풍의 한가운데를 관통하는 일처럼 공포와 혼돈의 날들이었다. 그런 날들을 견디느라 제대로 끼니를 챙기는 자체가 불가능한 날들이었다. 얼마만의 성찬인가. 먹으면서도 이런 상을 매일 받으면서 사는 사람들은 얼마나 좋을까 싶은 생각이 속없이 들었다. 부러움과 함께 자신도 그렇게 차려 먹는 사람으로 살고 싶다고 생각했다.

저녁을 먹고 나서 난롯가에 앉았다. 청귤 차와 함께 울타리 넘어 귤밭에서 얻어온 귤을 까먹으며 정인이 물었다.

"3박 예약이던데 가는 날 비행기는 몇 시예요? 올 때처럼 태워다 주라고 할게요."

"사실은 오는 표만 예매해서 왔어요."

머뭇거릴 새도 없이 바로 대답이 튀어나왔다. 밥 한 끼에 완전히 무장해제 된 걸까. 낯선 사람들에 대한 경계심마저 사라진 걸까. 승리는 아무런 망설임 없이 대답해 놓고 한 박자 느리게 당황했다.

정인 역시 조금 당황한 표정으로 말을 잇지 못했다. 승리는 오히려 담담했다. 그 순간 왜 그런 마음이 들었는지 알 수 없었다. 아득하고 두려웠던 마음은 온데간데없이 사라지고 어느새 아무 생각 없는 상태로 넋을 놓고 있었다는 게 더 맞는 표현이었다.

"조식은 8시, 특별한 이유 없이 조식을 거르는 건 나에 대한 반발로 여기고 즉시 퇴실 조치하겠어. 알겠지?"

둘의 이야기를 들었는지 롭상이 주방 불을 끄고 나오며 말했다.

다음날 저절로 눈이 떠졌다. 창을 살짝 열어보니 밖은 아직 깜깜했다. 얼마 만에 깊은 잠을 잤는지, 꿈도 없이 깊이 잤다는 게 믿어지지 않았다. 계속해서 잠을 설치거나 악몽을 꾸고 가위에 눌리던 지난 며칠이 떠올랐다. 혹시 기억하지 못하고 있는 건 아닌지 곰곰이 생각해 봤지만 아무것도 떠오르지 않았다. 머리까지 개운했고 몸이 가벼웠으며 무엇보다도 잘 잤다는 기분이 확실히 들었다. 롭상이 건네준 전기요를 중간에 맞춰놓고 잤더니 밤새 추운 줄 몰랐고 아직 이불 속이 따뜻했다. 낯선 곳이고 넓은 방에 혼자 있는데도 두렵거나 무서운 생각도 들지 않았다. 그렇게 따뜻한 이불속에서 한참을 멍하니 있다가 다시 깜빡 잠이 들었다.

방문 두드리는 소리에 다시 깼다. 식탁을 마주하고 놀란 나머지 승리는 무의식으로 휴대전화를 꺼냈다. 갈치구이, 잡채, 가지볶음, 배추겉절이, 과일샐러드, 참치김치찌개……. 어제 저녁보다 더 근사한 아침상이 차려져 있었다.

몽글몽글 피어오르는 벅찬 감정이 그리움인지 만족감인지 구별조차 할 수 없었다. 다만 이 조식을 먹기 위해 제주에 왔나 싶었고 앞으로 몇 끼지만 아쉬움 없이 만끽하고 싶다는 생각뿐이었다. 사진을 찍어 저장한 다음 젓가락을 들었다. 밥이 달고 맛있다는 아우성이 귓가를 때리는 특별한 아침이었다.

고래를 기다려

"고래가 정말 올까요?"

먼바다를 향해 미동조차 없는 롭상에게 호기심 가득한 눈빛으로 승리가 물었다.

"그럼, 나는 아주 여러 번 봤는걸. 먹이를 찾아서 진짜 가까이 올 때도 있고 어느 날은 멀리서 이동하기도 해. 어쩌면 저 밑에서 지금도 헤엄치고 있을지 모르지. 우리 눈에 보이지 않는다고 존재하지 않는 건 아니잖아."

롭상 역시 먼바다에 눈을 고정한 채 대답했다.

"제주도 남방큰돌고래 이야기를 듣고 기대를 정말 많이 했어요. 그런데 막상 진짜 볼 수 있다니까 믿어지지 않아요."

승리 역시 고개를 여전히 바다로 향한 채 말했다.

"생각보다 아주 오래 기다려야 할지도 몰라. 더 자주 찾아보고 더 오래 바라봐야 하지. 어떤 사람은 운이 좋아 금방 봤다고도 하지만 그건 그 사람 운이 좋은 것보다 그날 고래들의 운이지 싶어. 고래가 오는 거지 사람이 찾아간 게 아니니까. 고래는 은밀하고 비밀스럽게 다녀가지. 간밤에 내린 눈처럼 소리 없이 말이야."

승리는 금방 이해되지 않았다. 그건 그 사람의 운이 맞다고 생각했다. 그렇게 운 좋은 사람은 수없이 많다. 그들에 비해 자신은 늘 지지리 운이 나쁜 축에 속한다고 생각했다.

"우리 집에 오는 사람들에게 늘 고래 이야기를 해 줘. 그런데 어떤 사람은 보고 어떤 사람은 못 보지. 차이점이 뭔지 알아?"

"차이점이 뭔데요?"

승리가 보물찾기의 숨겨진 표식이라도 찾은 아이처럼 밝은 표정으로 물었다.

"아주 간단해. 기다리는 거. 기다리지 않으면 오지 않아. 아무것도 하지 않으면 아무 일도 일어나지 않는 것처럼,"

롭상이 큰소리로 웃었다. 승리도 따라 웃었다. 지극히 당연한 이야기를 유머처럼 재밌게 하는 재주가 있었다. 롭상이 생각 없이 툭툭 던지는 말투도 듣는 순간 묘하게 설득력이 있었다. 승리는 자신이 지금 웃고 있음을 깨달았다. 얼마만의 웃음인지 기억나지 않았다.

롭상은 승리를 바닷가 정자가 있는 언덕으로 안내했다.

"저쪽이 서귀포, 저기 보이는 곳이 성산일출봉. 돌고래는 서귀포에서 성산 쪽으로 이동해."

롭상이 팔을 쭉 뻗어 오른쪽에서 왼쪽으로 천천히 움직이며 말했다. 롭상이 가리키는 손끝에 가파른 절벽이 우뚝 솟아 있었다. 일출 명소라는 성산일출봉은 승리도 언젠가 사진으로 본 적이 있는 장소였다.

"저기까지 걸어서 갈 수 있어요?"

"성산일출봉까지? 그럼, 해변으로 계속 걸으면 갈 수는 있지."

'갈 수는'이라는 말이 걸리긴 했지만, 어차피 승리는 고래 이외에 다른 계획은 없이 왔으니 한번 걸어 보고 싶은 욕구가 생겼다.

"걸어 볼게요."

"지금? 바로?"

"아니요, 지금은 고래를 기다려 보고요."

"그래, 그러면 언제라도 걷고 싶을 때 얘기해."

"감사합니다."

승리가 고개 숙여 인사하려 하자 롭상이 그럴 필요 없다는 듯 얼른 팔을 내두르며 돌아섰다.

"나는 이제 청소하러 갈 거야. 찾아올 수 있지?"

"그럼요, 조금 기다려 보고 갈게요."

롭상이 돌아서 성큼성큼 걸었다. 양손을 추리닝 바지주머니에 찌르고 장난스러운 스텝으로 발을 디디며 걷는 게 영락없는 장난꾸러기였다. 승리는 그 모습에 저도 몰래 빙그레 미소 지었다. 그가 모퉁이를 돌자 그제야 승리도 갯바위 아래로 천천히 내려갔다. 언덕 위에 있는 정자보다는 한 발짝 더 바다 가까이 내려가고 싶었다.

제주에 오면 돌고래를 볼 수 있다고 했지만, 막상 진짜 볼 수 있다니 믿어지지 않았다. 승리는 늘 그런 식으로 매사에 확신이 없었다. 늘 망설이고 주저했다. 아침에 정인이 오늘의 계획을 물었을 때는 뜨거운 물을 얼결에 삼킨 것처럼 당황스러웠다. 뱉을 수도 삼킬 수도 없는 당혹감이라니. 삼켜 버린 갈등이 목을 타고 내려오는 감각이 고스란히 느껴졌다. 바보처럼 그걸 왜 삼켜 버렸을까. 그제야 승리는 남방큰돌고래를 보고 싶다는 외에 아무 계획도 세우지 않았음을 깨달았다. 어쩌면 고래조차 그저 핑계였고 최대한 빨리 집을 떠나고 싶었는지 모른다. 충동적으로 비행기 표를 검색했고 제일 빠른 비행기를 예매한 것도 그 때문이었다.

엄마가 다시 찾아오기 전에, 설사 자신이 없는 동안 마음대로 집을 팔아 치우는 일이 생기더라도 승리는 무엇 하나 협조하고 싶지 않았다. 누구에게라도 손을 내밀거나 방법을 찾아보려는 의욕조차 생기지 않았다. 대항이라도 해보고 싶은 그런 각오조차 어느 순간 사라지고 말았다. 소름 돋도록 철저하고 비참하게 버림받았으면서 그에 대항하고 싶은 의욕마저 무의미하게 느껴졌다. 그럴 때 오기라도 생겼더라면, 싸워 보려는 의지라도 있었다면 과연 도망치지 않았을까? 인간에게 그토록 소름 끼치는 기분을 느껴 본 적이 없었다.

"너만 잘하면 된다. 나머지는 할미가 다 책임질 테니까."

할머니는 곧잘 그렇게 말했다. 지금까지 살면서 실제로 그렇게 비장하게 책임질 만한 일은 일어나지도, 만들지도 않았다. 할머니와 단둘이 살았지만 자신에게 있어 부모가 그렇듯 처음부터 존재하지 않는 것에 대한 아쉬움 따위 없었다. 그것이 그 무엇이라도 말이다. 그만큼 매사에 별 의욕조차 없었다는 말이 맞을지도 모른다.

엄마가 나타났을 때 지금까지 한 번도 가져보지 못한 감정에 잠시나마 혼란스러웠다. 아쉽게도 그리움이라든가 반가움과는 거리가 있었지만 자신이 미처 눈치 채지 못하는 순간 약간의 기대를 했었는지 모른다. 그런 미묘한 감정을 미처 정의하기도 전에 엄마로부터 다시 거절당했다. 그로 인해 살인의 충동만큼 지독한 혼돈이 먼저 승리의 감정을 장악했다. 그래서 더 도망치고 싶었는지 모른다. 달아날 수 있는 제일 먼 제주도까지, 엄마로부터 되도록 더 멀리 달아나고 싶었던 게 아니었을까.

파도는 잔잔했다. 바람 많다는 제주도지만 패딩점퍼가 부담스러울 만큼 따뜻했다. 물결이 닿는 갯바위까지 내려갔다. 파도도 없는 잔잔한 바닷속이 놀랄 만큼 투명했다. 지금껏 그런 바다를 꿈꾸어왔다. 누구에나 쉬운 일이 누군가에게는 평생 꿈꾸는 일이 되기도 한다. 보잘것없고 사소해서 꿈이라고 밝히기도 주저되는 일이 승리에게는 도달하기 힘든 일이었다. 철썩이는 파도가 발밑까지 몰려왔다. 그건 분명한 실체였다. 태어나 처음 보는 바다는 승리에게 지금 이 순간 꿈이 아닌 현실임을 분명히 확인시켜 주고 있었다.

멀지 않은 곳에 주황색의 동그란 물체가 떠 있었다. 잠시 뒤 그 옆에서 검은 머리 하나가 불쑥 물 위로 떠올랐다. 승리는 너무 놀라 뒷걸음쳤다. 그 순간 또 다른 머리 하나가 물 위로 떠올랐다. 물질 중인 해녀들이었다. 아무리 따뜻한 날씨라도 한겨울 바다는 차가울 텐데, 보는 것만으로도 온

몸에 소름이 돋고 부르르 떨렸다. 승리는 그 자리에 걸터앉아 해녀들의 자맥질을 한동안 구경했다. 파도 소리와 이따금 들리는 숨비 소리. 상상만 했던 제주 바다의 생생한 소리가 날것 그 자체로 승리의 가슴을 울리며 리듬을 탔다.

우측 바다는 신천항 포구 방조제가 시야를 가려 조망이 아쉬웠다. 더 넓은 시야로 보고 싶어 승리는 다시 언덕 위로 올라와 정자에 걸터앉았다. 계속해서 바다를 둘러보았다. 롭상은 승리를 그곳에 내려 주고 가면서 점심시간까지 돌아오라고 했다. 대답을 하면서도 정해진 조식 외에 끼니를 계속해 신세 질 수 없다고 마음먹었다. 아침을 든든히 먹었으니 괜찮을 줄 알았는데 뱃속은 그렇지 않다고 힘차게 신호를 보냈다. 새롭게 생긴 식욕이 스스로도 믿어지지 않았다. 며칠간 식욕과 함께 모든 감정의 회로를 잘라 버린 줄 알았다. 무언가 깊이 고민할수록 더 파괴될지 모른다는 두려움 때문이었다. 방어할수록 더 멀리 달아나 흔적도 없이 사라지고 싶었다.

얼마나 지났을까. 익숙한 소리에 주변을 둘러보았다. 희미하게 악기 소리가 들렸다. 집 근처의 하천가에서 자주 듣던 색소폰 소리였다. 한때 유행처럼 중년 남자들이 다리 아래에 한 명씩 자리 잡고 색소폰을 불어 대던 적이 있었다.

반주기까지 준비해 제법 연주가 되는 사람이 있는가 하면 기본음조차 내지 못하고 소음공해로밖에 들리지 않는 형편없는 쪽도 있었다. 그렇지만 그들 모두는 상당히 열정적으로 연습하고 있었다. 간혹 여러 명의 구경꾼이 박수 치고 몸까지 흔들면서 흥겨워하는 경우도 더러 있었다. 그런 장면을 보는 일은 썩 유쾌하지 않았고 오히려 눈살이 찌푸려졌다. 민폐라고 생각했다. 왜 나이를 먹으면 부끄러움을 모르는지 알 수 없었다. 그 역시 주택가를 피해 한적한 곳으로 나왔겠지만, 승리는 마치 예전에 듣던 색소폰 소리가 제주도까지 따라온 기분이 들었다. 타협할 수 없는 자신의 극한 상황처럼 불행의 기운이 주변에서 맴도는 것 같았다.

한적한 바다에서까지 그렇게 소음을 경험하게 되자 승리는 다시 인상을 찌푸렸다. 푸른 하늘, 파란 바다, 겨울답지 않은 따사로운 햇살과 살랑대는 바람까지 모든 게 완벽했다. 마치 소음만이 불청객처럼 나쁜 기운을 몰고 거기까지 따라와 기분을 망치고 있었다. 소리만 들릴 뿐 둘러봐도 분위기를 망쳐 버린 사람의 모습은 보이지 않았다. 방파제 반대편 아래쪽으로 짐작됐다. 승리는 자리를 털고 일어났다.

그 시간 방 청소를 하던 롭상은 승리가 사용한 침대를 살펴보았다. 연박을 하는 게스트는 침구를 반듯하게 개놓거나 정리하지 않는 경우가 대부분이다. 이불만 잘 펴놓는 정도도 양호했고 자고 일어난 그대로 몸만 빠져나온 경우도 많았다. 하지만 승리는 달랐다. 옷걸이에 옷가지 하나 걸지 않고 물건 역시 꺼내놓은 흔적이 없었다. 처음 도착했을 때처럼 가방 하나가 침대 발치에 놓여 있을 뿐이었다. 걸어서 5분 거리 바닷가에 나가면서 당장 떠날 사람처럼 정리하는 경우는 흔치 않았다.

롭샹은 방을 청소한 다음 정인이 있는 카페로 갔다. 정인은 음악을 들으며 커피를 내리고 있었다. 갓 로스팅한 커피 향이 카페 가득 퍼졌다.

"이 여학생 느낌이 안 좋아요. 어제 만날 때부터 가슴이 아프더라고요."

롭샹은 공감력이 유난히 발달했다. 마음에 상처가 있는 사람들을 용케 알아봤다.

"이상해요. 어떤 사람은 보는 순간 마음이 막 아파요. 그럼 그 사람은 영락없이 상처가 깊은 사람이더라고요. 승리 양도 그렇네요."

정인도 롭샹의 말에 들고 있던 찻잔을 가만히 내려놓았다. 롭샹의 말에 정인이 들릴 듯 말 듯 대꾸했다.

"맞아. 롭샹도 느꼈네."

정인도 그 순간 지난해 일이 떠올랐다. 청년의 일을 겪은 후 그들은 게스트들을 더 세심하게 살피기 시작했다. 이상하리만큼 그곳에 오는 손님들은 상처받은 사람들이 많았다. 롭상도 그때 일이 떠올랐는지 말없이 청소기를 들고 위층으로 올라갔다. 한참 지나도록 청소기 소리가 들리지 않았다. 정인도 찻잔이 다 식도록 창밖 돌담 너머를 향한 시선을 거두지 않고 있었다.

1년 전, 귤꽃이 피던 5월이었다.

모처럼 서귀포까지 나가 점심을 먹고 돌아오는 길, 보행자 신호에 걸려 건널목에 정차 중이었다. 방금 지나간 버스에서 내린 청년이 마침 건널목을 건너고 있었다. 배낭을 짊어진 청년을 보고 운전석의 롭상이 말했다.

"왠지 저 손님 우리 집에 올 것 같은데……."

정인은 평소 촉이 좋은 롭상 말을 허투루 듣지 않았지만 그때는 그냥 대꾸 없이 슬며시 웃고 말았다. 지나가는 사람을 보고 예약 손님을 용케 알아맞히는 경우가 있기도 했지만 그날은 마침 예약이 없었기 때문이다. 롭상의 예지력은 빗나갈 테지만 굳이 대꾸하지 않고 웃어넘겼다. 정인에게는 청년의 표정이 보이지 않았지만 어깨를 움츠리고 터덜 터덜 걷는 모습이 어쩐지 지치고 기운 없어 보였다. 언제부터인가 젊은이들을 보면 무조건 응원하는 마음이 들었다. 스물한 살에 멈춰버린 딸을 대신해 무럭무럭 성장하는 그들을 조건 없이 사랑하고 있다는 걸 깨닫게 되었다. 그래서 그런지 청년을 불러 처진 어깨를 바로 세워 토닥여 주고 싶었다. 청년에게 붙박인 시선이 계속 그의 걸음을 따라갔다.

신호가 바뀌고 길을 다 건넌 청년이 마을 길로 들어서는 옆을 지나쳐 귀가했다. 카페 출입문에 걸었던 나무 조각을 치우고 실내조명을 켠 뒤 정인은 유채꽃이 얼마나 피었는지 보려고 창 앞에 섰다. 카페 앞으로 청년이 걸어오고 있었지만 마을에는 〈동백 아래〉 말고도 펜션과 민박이 더러 있다. 그 한 곳의 게스트인 모양이라고 생각했다.

잠시 뒤 출입문의 종이 울리면서 문이 열렸다. 청년이었다. 때마침 롭상도 안채에서 나와 카페로 들어서다 흠칫 놀랐다. 정인 역시 순간 놀랐지만 그저 카페 손님이겠거니 했다.

"어서 오세요."

"혹시 여기서 묵을 수 있습니까?"

예상하지 못한 청년의 물음에 정인은 다시 속으로 흠칫했다. 청년의 말이 끝나기 무섭게 롭상과 눈이 마주쳤다. 그 보라는 듯 롭상의 입꼬리가 슬며시 올라갔다. 눈빛을 교환하는 순간 조금 전 나누었던 대화를 떠올렸다. 정인이 잠시 고민하는 눈치를 보이자 롭샹이 얼른 대답했다.

"얼마나 묵을 거지?"

청년은 이웃 마을의 게스트하우스를 예약해 여행 중이라고 했다. 그런데 주말 밤이 되자 게스트하우스에서 파티가 열렸다. 대부분의 젊은이들은 파티를 즐겼지만 자신과는 맞지 않아 조용한 숙소를 찾아 나왔다고 했다. 롭샹은 정인과 상의할 틈 없이 청년을 받아들이기로 했다. 롭샹의 가슴이 먼저 그걸 알아차렸기 때문이었다. 정인도 마찬가지로 롭샹의 결정을 반겼다.

방을 안내하고 이용 내용을 숙지시킨 후 롭샹은 청년을 카페로 다시 안내했다. 정인은 그사이 카페 앞 귤밭 주인과 돌담을 사이에 두고 대화중이었다. 청년은 카페로 들어오지 않고 동백이가 있는 마당 앞에 머물러 있었다. 정인과 롭샹이 말없이 서로 눈빛을 교환했다. 얼마나 지났을까 롭샹이 청년을 불러 차를 내주었다.

"짜이라고 인도식 밀크티. 최대한 인도 풍으로 끓였는데 마셔 봐."

청년이 한 모금 마시고는 맛있다고 했다. 빈말이 아닌 듯 잔을 두 손으로 꼭 쥐고 연거푸 마시더니 얼마 지나지 않아 빈 잔을 내려놓았다.

"오해하지 말고 들어. 나는 가슴 아픈 사람이 가까이 오면 내 가슴도 심하게 아파 와. 당신이 왔을 때 분명히 그걸 느꼈어. 힘든 일이 있으면 얘기해. 최소한 이 집에서는 그래도 돼. 여기에 있는 순간만큼은 누구도 아프지 말고 마음의 편안함을 누렸으면 좋겠어. 그러라고 이 집이 있으니까."

청년은 의아했다. 자신은 그냥 제주에 흔하디흔한 게스트하우스를 찾아왔을 뿐이다. 명상 센터나 상담센터와도 무관하고 더군다나 자신의 고민을 낯선 사람과 나누고 싶은 마음이 조금도 없다. 그런데, 참 이상한 일이었다. 그 말을 듣자 단단하게 걸어 잠갔던 빗장이 풀리고 마치 햇살 한 줌이 그 틈으로 새어 들어오는 것처럼 미세한 온기가 느껴졌다.

"마침 앞으로 며칠간 예약 손님이 없어요. 다음 주에 우리가 인도 여행을 가게 돼서 집을 비우기 위해 예약을 막아놨거든요. 원하면 더 있어도 좋아요."

정인 역시 뜻밖의 제안이었다.

"그냥 며칠 좀 쉬고 싶습니다. 어쩐지 이곳이 편안하게 느껴졌습니다."

청년이 한숨을 길게 쉬었다. 그러고는 잠시 고민하더니 그때까지만 묵겠다고 했다.

다음 날 새벽 롭상이 조식 준비를 위해 나왔을 때였다. 청년이 정자에서 담배를 피우다가 화들짝 놀라 일어섰다. 얼른 담배를 뒤로 숨기는 청년을 제지하고 롭상도 담배에 불을 붙였다. 멋쩍어하던 청년에게 눈짓으로 편하게 피우라고 했다. 담배 한 대를 다 피운 후 먼저 자리를 떴던 롭상이 다시 나타나 동백이의 목줄을 넘겨주었다.

"아침에 일출이 볼만해. 일출 보기 가장 좋은 자리까지 동백이가 안내해 줄 거야."

얼마나 영리한 강아지인지는 나무 계단 다섯 개를 내려오자 바로 알 수 있었다. 동백이는 한 치의 망설임 없이 돌담을 따라 바다로 난 길로 청년을 안내했다.

막 해가 떠오르고 있었다. 붉은 태양에 가슴을 덴 것 같고 뜨거운 무엇이 올라오듯이 속이 답답했다. 그걸 토해내듯 긴 한숨을 쉬었다.

롭상이 지켜보기에 청년은 할 말이 많아 보였다. 몇 번인가 무슨 이야기를 하려고 망설이다 그만두기를 반복했다. 사건이 일어나던 그날도 그랬다.

"오늘 퇴실하겠습니다. 그동안 감사했습니다."

조식 후에 커피 한 잔을 내려 주자 청년이 받아 들며 말했다. 그날따라 청년은 아무와도 눈을 마주치지 못하고 창 밖으로 시선을 둔 채 말했다. 길 건너 귤밭에 귤꽃이 하얗게 피어 열어 놓은 창으로 향이 은은하게 퍼져 더없이 온화한 5월이었다.

"원한다면 우리가 없는 동안 계속 있어도 돼요. 카페는 닫아 두면 되고 예약은 막아 뒀으니 방문자도 없을 거예요."

정인의 느닷없는 제안에 롭상이 깜짝 놀라 쳐다봤다. 롭상과 달리 정인은 오래 생각한 듯 아무렇지 않은 표정이었다.

"어떻게 들릴지 모르지만 여기 계속 머물고 싶어 하는 것 같아서. 우리가 여행을 가지 않으면 더 있을 거잖아요. 그죠? 아, 물론 집으로 간다면 막을 수 없지만 다른 머물 곳을 찾을 거라면 굳이 그럴 필요 없다는 말이고 혼자 있고 싶어 하는 것 같아서 하는 이야기예요."

청년의 눈이 놀라서 두 사람을 번갈아 쳐다봤다. 곧이어 속을 들키기라도 한 것처럼 청년이 고개를 떨궜다. 그리고 낮게 흐느꼈다. 다 큰 청년이 그렇게 순식간에 흐느끼자 두 사람은 당황했지만 애써 표현하지 않으려 짐짓 모른 척했다.

"정리할 게 좀 있어서, 며칠만, 며칠만 더 머물다 가겠습니다."

차를 다 마시고 청년이 동백이를 데리고 산책 나갔을 때 롭샹이 물었다.

"아까는 왜 그러셨어요? 깜짝 놀랐어요."

"글쎄, 나도 모르게 갑자기 그런 생각이 들더라고. 어차피 비워 놓을 집인데 절실히 필요한 사람이 며칠 쓴다고 뭐 별일 있을까? 원래 우리 집이 그렇게 팍팍하지는 않잖아?"

정인은 남은 커피를 마저 마시며 희미하게 웃었다. 롭샹은 정인의 미소에 슬픔이 가득 고여 있는 걸 보았다.

"잘하셨어요. 저 친구 왠지 잔뜩 먹구름이 끼어서 금방 쏟아질 것 같은데도 꾹 참고 있는 게 더 짠한 생각이 들더라고요. 어딘가 또 찾느니 여기 혼자 있으면서 생각 정리 좀 했으면 좋겠네요."

언제부터인지, 무슨 이유인지 특정할 수 없지만 그들은 〈동백 아래〉를 찾는 손님들을 가족처럼 대하고 있었다. 그것은 유난히 정이 많은 정인이나 영이 맑아 사람을 잘 파악하는 롭샹의 기운 탓만은 아니었다. 그들에게는 계절의 변화처럼 자연스러운 일이었다.

그러나 청년은 다음날 바닷가로 산책을 나간 후 다시 돌아오지 않았다. 짐을 그대로 둔 채 동백이를 데리고 여느 날처럼 '산책 좀 다녀오겠습니다' 하고 나간 뒤였다.

"거, 동백이는 뭐 한다고 아침나절부터 계속 정자에 묶어났습니까?”

롭상이 청소를 다 마치고 손수레에 쓰레기를 실은 채 재활용수거장으로 가는 길에 만난 이장이 하는 말이었다.

“아, 우리 집에 온 청년이 산책한다고 데리고 나갔어요.”

“청년은 무슨, 아까부터 계속 정자 기둥에 매 있는 걸 봤는데 청년은 코빼기도 안 보이던데?”

순간 알 수 없이 불길했던 예감이 실체가 되었고 화살처럼 날아와 가슴에 박혔다. 잠시도 지체할 수 없었다. 롭상은 재활용수거장의 담당자에게 수레를 맡기고 사정을 대충 이야기한 다음 카페로 뛰었다. 정인은 보이지 않았다. 찾아 볼 틈도 없이 키를 챙겨 나와 시동을 걸었다. 차로 3분이 채 안 되는 거리지만 시간이 멈춘 것처럼 한없이 멀게만 느껴졌다.

이장의 말대로 동백이는 정자 기둥에 묶여 있었다. 롭상을 보자 반가운지 앞발을 치켜들고 꼬리를 흔들었다. 순간 식은땀이 등줄기를 타고 흘러내렸다. 바닷가를 한 바퀴 둘러보았다. 청년의 모습은 어디서도 보이지 않았다. 그래도 혹시 몰라 신풍 목장부터 표선 해수욕장까지 해변을 샅샅이 훑었다. 역시 청년은 보이지 않았다. 운전대를 잡은 손이 덜덜 떨렸다. 가슴에서 시작된 미세한 통증이 점점 크게 느껴지기 시작했다. 마치 심장이 몸 밖에 나와 있는 것처럼 쿵쿵거리며 뛰는 소리가 귀를 울렸다.

　문을 열고 들어온 롭샹이 입구 가까운 의자에 털썩 주저 앉았다. 정인이 의아한 눈으로 쳐다봤다.
　"롭샹, 무슨 일이야? 식은땀은 또 뭐고? 어디 아파?"
　"실종 신고 해야 할 것 같아요."
　롭샹은 방금 있었던 일을 정인에게 전했다. 정인이 휴대 전화를 들어 보이며 손으로 집 쪽을 가리켰다. 바로 경찰과 연결되었음을 확인하며 롭샹은 안채로 뛰어갔다.
　3인실 방문을 열었다. 쉽게 특이점을 찾을 수 없었다. 가방은 청년이 사용하던 침대의 위쪽 침상에 놓여 있었고 올 때 입었던 체크 셔츠는 옷걸이에, 바지 역시 반으로 접혀 걸려 있었다. 아침에 사용한 것으로 보이는 수건은 축축한 상태로 욕실 옆 빨래바구니에, 양말은 반으로 접힌 채 침대 발치에 놓여 있었다. 딱히 정돈됐다고 볼 수 없는 상태 속 에서도 이부자리는 칼처럼 각을 잡아 개어 놓았다. 군대 내 무반에서나 볼 법한 모습이었다. 그제야 청년의 어색했던 말투가 떠올랐다. 방금 제대한 사람처럼 군대식 어투였고 몸가짐도 어딘가 경직돼 보였다. 롭샹은 단지 그가 뭔가 고 민이 많아 그런 줄 알았다.

경찰이 와서 여러 가지 조사를 했다. 그의 소지품을 뒤져 군번줄을 찾았고 그의 신원이 밝혀졌다. 제대한 지 열흘밖에 되지 않은 제대 군인이었다.

부모에게 연락하자 복학 전에 여행 좀 하고 오겠다며 나갔다고 했다. 부모는 오히려 실종이라는 사실을 의아해하는 분위기였다고 했다. 명문대 학생인데다 대개 그렇듯 휴학 후 입대했고 군대에서도 포상 휴가를 여러 번 받을 만큼 모범 군인이었다고도 했다. 염려하는 일을 할 만큼 문제를 찾기 힘든 그런 청년이라고 그 부모는 굳게 믿고 있었다. 청년은 돌아가는 비행기 표도 이미 예매되어 있었다. 일주일 후 밤 비행기였다.

비행기 표까지 확인한 경찰이 대수롭지 않다는 듯이 말했다.

"음, 좀 기다려 볼까요? 돌아가는 표까지 구해 놓고 순간적으로 이상한 짓을 하는 경우가 있을까요?"

하지만 오래 기다리지 않아도 되었다. 다음날 해녀 할머니 둘이 물질하다가 익사체의 청년을 발견했다. 청년은 물에 불은 것 외에 비교적 온전한 상태로 건져졌다.

롭샹과 정인은 혼란스러웠다. 사람이 그렇게 충동적으로 쉽게 삶의 끈을 놓을 수 있을까. 겨우 스물넷의 건장한 청년이? 자신들이 놓친 게 무언지 짐작조차 되지 않았다. 청년에게서 풍기던 알 수 없는 우울한 기운이 결국 청년을 앗아간 걸까. 청년의 부모나 주변인들조차 짐작하지 못한 일이었다. 수수께끼 같은 일이라고 밖에 해석할 수 없었다.

밝혀진 신상 명세 외에 청년이 어떤 사람이고 어떤 삶을 살아왔는지 그들로서는 알 수 없었다. 예견된 죽음이었을까? 자살의 징후는 있었을까? 어떤 상황이 그의 삶을 죽음으로까지 몰아갔을지 전혀 알 수 없는 상황이었다. 롭상은 그가 마지막으로 머물렀던 며칠간 그의 마음을 돌릴 수 있는 방법은 없었을까 수많은 물음을 하고 또 했다. 그 청년을 보는 순간 분명히 밀려왔던 통증에도 불구하고 방심했다는 자책감이 들었다. 조금 더 세심하게 살펴보지 못했다는 후회가 밀려왔다. 완전한 타인으로서 자신들이 가지는 그런 후회와 의문이 무슨 의미가 있을까 생각하면서도 아쉬운 건 어쩔 수 없는 감정이었다. 그들은 무언가에 크게 뒤통수를 가격당한 기분이었다. 내내 얼얼한 가슴을 진정시켜야 했다.

그 뒤로도 〈동백 아래〉에는 무언가로부터 상처 입고 힘들어하는 사람들이 종종 찾아왔다. 〈동백 아래〉는 정인이 의도하지 않았음에도 자연스럽게 그런 공간으로 맞춰져 가고 있었다. 세상에 저마다 상처 하나 없고 아픈 사연 없는 사람이 있을까만 이곳은 제주고 제주는 누가 뭐래도 여행지다. 하지만 여행자들이라고 해서 모두 행복하고 즐거운 것만은 아니다. 아프고 지친 사람들에게도 쉼은 필요했고 여행 역시 필요한 법이다. 정인은 〈동백 아래〉를 그런 사람들에게 휴식을 주는 곳으로 만들고 싶었다. 주인의 그런 마음이 찾는 이들에게 자연스럽게 녹아드는 모양이었다.

그래서였을까 정인은 마음이 쓰이기 시작했다. 아니, 어쩌면 승리를 만난 순간 이미 그랬는지도 모른다. 그건 롭상도 마찬가지였다. 롭상은 승리를 처음 본 순간 표정을 통해 알 수 있었다. 여행이 아니라 마치 자신이 죽을 곳을 찾으러 온 사람의 표정을 짓고 있었기 때문이다. 여행에 대한 기대나 설렘 같은 분위기는 전혀 찾아볼 수 없었고, 오히려 핏기 하나 없이 창백한 허깨비를 마주한 느낌이었다. 무엇보다 갑자기 가슴이 저릿저릿 해 오는 걸 분명히 느꼈다. 그건 안 좋은 신호였다. 그럼에도 자신의 예상이 빗나가기를 바랐건만 그렇지 못한 모양이었다. 청년의 일이 자꾸만 승리와 겹쳐 보였다.

왜 그랬을까.

세 사람 모두 의도하지 않았지만 자연스럽게 저녁을 먹고도 일어날 줄을 몰랐다. 승리의 경우는 다음날 떠나야 한다는 아쉬움이 있다고 하지만 정인과 롭샹은 그게 아닐 텐데도 무언가 미련 있는 사람처럼 초조해 보이기까지 했다. 한참을 말없이 차만 마시던 세 사람 중 가장 먼저 침묵을 깬 건 의외로 승리였다.

"두 분은 어떻게 이걸 하게 되셨어요?"

"그거 알아? 승리가 여기 와서 처음으로 질문한 거?"

롭샹이 거꾸로 질문했다. 마치 질문을 기다리고 있기라도 한 것 같은 대답이었다.

"사람들은 대부분 우리 관계를 더 궁금해 하지. 부부도 아니고 연인도 아니고 남매도 아닌 남녀가 꾸려가는 알쏭달쏭한 게스트하우스라고."

롭샹의 말을 듣고 보니 사실은 승리도 그게 궁금했다. 그의 말처럼 부부도 연인도 남매도 아니면서 친구처럼 잘 지내는 듯한, 나이 차이가 꽤 나는 호스트와 스텝.

"우리는 인도 여행 중에 만났어. 반쯤 혼이 나가 어리버리하게 있던 저 아줌마를 내가 구해 준 거지."

"인도 여행, 그건 맞는데 어리버리라니? 하여간 그놈에 말본새하고는."

정인이 눈을 흘겼지만 노여움이라고는 없는 표정이었다.

"친구가 되는 데에 성별이나 나이는 중요한 게 아니야. 마음이 중요하지. 마음결이 맞는 친구를 찾는 건 인간이 평생 해야 할 숙제일 수도 있지만 한순간 찾아오는 행운일 수도 있어. 우리는 한순간 친구가 될 운명이었던 거고."

롭샹의 말에 정인도 고개를 끄덕였다.

"승리의 친구들은 어때?"

"저는 친구 없어요."

너무 단호해서 말하던 본인도, 듣고 있던 두 사람도 어리둥절한 표정을 지었다. 잠시 어색한 침묵이 흘렀다. 가라앉은 분위기를 깨고 롭샹이 일어나 다시 주방으로 갔다.

"다들 일어날 생각이 없는 것 같은데 차 한 잔씩 더 마시는 거 어때요? 나는 인도 이야기를 했더니 짜이가 마시고 싶은데."

"그러지 뭐, 나도 한 잔 부탁해."

"그럼 저도요."

그렇게 셋은 다시 짜이 한 잔씩을 앞에 두었다. 정인이 난로 위에서 익어가던 귤을 뒤집었다.

"밑 부분이 이렇게 거무스름하게 탔지만 이때가 가장 적당하게 익었을 때지. 자, 먹어 봐요."

정인이 귤을 직접 까서 내밀었다. 그제야 승리는 귤을 구워서도 먹을 수 있다는 걸 알았다.

"껍데기가 살짝 타도록 구워졌을 때 까먹으면 당도가 더 올라가죠."

정인의 말처럼 정말 그랬다. 생으로 먹었을 때보다 더 달았다. 새로운 방식에 놀라워하면서 맛있게 먹는 승리를 위해 롭상은 난로 위에 서너 개의 귤을 더 올렸다. 롭상이 옆에 있는 면장갑을 집어 승리에게 내밀었다. 본격적으로 먹어보라는 의미였다. 저녁을 먹고 청귤차를 마시고 짜이를 앞에 두고도 승리의 손이 저도 모르게 난로 위 귤을 향해 갔다.

그렇게 짜이 한 잔으로부터 인도 여행의 이야기가 시작되었다. 첫 만남을 비롯한 두 사람의 인도 이야기는 밤을 새워도 부족할 만큼 끝없이 이어졌다. 아라비안나이트를 들려주는 세헤라자데처럼 그들의 여행 이야기는 끝날 줄 모르고 언제까지나 계속될 것처럼 무궁무진했다. 들으면서 너무 흥미진진해서 승리는 몇 번이나 사실 확인차 묻고 또 물었다. 모처럼 승리의 얼굴에 생기가 돌았다. 역시 그 또래에게서 볼 수 있는 발랄함도 엿보였다. 승리는 자신이 왜 그곳에 오게 되었는지 잠시 잊을 수 있었다. 얼마 전까지만 해도 그럴 수 없을 거라고 생각했었다. 하지만 온통 슬픔으로만 가득했던 며칠은 이미 과거의 일처럼 되었고, 즐거움을 느끼고 있었다. 그러면서 승리도 어느 순간 알게 되었다. 정인의 아픔도 롭샹의 방황도 다 이유가 있었다는 것을. 누구나 아픔 없는 사람이 없고 저마다 감당해야 할 상처가 있다는 것도 알게 되었다. 승리는 갑자기 자신이 어른이 된 기분이 들었다.

이야기를 하는 사람도 듣는 사람도 어떤 목표나 목적이 있어서가 아니었다. 그날은 그렇게 이상한 날이었다. 무엇이 그들로 하여금 고백하게 했는지 모르지만 두 사람이 낯선 나라에서 만나게 된 계기를 시작으로 과거와 현재를 넘나드는 사연은 아프고 슬프면서 또한 강렬했다. 승리 역시 마찬가지였다. 여기까지 오면서 미처 헤아릴 수 없었던 지난 사연들을 비로소 마주할 수 있었다.

정인과 롭샹도 마찬가지였다. 처음 승리의 사연을 듣고 어떻게 위로해 줘야 할지 고민했다. 운명론자라고는 할 수 없지만 운명을 받아들인 사람들이었다. 개척해서 다시 설계하는 삶이 있는가 하면 어떤 생은 운명에 사로잡혀 사실에 적응하기도 한다.

사람의 마음을 여는 유일한 열쇠는 자신의 마음을 먼저 여는 일이라는 걸 잘 아는 사람들이었다.

✳

절망의 끝, 정인

살다 보면 스스로 벌을 주고 싶은 순간이 있다. 가혹할 만큼 자신을 단죄하고 내몰아 실신할 정도까지 가 보고야 비로소 타협하는 순간.

정인은 퇴직 후 홀로 제주에 정착했다.

게스트하우스와 카페를 운영할 계획이라고 했을 때 대부분 예상 밖이라는 반응을 보였다. 가까이에서 그녀의 지옥 같았던 지난날을 지켜본 이들은 삶에 의욕을 보이는 것 같아 일단 안심하는 눈치였다. 그러면서도 한편으로는 하필 숙박업이냐, 그런 건 아무나 하는 게 아니다, 뭐가 부족해서 그런 일을 하려는 거냐고 말했다. 연금 받으며 이제 글이나 써라, 나이를 생각해라, 하나같이 정인을 위한다고 하는 소리였다.

반대하는 사람들을 굳이 설득하고 싶지 않았다. 그녀의 생각은 달랐다. 이른 퇴직을 했다고 한들, 삶에서 퇴직한 건 아니었다. 여전히 현역처럼 살고 싶어졌다. 글 쓰는 일로만 남은 세월을 보내고 싶지 않았다. 늦었지만 그녀에게 있어서는 약속을 지키는 일이었고, 다시 살아가고자 마음을 먹었을 때 이미 결정한 일이기도 했다.

때때로 위장한 채 매복해 있던 슬픔이 청부업자처럼 찾아왔다. 그때마다 세상은 음소거된 거대한 방음벽이 되었다. 그건 세상의 소리가 차단되었다는 뜻이기도 했지만, 동시에 정인이 소리를 잃어 버렸다는 의미이기도 했다. 고통스러운 신음 소리도 벽 밖에서는 아무도 듣지 못했다. 짐작만 할 뿐. 절벽 위에 선 아찔함과 절벽 앞에 마주 선 막막함이 동시에 압박하며 찾아왔다. 그건 천형과 같았다. 죽어서도 벗어날 수 없을 그것을 온전히 받아들이기까지 오랜 세월이 흘렀다. 누구나 자기 삶을 증명하고 싶어 한다. 정인역시 스스로 증명하고 싶었다. 그런 용기가 생기기까지 오래 자신을 죽여야 했다.

오래전 친구와 제주를 여행하다 귤밭 하나를 매입했다. 둘 다 여행을 좋아해 전국을 여행할 때의 일이다. 그 당시 제주는 신혼여행지 정도로만 알려져 있었다. 제주의 풍경을 마주한 그녀들은 신대륙을 발견한 콜럼버스라도 된 기분이었다. 올레길이 개발되기 전이었고 요즘 너도나도 유행처럼 경험하고 싶어 하는 '한 달 살기'라는 말조차 없던 시절이었다. 바람과 여자와 돌이 많아 삼다도라는 이름이 붙은, 한국에서 제일 큰 섬일 뿐이라고 생각했던 제주였다. 그러나 직접 경험한 제주는 그렇게 단순하게 생각한 게 미안할 정도로 보물이 가득한 곳이었다. 어느 곳을 가나 비경이 펼쳐졌고 그 모든 풍경이 저마다 무궁무진한 이야기를 품고 있었다.

학교와 가족에 묶여 있는 정인과 달리 친구는 휴가 때마다 무조건 제주로 날아왔다. 틈틈이 제주 전역을 돌아본 다음 자신이 찾은 땅을 정인에게 보여 주었다. 당연히 지금과 비교되지 않을 만큼 땅값이 저렴했기에 가능한 일이었다. 귤밭에 딸린 자그마한 건물도 있었다. 둘은 그 자리에 여행자학교를 세우자고 의기투합했었다. 세상에 정말 그런 학교가 있을 리 만무했지만 엉뚱하고 기발한 친구의 아이디어였다. 어차피 계획을 실행으로 옮기기까지는 오랜 시간이 걸릴 테니 그 밭은 계속해서 원주인에게 농사를 짓게 했다.

친구는 전문 여행 가이드가 되어 세계를 떠돌았다. 안정된 직장과 가정보다 여행을 선택했고 자신의 역마살을 사랑했다. 누군가 물으면 한곳에 정착할 수 없어서 전문 여행 가이드가 됐다고 당당하게 말했다. 일하면서 틈 날 때마다 홀로 배낭을 꾸려 자유여행을 다녔고 다녀온 곳을 기록해 책으로 내기도 했다. 여행기가 생소하던 시절이었으므로 친구는 인기 작가이면서 자유 여행가들의 길라잡이가 되었다.

그런 친구가 번아웃으로 인해 안식년을 갖던 중 아프리카 여행을 계획했다. 가이드가 아닌 자유 여행가로서의 진짜 여행을 하겠노라 선언했다. 이전에도 친구와 몇 번 함께 했지만, 학기 중이었던 정인은 함께 떠날 수 없었다. 친구와 동행한 건 휴학 중이던 정인의 스물한 살 딸이었다. 딸은 아주 어렸을 때부터 여행을 좋아했다. 정인과 함께 친구의 가이드 팀에 합류한 적도 여러 번이었고 셋이 자유여행도 함께 다녔다. 딸은 친구를 이모라고 불렀고 미혼인 친구는 딸을 조카처럼 예뻐했다. 친구의 아프리카 여행 계획에 딸은 만세를 외칠 만큼 기뻐했다. 아직 미지의 땅이 많은 아프리카는 정인을 닮아 호기심 많은 딸을 자극하기에 충분했다. 풍토병을 염려한 남편이 극구 반대했지만, 정인은 의심 없이 친구의 여행에 합류시켰다.

그때 그러지 말아야 했다. 그때까지의 삶을 온통 부정당하고 다가올 날의 모든 희망이 꺾이는 일이 있어도 그 선택만은 하지 말았어야 했다.

딸은 남편의 염려처럼 풍토병으로 사망해 화장된 뒤 친구의 품에 안겨 돌아왔다. 거짓말 같은 일이었다. 정인은 남편의 풍토병 발언을 저주했고 남편은 의심 없이 딸을 보낸 정인의 경솔함을 혐오했다.

정인은 오랫동안 우울증을 겪었다. 실어증에 가까울 만큼 말이 없어진 것도 그 시기를 겪으면서다. 딸을 부추겼다는 이유로 정인을 학대하던 남편과는 결국 이혼했다. 더 잃을 게 없는 세상에 겨우 발을 디디고 살았다. 걸을 때마다 허방을 짚고 매일 추락하는 기분이었다. 매일이 지옥인데 현실에 살아있다는 자각을 할 때마다 호흡곤란이 왔다. 원인 모를 흉통도 자주 찾아왔다. 그때마다 정인은 생각했다. 딸이 찾아와 가슴에 머물다 가는 거라고. 딸을 가슴에 묻은 후 생긴 증상이라 달리 설명할 방법이 없었다. 그렇게 숨이 멎기를 바랐다. 자식을 죽음으로 내몬 어미가 된 뒤로는 살아 있는 자체가 형벌이었다. 누군가 계속해서 감시하는 듯 타인과 눈조차 마주칠 수 없었다. 딸을 잃고도 밥을 먹고 잠을 자고 강의를 하는 일거수일투족이 스스로 모욕처럼 느껴졌다.

더 이상 버틸 수 없는 순간이 왔다. 그녀는 형편없이 마르고 삶의 의욕을 잃은 채 지리산 자락 구례의 한 집에 오랫동안 머물렀다. 삼십 대의 나리라는 여성이 운영하는 민박집이었다.

나리는 조부모가 살던 오래된 집을 리모델링해 심심재라는 당호를 걸고 1인 숙소로 운영하고 있었다. 안채에는 주인이 살았고, 정원으로 꾸민 마당 맞은편 사랑채에 게스트가 머무는 공간이 있었다. 심심재의 주인인 나리는 아침마다 손수 지은 소박한 아침상을 차려냈다. 텃밭에서 자신이 키운 채소와 지리산 자락에서 얻은 산나물이 주재료였다. 하루가 멀다 하고 이부자리 커버를 바꾸고, 해가 좋은 날은 어김없이 마당에 널어 햇볕을 쬐게 했다. 늘 보송보송한 침구류와 정갈하고 맛있는 음식은 나리의 자존심과 같았다.

정인은 나리를 만날 때마다 자신이 조금씩 달라지고 있음을 알았다. 매 순간 딸이 떠올라서 힘들었던 처음과 달리 점점 나리에게 동화되고 있었다. 심심재는 숙소를 추천하는 사이트에서 찾았으니 계획되지 않은 우연이었다. 그럼에도 우연을 가장한 인연인 듯 어느새 정인과 나리는 필연처럼 각별해졌다. 정인은 어쩌면 자신을 살리기 위해 딸이 보낸 친구라고 믿게 됐다. 나리는 처음 본 자신에게 더없이 다정하고 친근했다. 그건 일반적으로 호스트가 게스트에게 베푸는 친절과는 다른 것이었다. 그러면서도 선을 넘지 않는 유연함이 있었다.

정인의 기분이 가라앉아 하루 종일 말이 없어도 채근하지 않았다. 그런 날은 외출을 하거나 되도록 눈에 띄지 않으려는 듯 안채에 머물렀다. 그때마다 가볍게 먹을 간식을 준비해 메모와 함께 남겨 두는 것도 잊지 않았다.

음식이 약이라고 믿는 나리는 정인을 위해 조심스럽게 신경 썼다. 구례 5일장이 열릴 때마다 지리산 약초꾼들에게 약초를 사 오고 각종 나물로 음식을 만들었다. 정성 가득한 밥상에 고맙다고 말하면 본인 몸이 약해 자신이 먹는 걸 나눠 주는 거라고 대수롭지 않게 이야기했다. 자신도 복잡한 바깥세상이 싫어 은둔하듯 지리산에 산다고 정인의 요양을 자연스럽게 받아들였다. 조금씩 기운을 차리자 함께 지리산 둘레길을 걷고 서시천과 섬진강가를 산책했다. 서시천의 밤 벚꽃 길을 걸었다. 그녀들은 처음에 나란히 걸었지만 어느 순간 자연스럽게 떨어져 걸었다. 적당한 거리를 두고 정인이 앞서 걷고 나리가 뒤에서 걸었다.

"낮에는 사람이 너무 많아서 걸을 수가 없어요. 이렇게 늦은 시간에 나오면 다른 세상에 와 있는 것 같아요."

'다른 세상' 그건 어쩔 수 없이 이 세상에 살아가고 있다는 증거이기도 했다. 두 번의 밤 벚꽃 길을 걷고 나서야 그 아름다움이 눈에 들어왔다. 밤바람에 흩날리는 벚꽃 잎이 내려앉은 길은 마치 눈길을 걷고 있다고 착각할 만했다. 세상의 아름다움이 다시 눈에 들어오기 시작했다.

텃밭을 함께 가꾸고 수확한 재료로 음식을 만들어 먹었다. 야생의 녹차를 수확해 차도 만들었다. 나리는 마당의 감나무 아래, 툇마루, 화엄사 계곡에 수시로 찻자리를 마련했다. 차를 마시는 시간이 반복될수록 온갖 생각으로 들끓던 정인의 마음에 고요가 찾아오기 시작했다. 구례와 가까운 하동은 차의 고장이었다. 구례 5일장터는 팥죽집에서도 차를 다기에 내어 주는 여유와 멋이 있는 곳이었다.

여행으로 모든 것을 잃은 정인을 살린 건 아이러니하게도 여행자를 맞아 주는 민박집 주인 나리였다. 건강을 회복하기까지 오래 걸렸지만 결국 정인은 교단에 복귀했다. 나리의 힘이 그만큼 컸다.

친구 역시 정인만큼 힘들어했다. 자책으로 스스로를 파괴했고 급기야 정인과도 연락을 끊고서 잠적해 버렸다. 안식년이 예정보다 오래되고 다들 여행업에서 떠났다고 생각할 즈음 다시 가이드로 복귀했다는 소식을 소문으로 들었다. 오지 여행 전문 가이드로 세계를 떠돌고 있다는 소식이 오지에서 오는 우편물처럼 더디게 정인에게 전해졌다.

정인은 더 이상 새로운 여행지에 관심이 없어졌고 흥미마저 잃었다. 자식을 가슴에 묻은 어미가 다 그렇듯 하루하루 마지못해 견디는 삶이었다. 아무런 의지와 의욕 없이도 살아진다는 게 오히려 의아한 일이었다. 수치스럽다고 자신을 경멸하기도 했다. 맨발로 칼날 위에 선 것 같은 위험과 고통에 가까웠다.

정인은 친구의 사고 소식을 뉴스를 보고 알았다. 한국인으로 구성된 히말라야 트레킹 팀을 태운 경비행기 추락 사고가 속보로 보도됐다. 앵커는 탑승자 전원의 행방을 찾지 못했다는 안타까운 소식을 전했다. 앵커의 목소리는 속보에 어울리는 긴박함이 전혀 느껴지지 않았다. 그가 신입 앵커라서가 아니라 원래 인간은 그렇게 남의 고통에 무감각한 방관자일 수밖에 없다. 그는 무미건조한 언어로 대본을 읽는 전달자의 기능을 수행할 뿐이었다. 자료 화면으로 보여주는 히말라야 설산은 사고 경비행기를 삼키고도 내색조차 없었다. 누군가는 자료 화면을 보고도 여전히 그 산맥을 꿈꾸고 있을지 모른다. 주어진 대본을 마지못해 읽는 듯

한 건조함에 긴장감이 떨어졌다. 세상의 모든 사건 사고들은 그렇게 예고 없이 일어나고는 했다.

재난은 내가 겪지 않은 이상 누구도 그 고통을 짐작하기 쉽지 않은 일이다. 추락 지점은 눈사태로 인해 실종자 수색조차 힘든 장소라고 전할 때 앵커는 눈사태를 산사태로 읽는 실수를 하고서야 약간 당황한 듯했다. 실종자 명단을 자막으로 보던 정인은 '서현실'이라는 이름을 확인하는 순간 오열하고 말았다. 모든 사고가 그렇듯 눈물 역시 예고 없이 터져 나왔다. 친구의 이름을 보는 순간 확인하지 않아도 알 수 있었다.

히말라야 눈 속에 묻혀 있을 친구를 떠올릴 때마다 심장이 얼어붙는 심정이었다. 가슴을 도끼로 내리치는 그때의 고통이 다시 선명하게 떠올랐다. 정인은 자신이 그토록 좋아했던 여행에서 가장 사랑하는 두 사람을 잃었다. 억만년의 시간이 흐른들 두 사람을 잃은 슬픔은 희석되지 않을 것이다. 다만 다시 견딜 뿐이었다. 학교가 유일한 탈출구인양 강의에만 매달렸다.

시간은 공평하게 흘러갔다. 기말고사 채점을 마친 후 퇴근 준비를 하던 정인은 가방을 다시 내려놓고 커피 머신 앞

*

으로 갔다. 캡슐 커피 한 잔을 내려 창가에 섰다. 방학이라 그런지 교정은 매우 한적했고 오후 여섯 시가 안 됐는데도 밖은 벌써 어둠이 깔리고 있었다. 집으로 돌아가도 어차피 똑같은 상황이 반복될 텐데 굳이 서두를 이유가 없었다. 천천히 커피 한 잔을 다 마신 후에야 창가에서 돌아서 다시 의자에 앉았다. 며칠 전 읽다 만 타고르 단편선을 다시 집어 들었다.

타고르에게 아시아인 최초로 노벨문학상을 안겼던 그의 시집 『기탄잘리』에 이어 단편소설을 읽다가 인도라는 나라가 몹시 궁금해졌다. 세계 여러 나라를 여행했지만, 인도만큼은 쉽게 도전하지 못했다. 여러 가지 이유로 여자 혼자서 가기 쉽지 않은 나라라고 생각했다.

그보다 오랫동안 여행을 멈추고 있었다는 게 맞는 말이다. 여행 메이트였던 딸과 친구를 잃고 나서 차마 비행기를 타고 여행할 수가 없었다. 그동안 여행에 반응하던 세포 자체가 아예 기능을 잃었다고 생각했다. 학교와 집만 오가면서도 수시로 길을 잃었다. 달리다 보면 의도하지 않았는데도 여지없이 딸과의 추억이 있는 곳으로 향하고 있었다. 마음이 뇌를 지배하는 긴긴 시간을 배회했다. 홍수로 범람해 강 하구에 쌓인 퇴적물처럼 맥락 없이 어수선한 시간이었다.

✳

103

창밖은 완전히 어두웠고 시간은 이미 밤 아홉 시를 넘어 가고 있었다.

"까짓거, 가 보지 뭐. 해 보지도 않고 겁부터 낼 건 아니잖아. 도대체 내가 더 이상 두려울 게 뭐야?"

정인은 자신도 놀랄 만큼 힘을 실어 혼잣말을 했다. 그러자 정말 힘이 생기는 것 같고 용기가 났다. 바로 항공사 사이트에 접속해 비행기 표를 예매했고 나리에게 전화했다.

"나 여행 가려고 비행기 표 예매했어."

"정말 잘하셨어요. 응원할게요, 선생님."

나리가 수화기 너머로 힘찬 박수를 보내줬다. 평소 말없이 조용하기만 하던 나리가 한층 들뜬 목소리로 자신을 응원하고 있다고 생각하니 더 기운이 났다.

"인도에 가기로 했어."

"선생님다워요."

나리가 말하는 자신다운 게 무엇인지 모르지만, 그런 무조건의 응원이 필요했음을 통화를 하고야 깨달았다. 나리는 그런 사람이었다. 자신의 내면에 있는 에너지를 햇살처럼 나눠 주는 사람.

"그렇게 얘기해 줘서 고마워."

그동안 수시로 나리에게 내려갔었다. 나리의 심심재에

들르면 마음이 고요하고 안정됐다. 속에서 끓어오르던 슬픔과 분노가 잦아들고 편안해졌다. 하필 왜 자신에게만 불행이 닥쳐왔는지 들끓던 원망이 스스로도 눈치채지 못할 만큼 서서히 가라앉았다. 그럴 수도 있다고 생각하게 됐다. 누구나 불행을 겪을 수 있지만 문제는 극복이라는 사실도 서서히 알게 되었다. 그건 배우거나 누가 강요해서 깨달아지는 게 아니었다. 건강을 잃을 만큼 오래 괴로워하고, 오래 아프고 나서야 조금씩 정신이 들었다. 기어이 바닥을 보고야 바닥인 줄 알았다. 극복하고자 하는 자체가 딸과 친구에게 배신감처럼 느껴졌다. 극복하고 아무렇지 않은 척 사는 게 죄짓는 행위라고 생각했다. 제정신으로 사는 게 오히려 혐오스러울 때도 있었다. 세상의 온갖 고통스러운 단어들로 자신을 괴롭혔다. 그런데 정말 그럴까, 스스로 질문하는 순간이 왔다.

어쩌면 새살이 돋는 게 두려웠는지 모른다. 새살이 돋아 슬퍼하는 감정이 사라질까 봐 계속해서 상처를 후벼 파며 살았는지도 모른다. 충분히 파괴돼야 마땅하다고 스스로 학대하고 저주했다. 그러다가 도저히 기운을 차릴 수 없을 때 나리에게 가면 나리는 조용히 기다려 주었다. 묵묵히 먹이고 재우는 일에만 신경 썼는데도 곁에 있으면 힘이 됐다.

✳

수화기 너머에서 한참 말을 잇지 못하고 가만히 듣고 있던 나리가 말했다.

"선생님이 그만 아파하게 해 달라고 늘 기도 했어요."

"나리 씨, 나는 계속 아플지 몰라. 하지만 이제 두렵지 않아. 겨우 피하지 않고 마주 바라볼 수 있게 됐거든."

정인은 있는 그대로를 부정하지 않고 받아들이기로 했다. 영원히 가슴에 묻어야 할 일이고 피할 수 없는 일이기에 운명으로 받아들이기로 했다.

책을 덮어 가방에 넣고 두꺼운 목도리를 두른 채 방을 나섰다. 지하 주차장의 교수 전용 구역에는 정인의 빨간색 코란도가 주차돼 있다. 키를 꽂고 돌리자 기다렸다는 듯이 힘찬 엔진 소리가 울렸다. 딸이 면허를 따고 처음 연수를 했던 차다.

"엄마, 이 차 나 줘라. 엄마 나이에 빨간색은 좀 그렇지."

딸이 옆에 앉아 조르던 날이 떠올랐다. 그날처럼 옆에 딸이 앉아 있는 기분이 들었다. 정인이 빙그레 웃었다. 그리고 놀랐다.

"내가 웃고 있네?"

정인은 혼잣말을 하며 다시 빙그레 미소 지었다. 지하 주차장을 빠져나왔다. 밖은 어둡지만 어쩐지 자신의 앞날이 이제 더 이상 어둡지만은 않을 거라는 예감이 들었다. 정인은 코를 한 번 찡긋하고 어깨도 한 번 으쓱한 후 라디오 음악프로의 볼륨을 높였다. 새끼 잃은 어미가 할 수 있는 건 오직 두 가지뿐이다. 따라 죽거나, 그럼에도 살거나. 정인은 자신이 이제야 확실하게 결정했음을 깨달았다.

열흘 후 정인은 콜카타의 〈타고르 하우스〉를 방문했다. 타고르가 생전에 기거하다가 여든에 생을 마친 곳이다. 현재는 한 대학의 건물로 사용 중이면서 별관을 개조해 그의 유품을 전시하는 박물관으로 쓰고 있었다. 사랑받는 한 작가가 태어나고 숨을 거둘 때까지의 자취가 남아 있는 장소다. 그의 흔적을 한데 모아놓은 듯 전부 관람하는 데 꽤 오랜 시간이 걸렸다. 그림과 작품, 편지, 사진 등의 유물을 찬찬히 돌아보았다. 정인은 절망의 너머에서 아직 찾아오기 망설이는 그 무언가가 분명 희망이었으면 싶었다. 겨우 용기 내어 손을 내밀었다. 무너진 폐허 속에서 만신창이가 된 채 짐승처럼 웅크리고 있었던 자신에게 이 손을 잡아 보라고 말했다. 결국 스스로 하지 않으면 절대 다시 일어날 수 없다는 것을 잘 알았다.

거리를 걸었다. 인도와 차도 구분이 없고 신호등이 없는 거리, 달리는 차들은 백미러가 아예 없거나 있어도 접힌 상태로 운행하고 있었다. 혼돈 자체의 거리지만 왠지 평온하기만 했다. 인도의 다른 곳도 별로 다르지 않겠지만 특히 콜카타는 인도의 민낯을 가장 많이 볼 수 있는 곳이라는 생각을 지울 수 없었다. 무질서하고 지저분하고 소란스러웠다. 길거리에서 아무렇지 않게 샤워하는 사람들, 나체 상태로 수행 중인 요기, 평생 한 번도 깎지 않았음이 분명해 보이는 긴 머리카락을 똬리처럼 틀어 머리에 이고 있는 수행자. 지금까지 말로, 매체로만 접했던 인도 속에 들어와 있는 게 실감 났다. 그들에게 수행은 방식이 아니라 삶 그 자체처럼 보였다. 그렇다면 자신도 지금 수행 중인 게 아닐까. 문득문득 정인은 삶 자체가 고행이며 수행이 필요하다는 생각을 하고 있었다.

길거리 노점상에서 산 라씨 한 잔을 들고, 칼리지 스트릿을 설렁설렁 걸으며 이곳저곳 책방을 기웃거리고, 인디아 커피하우스에도 들러 보았다. 과거 타고르도 즐겨 찾았고 인도의 지성들이 모여 토론하고 사교를 했던 곳으로 유명했다. 오래된 낡은 계단을 올라가자 천장이 높은 홀이 나왔다. 닭 볏 모양의 모자를 쓴 하얀색 제복을 입은 서버들과 자리를 꽉 채운 사람들만으로도 그 명성은 이미 증명되었다. 걸쭉한 인도산 커피처럼 삶의 현장은 어디나 그렇게 치열했다.

콜카타 거리를 걷다 보면 사람들의 행렬은 어디를 가나 피난민들을 연상하게 할 만큼 복잡하고 분주했다. 콜카타의 랜드 마크라는 하우라 브릿지를 건널 때 특히 그랬다. 마침 퇴근 시간이라 그런지 지친 얼굴을 한 사람들이 무질서하게 떠밀리듯 흘러가고 있었다. 지치고 피곤해 보이는 사람들 모습이 영락없이 피난민들이었다. 그 지치고 피곤한 사람들, 생기를 잃은 그들의 눈과 초라한 행색, 정인은 인도 첫 여행지인 콜카타에서 살아 있음에 대한 책임감을 강렬하게 실감하고 있었다.

물론 그 뒤로도 그런 순간은 무수히 많았다. 아니, 여행을 마치는 순간까지 인도는 그 자체로 충격이고 놀라운 사건의 연속이었다. 정신없이 휘몰아치는 혼돈 속에서 오히려 예상하지 못했던 안정감이 찾아왔다. 정말 알 수 없는 일이었다. 비로소 다시 살아갈 힘이 조금씩 되살아남을 느끼고 있었다. 여행이 주는 힘이 이런 것이구나 수시로 자각했다. 정신없이 휘몰아치는 중에도 잠깐씩 평온이 찾아왔다. 그때마다, 복잡하게 얽혀 있던 생각이 자취 없이 사라지고는 했다. 뭔가 실마리가 하나씩 풀리는 기분이 들었다. 아무 생각 없이 다시 여행자로 돌아갈 수도 있겠다는 생각이 들었다.

콜카타는 정인에게 가장 인도다웠던 일화를 만들어 준 곳이기도 했다. 지금도 떠오를 때마다 웃음이 나고는 한다. 사연을 들은 사람들이 가장 많이 호응했던 곳이기도 했다.

서더스트리트 여행자 거리에 숙소가 있었다. 콜카타에서의 마지막 날 40루피짜리 에그롤 하나를 들고 천천히 걸었다. 기념이 될 만한 선물 하나쯤 사기 위해 선물 가게를 찾는 중이었다. 때마침 수염을 하얗게 기른 할아버지가 바닥에 천을 깔고 무언가를 팔고 있었다. 주위에는 네댓 명의 사람들이 웅성웅성 모여 있었다. 그들은 손가락에 맑은 액체를 찍어 서로에게 맛을 보여주고 있었다. 그중에는 서양인도 끼어 있었다. 호기심이 발동한 정인도 사람들 틈을 비집고 고개를 디밀었다. 노인 앞에는 석청인 듯 보이는 꿀단지 두어 병이 놓여 있었다. 정인이 관심을 보이자 그도 번쩍이는 눈빛을 보내왔다. 정인이 할아버지 앞에 놓인 꿀병을 잠시 들어 보았다. 그러자 어디서 나타났는지 그전보다 더 많은 남자가 순식간에 몰려들었다. 그들은 마구 환호하며 엄지손가락을 치켜세우고 최고, 최고를 연발하기 시작했다. 그뿐 아니라 자기들끼리 흥정하기 시작했다. 순식간에 난장판이 이뤄졌다. 할아버지는 말 한마디 없이 빙그레 미소만 짓고 있었다.

'봤지? 내 석청이 이렇게 인기 있단다. 이걸 사지 않으면 너는 네 인생 최고의 실수를 저지르는 거야.' 구입을 재촉하는 권유 한번 없이도 세상 모든 꿀은 다 팔아 치울 수 있을 미소였다. 어디서 나타났는지 프랑스 남자 한 명도 그들 사이에 끼어 관심을 보이기 시작했다. 그러자 이번에는 남자들이 서로 꿀단지를 사겠다고 흥정을 시작했다. 슬쩍 끼어들어 할아버지가 제시한 금액보다 더 높은 액수로 흥정을 시도하는 남자들도 나타났다. 그러자 할아버지는 인심 쓰듯 정인과 프랑스 남자에게만 꿀 병을 안겼다. 남자들이 몹시 아쉬워하며 자신들이 특별히 양보하는 거라고 했다. 사람들이 다들 이렇게 극찬하는 거라면 아무리 가짜가 많은 인도라도 믿을 수 있겠지? 정인은 무엇에라도 홀린 듯 의심 없이 석청 네 병을 샀다.

로컬을 외치고 귀한 것이라는 주장에 꽤 비싼 값을 치르면서도 마치 횡재한 기분에 도취되었다. 잠시 뒤 의기양양한 채 꿀 병을 안고 숙소로 들어오는 정인을 본 한국인 장기 여행자 여성이 웃으며 말했다.

"아줌마, 저 앞 할아버지한테 사셨죠? 그거 가짜 석청일 텐데."

"에이, 아니야. 지나가던 사람들이 다 좋다고 난리였어."

"그러니까 인도죠."

그제야 정신이 번쩍 들었다. 그대로 돌아서 할아버지에게 달려갔다. 할아버지는 여전히 말없이 웃고 있었다. 담판을 짓듯 따졌다.

"할아버지 이거 가짜죠? 환불해 주세요."

할아버지가 사람 좋은 미소만 지으며 딱 한 마디 했다.

"노 프라블럼, 나는 아무 말도 안 했는데."

아뿔싸, 생각해 보니 정말 그랬다. 할아버지는 단 한마디도 하지 않고 시종일관 웃기만 했다. 어딘가에서 나타난 남자들이 저희끼리 환호하고 흥정하고 거래하도록 부추겼을 뿐이다. 남자들이 정해준 대로 비싼 값을 치르자 할아버지는 주섬주섬 꿀 병 네 개를 비닐봉지에 넣어 주었을 뿐이다. 횡재한 듯 아무 의심 없이 돌아섰던 정인, 그 여자의 말대로 그게 인도라는 걸 깨달았다. 정인은 어이없는 사기극에 말려들었지만 재밌기도 하고 허탈하기도 했다. 생각할수록 웃음이 났다. 귀국하려 배낭을 꾸려야 했는데 꿀 병을 다 넣을 수가 없었다. 할 수 없이 꿀을 숙소의 종업원에게 선물로 주어야 했다. 그가 고맙다는 인사를 하며 한쪽 선반을 가리켰다. 거기 똑같이 생긴 몇 개의 꿀 병이 나란히 놓여 있었다. 정인은 다리에 힘이 풀려 주저앉으며 그와 함께 웃었다. 누굴 원망하겠나. 세상은 넓고 사기꾼은 많다. 꿀 병 하나를 슬그머니 다시 쥐었다. 그걸 볼 때마다 계속 콜카타를 여행하는 기분이 들지 않을까 싶어서였다.

콜카타 여행을 마치고 바라나시로 이동하기 위해 표를 예매했다. 하우라 역에서 한참을 헤매다가 간신히 외국인 전용 창구를 찾아갔지만, 여권을 복사해 오지 않아 또 한 번 곤욕을 치러야 했다. 자국민들은 역에서 발권해 주면서 외국인들은 굳이 따로 발권해야 하는 이유를 도무지 알 수 없었다. 그뿐 아니라 많은 부분에서 내국인과 외국인의 금액 차이가 크게 났다. 빅토리아 메모리얼 파크의 입장료는 자그마치 내국인의 열 배였다. 세계 여러 나라를 두루 여행했지만 인도만큼 이상한 나라가 없었다. 그럼에도 분명 묘한 매력이 있는 나라였다. 하루에 한 번은 후회의 몸서리를 쳤고 한 번은 알 수 없는 경건함에 고개를 숙이게 되는 곳이었다. 그 어느 곳에서도 느끼지 못했던 이끌림에 마치 철학자라도 된 듯 자꾸 매료되는 곳이 인도였다.

여행을 하다 보니 브라만과 불가촉천민, 사기꾼과 성자, 그 모든 사람이 스승처럼, 친구처럼 느껴졌다. 하지만 누가 묻는다면 한 가지로 정의할 수 없는 곳이 인도였다. 정인이 그 후로 계속해서 인도를 여행하게 된 것 역시 그런 이유 때문이었는지 모른다.

정인은 바라나시행 열차의 SL Sleeper Class 표를 구입했다. 연말이라 바라나시로 가는 표가 얼마 없었다. 인도의 열차는 여러 등급으로 나뉘었고 정인은 자신이 살 수 있는 몇 안 되는 표 중에 그나마 괜찮다고 생각한 표를 의심 없이 샀다. 바라나시까지 장장 열일곱 시간이나 가야 하는데, 침대칸을 끊게 되어 운이 좋다고 안심하기까지 했다. 그야말로 무지가 불러온 불행을 스스로 자처한 것이었지만 닥치기 전까지 결코 짐작할 수 없는 일이었다. 겪어보니 모든 불행은 그렇게 예상하지 못한 순간 도둑처럼 은밀하고 폭군처럼 거칠게 찾아왔다. 그 사실을 깨닫기까지 시간은 얼마 걸리지 않았다.

기차는 예정 시간보다 두 시간이나 연착했다. 그때까지도 정인은 '그래, 여기는 인도지'라며 여유를 부렸다. 그보다 오래전부터 시간의 흐름을 망각한 채 살고 있는 게 아닌지 느낄 때가 많았다. 한산하던 플랫폼에 기차가 들어오자 순식간에 사람들이 몰려들었다. 그들 사이를 비집고 정인도 간신히 기차에 올랐다. 통로가 매우 비좁았지만 어렵게 자리를 찾아갔다. 통로 사이로 철제 침대가 3단으로 놓여 있었다. 정인의 자리는 맨 아래 자리였다. 그 자리에는 어린아이를 안은 여자와 그의 남편으로 보이는 남자, 그리고 노인이 나란히 앉아 있었다. 정인은 표를 다시 확인하고 의심 없이 그들에게 자신의 표를 보여 주었다. 그러나 그들 중 누구도 일어나거나 표를 자세히 보려고 하지 않았다. 너무나도 태연하게 눈만 멀뚱멀뚱 뜨고 전혀 모르겠다는 듯 순진한 얼굴을 하고 있었다. 말문이 턱 막힌 정인이 이번에는 아이를 안은 여자의 눈앞에 표를 내밀었다. 그러자 여자 역시 빙긋이 미소만 지을 뿐 아무런 액션도 취하지 않았다. 다음에는 그의 남편으로 보이는 남자에게, 그다음에는 노인에게 차례로 표를 보여 주면서 자리를 비켜 달라고 말했다. 하지만 그들은 계속 묵묵부답 아무런 반응도 보이지 않았다. 정인 역시 지지 않으려 이번에는 목소리를 높여 말했다.

"내 자리니까 빨리 비켜요."

그제야 남자가 빙긋 웃으며 한마디 했다.

"노 프라블럼, 이게 언제부터 네 자리야? 원하면 같이 앉으렴."

그러면서 부인을 자기 옆으로 살짝 당기는 시늉을 했다. 마치 불쌍해서 내가 양보한다는 식이었다. 이런 억지스러운 상황은 단 한 번도 예상치 못한 일이었다.

정인은 그제야 뭔가 단단히 잘못됐다는 것을 깨달았다.

*

주변을 살펴보았다. 거의 다 벵골리언들이었다. 콜카타는 인도 서 벵골주로 방글라데시와 접경 지역에 위치한 도시다. 인도라고 하지만 대부분의 사람은 자신을 벵골인이라고 생각하는 벵골 정체성이 강한 곳이다. 기차 칸에 타고 있는 이들 역시 대부분 벵골인들이었다. 공교롭게도 그 칸은 SL 중 가장 낮은 등급이었다. 티켓 검사도 거의 하지 않다 보니 무임승차가 많았다. 비교적 한산하던 플랫폼에 기차가 들어오자 사람들이 한꺼번에 정신없이 쏟아져 들어오던 모습이 떠올랐다. 그들은 무임승차를 위해 어딘가에서 기차가 들어오기를 기다리던 벵골리언들이었다.

처음부터 이상했지만 미처 눈치 채지 못했다. 그들의 피부는 매우 짙었고 하나같이 눈이 커 보였다. 그 큰 눈들이 일제히 정인을 뚫어져라 쳐다봤다. 생전 경험한 적 없는 미지의 생명체를 마주한 것처럼 그들의 눈은 호기심으로 가득 차 있었다. 그 호기심을 한 몸에 받으며 기가 질리고 숨이 턱턱 막혀올 정도였다. 갑자기 낯선 사람들에 대한 공포가 밀려왔다. 당장 그 자리를 벗어나지 않으면 숨이 막힐 듯 호흡이 가빠왔다. 아무리 호기심 많고 타인종에 대한 선입견 없이 살았다고 자신했지만 막무가내의 사람들 틈에서 도저히 버텨낼 용기가 나지 않았다. 자신도 모르게 온몸에 소름이 돋고 머리가 쭈뼛거렸다. 순식간에 온갖 상상이 머리를 스쳐 갔다. 그 칸에서 열일곱 시간을 견디느니 차라리 내려서 걸어가고 싶었다. 설사 견딘다고 하더라도 꼼짝할 수 없다는 염려는 두려움으로 다가왔다. 잠은 어떻게 잘 수 있을까. 화장실에 가려면 어떻게 해야 할까. 배낭은 어떻게 지킬 수 있을까. 온갖 불확실하고 부정적인 마음이 머리를 몽둥이로 내리치는 충격과 두통을 유발했다. 극심한 스트레스로 구역질이 스멀거리는 찰나였다.

"한국인이죠? 표 이리 줘요."

남자는 정인이 미처 대답하기도 전에 손에서 표를 낚아챘다. 그런 다음 자신의 표를 쥐여 주었다.

"자, 어서 가요. 잘 찾아갈 수 있죠?"

뒤를 돌아볼 수도, 남자의 얼굴을 똑바로 쳐다볼 수도, 고맙다고 인사할 겨를도 없었다. 사람들 틈을 비집고 냅다 달려 그 자리를 벗어났다. 돌이켜 생각해 봐도 그때는 뭐라 표현할 길 없는 멘탈 붕괴 직전의 위급상황이 틀림없었다.

바꾼 표의 3A 칸은 에어컨이 설치되어 있으며 지정된 좌석만 이용할 수 있는 칸이었다. 좌석을 찾아 앉으려는 순간 그 칸에 있던 사람들의 눈이 동시에 정인에게 쏠렸다. 무엇보다 한 무리의 사람들이 한국어로 쑥덕거리는 소리가 먼저 귀에 들어왔다. 당황스럽고 민망한 분위기였지만 온몸의 긴장이 풀어지면서 그제야 사람들 얼굴이 보이기 시작했다.

"누구세요?"

들려오는 익숙한 한국어와 함께 젊은 한국인들이 정인을 의아한 듯이 쳐다봤다. 웅성거림 속에서 정인의 얼굴은 빨갛게 달아올랐다. 하지만 젊은이들을 설득할 방법이 없었다.

"근데 롭상 오빠는 어디 갔지?"

그건 '아줌마는 뭔데 롭상 오빠 표를 가지고 있어요?'라는 의미였다. 마치 정인이 롭상이라는 남자의 기차표를 강탈하기라도 했다는 듯이 그들의 말에는 의심과 적의가 가득했다. 일단은 한국어가 통하니 뭐라도 해 볼 수 있다는 안도감과 그들을 설득해야 하는 당혹함이 앞섰다. 그런 사이 당황하는 그들의 말은 기차가 출발하는 소리와 함께 묻혀 버렸다.

그렇게 정인은 롭상을 바라나시행 열차에서 필연적으로 만났다.

특별한 만남

무엇도 먼저 전제하지 않고 예상하지 않은 우연들이 하나의 세계를 새롭게 창조하기도 한다.

얼마간의 시간이 흐르고 안도했던 마음도 잠시, 정인은 지금 상황을 이들에게 납득시켜야 한다고 생각했다. 자신의 모습이 이들에게 어떻게 보일지, 이 경우 어색한 미소만으로 대응하는 것도 한계가 있었다. 아무런 준비 없이 한 공간에 일행처럼 함께 하는 건 이들에게도 난처한 일일 것이다.

일행들에게 과자를 나눠 주던 한 남학생이 망설임 없이 정인에게도 권했다. 경계하던 여학생들도 어느 순간부터 조금씩 경계를 푸는 눈치였다. 더 이상 정인을 향해 눈치를 살피는 시선이 사라지자 정인도 한결 편안해졌다. 긴장이 풀어질수록 정인은 여학생이 말하던 롭샹이라는 남자가 궁금했다. 갑작스러운 상황에서 도망치듯 나오느라 그의 얼굴을 자세히 보지도 못했다. 고맙다는 말조차 미처 하지 못했다. 바라나시에 도착하기 전에 한 번쯤 다시 나타나려니 했다. 그때 인사를 하려고 마음속에 인사말까지 준비했지만 그는 끝내 나타나지 않았다.

“롭상 형은 지금 벵골리언들하고 실컷 썰을 풀고 있겠지?”

“이상해, 롭상 오빠는 말이 잘 통하지 않는데도 현지인처럼 뭐든 익숙해.”

“맞아, 나도 처음에 현지인인 줄 알았다니까.”

일행들의 말속에서 유추할 뿐이었지만 정인은 어쩐지 롭상이라는 인물이 예사롭지 않겠다고 느꼈다. 특히 봉사가 업이라는 청년들의 말이 그에 대한 궁금증을 한층 더하게 했다. 당황스럽고 급박한 상황에서 스치듯 만났던 그의 인상조차 잘 떠오르지 않았다. 새로운 인연을 만드는 일에 주저하는 그녀는 자꾸 신경이 쓰였다. 본인이 없는데도 그들의 이야기 속에 가장 많이 등장하는 건 역시 롭상이었다. 자꾸 듣다 보니 자신 역시 어느새 롭상을 아주 오래전부터 알고 지낸 듯 가깝게 느껴졌다.

기차는 끝없이 북쪽으로 달렸다. 운행 시간이라고 알고 있던 열일곱 시간보다 세 시간을 더 달린 후에야 겨우 바라나시에 도착했다. 무수히 많은 도시를 경유했고, 창밖으로 낯선 풍경이 끝없이 이어졌다. 그러는 동안 여러 번 잠을 자고 밥을 먹었다. 까닭 모르게 간이역에 한없이 정차해도 누구 하나 불평 없이 그 시간을 견뎠다. 그것이 인도라는 걸 서서히 깨달아 가고 있었다.

지금까지 무수히 많은 나라와 도시를 여행했지만 그토록 혼란한 도시는 처음 경험했다. 그런데도 이상하게 싫지 않았다. 언제 또 콜카타를 방문하게 될지는 신만이 알 일이다. 그런 아쉬움도 잠시, 다시 만나게 될 새로운 도시 바라나시가 궁금했다. 어느새 여행 본능이 살아나고 호기심에 불이 켜졌음을 알아차렸다.

정인이 경험한 바 여행지에서는 누구나 금방 친구가 된다. 같이 여행하는 다섯 명의 일행에 정인이 자연스럽게 합류하는 일도 그리 어렵지 않았다. 때때로 어린 여학생들에게서 딸의 모습이 떠오르고는 했지만, 전처럼 고개를 돌리거나 외면하지 않았다. 한편으로는 딸을 보듯 반가운 마음이 들기도 했다. 스스로도 놀랄 만큼 새로운 감정이었다. 가지지 못한 것에 미련을 두지 않듯 영원히 가질 수 없는 순간을 그리워하지 않기로 했다. 다만 추억할 뿐이었다. 그런 감정 역시 딸을 잃고 나서 깨달은 많은 것 중 하나였다.

자신감 넘치게 살았다. 모든 게 완벽했다. 가지고자 하는 건 대부분 손에 넣을 수 있었다. 자신이 계획한 일에 있어 어긋남이란 있을 수 없었다. 모든 게 완벽하다고 믿었기에 상실감을 극복하는 게 그만큼 힘들었는지 모른다. 교만하지 않았지만 굳이 겸손을 가장할 필요가 없을 만큼 적당한 선을 지켰다. 자신이 선을 지키는 만큼 그 무엇도, 그 누구도 선을 넘어오지 않을 거라고 믿었다. 그 선이라는 게 그저 자신이 정했을 뿐 아무 의미 없다는 것을 더디게 깨닫고 있을 뿐이었다.

세상이 결코 만만하지 않다는 것을 가장 소중한 것을 잃고서야 겨우 깨닫는 스토리는 드라마틱한 한편 아이러니했다. 어쩐지 신파 같아서 인정하기 주저했다. 수강생들에게도 개연성 없는 스토리를 경계하라고 가르쳤다. 그러나 겪고 보니 세상은 우습게도 역시 신파였고 예외가 없었다. 개연성 없이도 어떤 일은 탈선사고처럼 일어났고 인정하기 싫었지만 절대적인 힘에 속절없이 무릎 꿇는 일도 받아들여야 했다.

예기치 않은 사건의 유형과 실체는 인간 군상만큼 제각각이라 하나로 정의할 수 없었다. 자신이 열차 안에 있는 그 순간과 상황 역시 그랬다.

바라나시에 도착해서야 비로소 롭상과 만났다.

첫 만남의 상황이 워낙 강렬했지만, 순식간에 지나가 버려 첫인상조차 남아 있지 않았었다. 하루가 지나서야 만난 그는 생김새뿐 아니라 행동 역시 인도 어느 거리에나 있는 현지인처럼 거침없었고 자연스럽게 어울렸다. 자신과 같이 이방인으로서 풍기는 낯설고 어색한 이미지가 전혀 없었다. 본인 스스로도 그걸 느끼고 즐기는 듯했다.

롭상은 일행들에게 자신이 열차에서 어떻게 스무 시간 이상을 견뎠는지 굳이 설명하지 않았다. 그렇지만 이야기하지 않아도 모두 이미 알고 있다는 듯 특별히 묻는 이가 없었다. 정인조차 그가 전혀 이질감 없이 혼란 속에서 그들처럼 먹고 자며 긴 시간을 무리 없이 견뎠으리라 믿게 되었다. 그들의 말처럼 인도에 최적화된 사람이라는 느낌이 강하게 들었다.

"정말 고맙고 부끄러워요. 그때는 정말 겁도 나고 무서웠는데……."

정인은 자신이 인종 차별주의자처럼 보이지 않았을까 염려되었다. 그 상황을 달리 변명할 말도 떠오르지 않았다. 그가 그렇게 생각했다고 해도 변명의 여지가 없는 상황이었다. 지난 순간 자신의 처신만 두고 본다면 정말 자신에게 그런 마음이 없었는지 본인조차 의심될 지경이었다.

"그럴 수 있어요. 신경 쓰지 마세요."

그는 오히려 정인이 무안할 만큼 아무렇지 않게 대답했고 그 일에 대해서 더 이상 어떤 언급도 하지 않았다. '독특한데 쿨하기까지 하네?' 정인은 그렇게 생각했고, 그는 그 마음까지 다 읽었다는 듯 어색하게 웃었다. 언제부터 그들 사이에 우연이 작용한 것일까. 정인이 예약한 숙소도 마침 그들의 숙소와 같았다. 그때부터 자연스럽게 정인도 일행과 함께했다. 바라나시에 도착한 일행들은 예약한 숙소에 짐을 보관하고 갠지스강으로 향했다. 굳이 묻거나 눈치를 살피는 과정이 필요하지 않았다. 처음부터 그랬던 것처럼 정인은 자연스럽게 일행들 사이에 스며들게 되었다.

인도인들이 최고의 성지로 꼽는다는 갠지스강이 눈앞에 펼쳐졌다. 일행들은 믿어지지 않는다는 듯 설레는 기분을 감추지 않으면서도 한편으로는 어리둥절한 분위기였다.

정인에게도 인도행은 일종의 도전과도 같았다.

인도로 떠나기 전, 주변에 여행 계획을 말하자 다들 안도하고 기뻐했다. 이제 그만 고통에서 벗어나기를 간절히 바라던 사람들이었다. 휴양지에서 영혼까지 내려놓고 쉬다가 오라는 사람, 세계의 도서관 기행을 다녀와 책을 써 보라는 사람도 있었다. 박물관 기행을 하고 출판하자는 편집자도 있었다. 정인의 주변인들은 그렇게 나름대로 생각을 내놓았다. 하지만 여행지가 인도라고 하자 다들 쌍수 들고 반대하기 시작했다. 인도 출장을 다녀온 기억을 소환해 적극 만류하는 이도 있었다.

"이 교수가 아무리 여행 경험이 많아도 인도는 어려울 거야. 지저분하고 소란스럽고 혼돈 그 자체야. 질서라고는 찾아볼 수도 없어. 더군다나 지금 이 교수는 리프레시가 필요한 때야. 인도는 절대 추천하고 싶지 않은 나라야. 차라리 스위스 같은 유럽은 어때?"

특히 인도의 위생에 관해서 온갖 혐오 발언을 늘어놓는 사람도 있었지만 누구도 정인의 계획을 막을 수 없었다. 오히려 만류할수록 그들이 말하는 혼란 속에서 정제된 무엇인가를 직접 찾아 경험하고 싶었다. 여행 좀 해 본 사람들은 인도를 두고 '성자와 수행자와 사기꾼과 걸인과 명상가의 나라'라고 말했다. 그리고 그들이 이름만 달리할 뿐, 하나같이 영적 스승처럼 행동한다고 했다. 그러나 그런 말을 들을 때마다 정인은 오히려 인도라는 나라를 직접 마주하고 싶었다.

갠지스강에 도착했을 때 마침 일몰 시각이었다. 롭상이

보트 하나를 빌렸다. 그들 일행을 보자 디아를 팔기 위해
상인들이 모여들었다. 남자, 여자, 노인, 아이 할 것 없이 저
마다 나뭇잎으로 만든 접시에 꽃 장식을 한 디아를 들고 간
절한 눈빛을 보냈다. 디아 하나를 팔기 위한 경쟁은 아귀다
툼을 방불케 했다.

갠지스강에 목욕을 하며 자신의 죄업을 씻는 사람, 그 옆
에서 빨래하는 사람, 화장의식을 하는 사람들, 관광객과 상
인, 성자와 걸인까지 모두 한데 어울려 갠지스강은 그야말
로 커다란 혼돈의 세계였다.

정인은 어린 소녀에게 금잔화로 장식한 디아를 몇 개 샀
다. 일행들도 맘에 드는 디아를 골라 배에 올랐다. 어쩐지
그때부터 분위기가 사뭇 가라앉았다. 초에 하나씩 불을 붙
이고 디아를 강물에 띄웠다. 그 순간만큼은 다들 엄숙한 분
위기였다. 각자 무슨 소원을 빌었는지 묻지 않았다. 마음에
소원 하나 없는 사람이 있을까. 저마다 간직한 소원을 디아
와 함께 띄우는 동안 일몰이 더 깊어 갔다.

수면 위에 디아를 띄우고 보니 어둠 속에서 오로지 자신
이 띄운 디아만이 눈에 들어왔다. 분명 주변에 수없이 많은
디아가 물결 위에 떠다니며 흔들리고 있는데도 그 순간에
는 자신의 디아만이 눈에 가득 찼다. 누구도 대신할 수 없

는 아픔처럼 누구와도 나눠 가질 수 없는 감정이기에 온전히 혼자 감당해야 했다.

"저는 인도에 산 지 벌써 3년째인데 바라나시도 처음이고 디아도 처음이네요."

롭상이 말했다.

"혹시 무슨 소원을 빌었는지 물어봐도 돼요?"

정인이 물었다. 묻고 나서 아차 싶었다. 처음 만난 사람에게 자신도 그게 왜 궁금한지 의문이었다.

"저요? 저는 지금처럼 계속 인도에 있고 싶어요. 계속 인도에 살게 해 달라고 빌었어요."

언뜻 이해하기 어려운 소원이었다. 나이도 먹을 만큼 먹은 사람이 안정된 일과 가정이 아니라 앞으로도 객지에서 봉사자의 삶을 살고 싶다고 빌다니. 그는 왜 계속 그런 삶을 살고 싶어 하는 것일까. 무엇이 그로 하여금 그렇게 살게 하는지 궁금해졌다.

"자신의 욕망을 초월한 사람처럼 말씀하시네요. 그게 정말 가능해요?"

"글쎄요. 그 욕망이라는 게 반드시 어떤 지표가 있어야 한다고 생각하지 않게 되었다고나 할까요."

그의 말은 흡사 현자의 대답 같았고 깨달음을 얻은 자의 진언처럼 들렸다. 인도에서 3년 세월 동안 죽어가는 사람들의 수발을 들었다는 남자, 병자를 씻기고 먹이고 입히며 그들의 마지막을 위해 기도한다는 남자, 그렇지만 종교도 신앙도 없다는 남자, 롭샹이라는 이름 하나만 남기고 자신의 과거를 다 묻은 남자라니, 호기심이 발동했다. 롭샹이라는 사람 자체가 하나의 커다란 세계처럼 다가왔다.

정인은 자신의 인도 여행이 마치 롭샹을 만나기 위한 예정된 운명처럼 느껴졌다. 그동안 자신 안의 슬픔에 매몰돼 주변을 전혀 돌아보지 못하고 살았다. 오직 자신의 감정에만 빠져 한 발짝도 밖으로 나오지 못하고 안으로만 숨어들었다. 그 안에서는 아무것도 보이지 않았다. 밖으로 나오고서야 그 안이 보이기 시작했다. 롭샹은 자신과는 전혀 다른 유형의 인간이었다. 그는 밖에 있으면서 안을 아우르는 사람 같았다. 일행들은 콜카타와 전혀 다른 느낌의 바라나시를 경험하느라 바쁜 눈치였다. 정인 역시 점점 바라나시와 갠지스강의 묘한 매력에 빠져들고 있었다. 이제 막 도착했지만 한마디로 안개 속 같고 양파 같은 도시였다. 콜카타만큼이나 혼란의 극치를 보여주는 도시가 될 것 같은 예감이 강하게 들었다.

여행 전까지만 해도 정인에게서 의욕이라고는 도무지 찾

아볼 수 없었다. 시간을 그저 흘려보내고 있었다. 살아도 산 게 아니라는 흔한 표현으로 다 설명할 수 없는 고통의 시간들이었다. 어느 순간 다시 여행을 시작하기로 마음먹었고 그때 마침 인도가 첫 목적지로 떠오른 것도 돌이켜 보면 우연이 아니었다. 처음에는 타고르 하나만 생각하고 무작정 감행했지만, 콜카타는 자신을 시험하는 장소였다. 혼자 설 수 있을지, 용기 내서 살아갈 수 있을지 시험해 보고 싶었다. 담금질이 필요하다는 생각을 했다는 자체가 정인을 다시 살아나게 했다. 온전히 그 과정을 혼자 겪고 바라나시까지 왔다.

화장터의 불은 꺼지지 않았다. 환생을 믿으며 의식을 치르는 그들처럼 정인 역시 디아를 띄우며 빌었다. '연아, 다음 생에도 다시 내게 와 주렴.' 의식을 치르고 나자 그제야 다른 이들의 디아가 눈에 들어왔다.

바라나시는 모든 조건이 달랐다. 콜카타에서 혼자 여행할 때와 또 다른 인도를 체험하고 있었다. 혼자가 아니었다. 기차 안 위기에서 롭상이 자신을 구한 것처럼 사람 속에서 다시 살아갈 힘을 얻었다. 여행의 본능이 다시 살아났다. 그동안 느꼈던 궁금증과 호기심도 인도 전문가인 롭상의 안내로 새롭게 채워지고 있었다.

*

정인에게 인도는 사람들이 기겁하며 들려주었던 혼돈의 나라, 혐오의 나라가 아니었다. 볼수록 끌리는 매력적인 나라였다. 콕 집어 말할 수 없지만 여행 내내 자신에게 질문을 하게 만들었다. 그리고 그 과정을 통해 어떤 기시감을 수시로 받고 있었다.

정인은 그 후로 여러 번 인도로 떠났다. 그때마다 롭상에게 연락했다. 롭상은 기꺼이 찾아와 동행이 되어 주었다. 낯선 나라에서 아주 우연히 만나 붕괴 직전의 정인을 도운 인연으로 둘도 없는 친구가 되었다.

정년을 채우지 않고 퇴직한 정인이 여행 중에 제주도 땅에 대한 계획을 처음 밝힌 사람도 롭상이었다. 혼자서 엄두가 나지 않아 되팔까 한다고 하자 롭상이 반문했다.

"뭐가 더 두려우세요? 친구도 딸도 돌아올 수 없지만 선생님은 여기 이렇게 존재하잖아요?"

그랬다. 갑갑하던 속이 후련해졌다. 그만큼 세월이 흐르고 보니 피하는 것만이 답이 아니었다. 지금까지 겪은 일들이 고통인 동시에, 고통은 삶의 의지이기도 하다는 걸 그제야 깨달았다. 계획대로 건물을 짓고 두 사람을 대신해 마당가에 흰 동백 두 그루를 심었다. 그때까지 공원묘지 납골당에 있던 딸을 데려와 동백 아래 묻었다. 친구도 딸도 잊으려고 할수록 더 그리워지는 것은 의지로 막을 수 없는 일이었다. 오랫동안 잊으려고만 했지만 생각을 바꾸기로 한 것도 그런 이유에서였다. 오히려 잊지 않으므로 영원히 함께한다고 믿기로 했다. 기억하는 한 누구도 보내지 않았다. 동백은 사랑하는 두 사람과 영원히 함께 하고 싶다는 의지였다. 그들을 더 자주 기억하고 더 자주 만나기 위해 자신과 가장 가까이에 동백을 심었다. 마당 한쪽에 심었지만 동백은 땅이 아닌 정인의 가슴에서 자랐다. 영원히 시들지 않을 최적의 장소였다.

코로나가 확산되면서 팬데믹 상황이 되자 국경이 폐쇄되는 지경이 되었다. 롭상은 마침 비자 문제로 한국에 체류 중이었다. 한국인이면서도 한국에 잠시 체류한 후 비자가 나오면 바람같이 다시 인도로 향하던 사람이 그대로 발이 묶여 버리고 말았다. 정인이 〈동백 아래〉를 오픈하고 1년이 막 지나고 있을 시점이었다. 정인은 롭상을 제주로 불러들였다.

"팬데믹 상황이라고는 하지만 얼마나 걸리겠어요? 그동안 우리 게스트하우스 스텝으로 일 해 줘요."

어차피 한국에 거처가 없는 롭상으로서는 달리 방법이

없었다. 정인도 스텝을 둬야만 운영이 가능했으니 얼마간은 여행 계획을 세우며 여행하듯 살아보자 했다. 이들은 그렇게 팬데믹을 견디고 수년이 지난 지금까지도 함께하고 있다. 둘은 조급한 마음 없이 현재를 즐기자고 마음먹었고 자신들뿐 아니라 게스트들에게도 자연스럽게 그런 영향을 주고 있었다.

게스트의 대부분은 젊은 층이었지만 대하는 데 특별한 어려움이 없었다. 한 번 다녀간 고객은 자연스럽게 단골이 돼서 다시 찾아왔다. 게스트하우스에서 유행처럼 하고 있다는 파티를 하지 않아도 입소문으로 찾아왔다. 여행을 갈 때마다 문을 닫고 떠나도 누구 하나 의문을 제기하거나 불만스러워하지 않았다. 오히려 인연이 되어 함께 여행하거나 여행 뒷이야기를 들으러 일부러 찾아오기도 했다.

제주에 정착해 그렇게 유유자적 지내고 있는 정인을 모두가 이해하는 건 아니었다. 게스트하우스를 운영해서 돈을 벌겠다는 욕심도 딱히 없다는 걸 알고 더러는 훈수를 두고 싶어 했다.

"그냥, 그쯤에서 만족하고 인생 다 산 것처럼 내 생각만 하고 사는 건 재미없잖아."

지인들이 물으면 그렇게 대답했다. 정인은 호기심을 기

본값으로 가지고 태어난 사람이다. 그런 그가 딸을 잃고 방황하던 끝에 용기 내 여행을 떠났고 거기서 다시 살아갈 힘을 얻었다. 그 힘을 여행지인 제주에서 나누고 싶었다. 세계를 여행하면서 자신 같은 여행자를 수없이 만났고 아무도 권하거나 강요하지 않았지만 그런 여행자들에게 쉼터가 되어 주고 싶었다. 자신보다 친구가 먼저 그걸 깨달았던 게 아닐까. 친구의 뜻이 바로 그런 게 아니었을까. 그즈음 자주 질문하게 되었다.

팬데믹이 끝난 뒤 제주로 향하던 비행기들이 다시 국외로 향하기 시작했다. 들끓던 제주 공항도 조금씩 여유를 찾아갔다.

국경이 열리면 바로 떠날 생각이었던 롭상은 아직 콜카타로 돌아가지 못했다. 깔리갓의 사람들은 육체적으로 곧 죽어가는 사람들이다. 그들에게 온 마음과 몸을 오래 내어 주었기 때문이었을까. 롭상은 사람의 마음을 느낄 줄 알았다. 대부분 행복한 마음으로 찾아올 거라고 생각한 제주였다. 하지만 마음이 병들고 이미 정신적으로는 사망선고가 내려질 지경인 사람들도 많이 찾아왔다. 그들이 계속 롭상을 찾고 있어서 두려운 마음이 들 때도 있었지만 그 또한 피할 수 없었다.

*

정인은 문득 오래전의 일을 떠올렸다. 게스트하우스를 시작하고 얼마 안 됐을 때 지나가던 스님이 카페로 탁발을 온 적이 있었다.

"이 자리는 사람들에게 안식을 주는 자리군요."

정인이 무슨 의미인지 물었다.

"병든 사람들이 스스로 찾아온다는 뜻이지요. 나무 관세음보살."

그래서 그런지 날개를 다친 새처럼 상처 입은 사람들이 자꾸 찾아와 머물렀다. 정인이 그때 스님께 전해 들은 이야기를 하면서 함께 하자고 청했을 때 롭샹이 아무렇지 않게 한마디 툭 던졌다.

"주인장이 제일 먼저 치유가 필요한 것 같은데요?"

그때까지 정인은 롭샹에게 딸에 대해서는 말하지 않았었다. 너무 엄청난 일이라서 제 입으로 말하기 어려웠다. 그런데도 롭샹은 이미 다 알고 있다는 듯이 말하고 있었다. 무엇보다 정인에게 롭샹이 필요했다. 롭샹이 보기에 때때로 한없이 가라앉는 정인은 가장 신경 써서 지켜봐야 할 대상이었다. 그렇게 몇 년 지나다 보니 이제 조금씩 마음을 여는 것이 눈에 보이기 시작했다.

존재하는 시간뿐 아니라 부재한다고 치부하는 일상에서

*

도 의미를 찾고 나름의 철학을 가지고 사는 사람들이 있다. 주변에서 그들을 그렇게 믿었다.

"이렇게 해서 뭐가 남아요?"

롭상이 내어 주는 조식에 게스트들은 하나같이 그렇게 묻는다. 그럼 정인이 또 웃으며 대답한다.

"밥장사가 아니잖아요. 우리는 사람을 남겨요."

"침상의 2층은 왜 비워 둬요?"

규모도 작으면서 방마다 최대 인원의 절반씩만 받는 예약 시스템을 두고 그렇게 묻는 손님도 있었다.

"내가 답답한 거 싫은데 게스트들을 답답하게 하면 안 되잖아요?"

그렇게 선문답 같은 대답을 하면 게스트들은 좋아하지만 정인의 지인들은 혀를 끌끌 차며 걱정했다. 하지만 그들이 아무리 걱정한들 정인은 식재료에 쓰는 돈을 아끼지 않았고 롭상의 큰 손 역시 줄어들 기미가 없었다.

소문은 바람처럼 눈에 보이지 않았지만 분명하게 흔적을 남겼다. 참 특별한 사람들이 운영하는 편안한 게스트하우스라고 소문이 나서 찾아오는 손님까지 생기게 되는 데 4년밖에 걸리지 않았다.

제주에는 게스트하우스와 카페들이 우후죽순 생겨났다

가 재빨리 사라지기도 했다. 특색 있는 이벤트와 메뉴로 생물처럼 생존하는 곳도 있다. 그런 반면 〈동백 아래〉는 별 특색 없고, 소박하다. 단지 특별하고 이상한 주인과 롭샹이라는 독특한 남자 스텝이 있다.

수시로 예약 창을 닫아 놓고 배낭을 꾸려 떠나지만, 누구도 왜 그러냐고 불평하거나 의문을 제기하지 않았다. 누가 뭐래도 그들은 자유롭게 살기를 원한다.

나마스떼 롭상

게스트들은 롭상을 몹시 궁금해했다. 상대하면 할수록 의문부호가 생기고 알면 알수록 느낌표가 남는 사람이었다.

검은 피부, 곱슬머리, 다부진 체격, 외모 때문인지 그가 입을 열기 전에 그를 한국인으로 보는 사람은 극히 드물었다. 특히 그의 이름이 '롭상'이라고 하면 열에 아홉은 '그럼 그렇지, 역시 외국인이었구나'하며 추측하기 바쁘다. '네팔?', '인도?' 심지어 "나마스떼"라고 인사하는 사람도 있었다. 그러면 롭상은 장난기 가득한 미소로 함께 인사한다.

"따시텔레."

그런가 하면 그가 분명한 한국어로 말하는 데도 굳이 외국인으로 착각하는 경우도 더러 있다. 그 경우 십중팔구 이렇게 말한다.

"한국에 오래 사셨나 봐요. 한국어를 진짜 잘하세요."

사람들은 누구나 자신이 생각하는 대로 믿기를 원한다.

롭샹은 정인의 제안을 받아들였지만, 코로나19가 진정되고 하늘길이 열리면 다시 인도로 떠날 예정이었다. 그사이 고대하던 하늘길이 열렸지만 그는 여전히 〈동백 아래〉에 머물고 있다. 그러면서도 그는 향수병 앓듯이 인도를, 그중에도 콜카타를 그리워하고 있다. 언제라도 떠날 수 있게 그의 배낭은 늘 준비되어 있다. 게스트하우스의 스텝으로 일하고 있지만 언제라도 떠날 걸 주변인들까지 다 알고 있다. 그를 한 곳에 잡아 둘 수 없다는 것까지.

오픈 후 정인의 게스트하우스에는 수없이 많은 사람이 다녀갔다. 그중 많은 사람에게 롭샹은 꽤 인기 있고 관심의 대상이 되었다. 그에게 관심이 커지는 만큼 그는 점점 더 미스터리한 인물이 되어 가고 있었다.

사람들은 그의 나이, 이름, 고향, 가족관계 등 기본적으로 가질 수 있는 모든 궁금증에 대해 묻는다. 하지만 그는 어느 것 하나 명확하게 대답하지 않는다. 그저 추측할 뿐 '알 수 없음'이다. 그와 이야기하다 보면 모든 분야에 상당히 박학다식해서 경이로울 지경이다. 언뜻 보기에 40대 중반에서 50대 초반쯤으로 보이지만 그의 이야기 속 배경들은 그보다 한참 연배가 있어 보이니 상대는 한순간 혼란에 빠지기도 한다. 상대방이 그걸 의아해하면 그는 아무렇지 않게 호적이 실제보다 상당히 늦다고 말한다. 사람들은 또 의문에 빠지게 된다. '상당히'의 기준이 어느 정도인지 종잡을 수 없다. 한마디로 그는 정말 점점 더 미스터리한 인물이 되어 가고 있었다.

그가 왜 자신에 대해 함구하고 있는지 아무도 모르지만 다들 궁금해하면서도 이제는 더 이상 묻지 않는다. 어차피 물어도 대답은 들을 수 없다. 우연히 보게 된 비행기 표로 그의 본명이 박천규라는 것 이외에 정인조차 아는 게 별로 없기는 마찬가지다. 다른 사람들이 궁금해하며 묻는 데 비해 정인은 그럴만한 이유가 있겠지 하고 넘어간다는 정도가 다르다. 세상에 사연 없는 사람이 어디 있나. 여행지에서 만나 10년 넘도록 인연을 유지하고 있으니 그거면 충분하다고 여겼다. 둘 사이에 성별이나 나이는 아무런 장애나 조건이 되지 않았다. 지금껏 좋은 관계를 유지하는 비결도 그런 적당한 무심함과 포용 때문이었다.

정인은 롭상에 관해 굳이 따져 묻지 않았다. 그건 누구에게나 해당했고 저마다의 사연은 각자의 몫으로 남겨 두는 게 맞다 여겼다. 롭상 이전의 박천규라는 인물이 궁금해 묻는 것도 어떤 면에서는 폭력이라고 생각했다. 자신에게 딸 이야기를 하는 게 말할 수 없이 깊은 내상을 입히는 것처럼.

열아홉 살이 되던 해 천규는 우연히 마더 테레사를 알게 됐다. 비록 책으로 읽었지만 이상하게 오래도록 인상에 남아 문득문득 떠오르고는 했다. 아직 한 번도 봉사의 의미조차 생각해 본 적 없는 천규에게 그녀는 일반적인 성직자가 아니었다. 도저히 가닿을 수 없는 신의 경지에 있는 존재처럼 느껴졌다. 까닭 없이 언젠가 기회가 된다면 그녀를 꼭 한번 보고 싶었다. 자신도 그녀처럼 봉사하는 삶을 살고 싶다는 생각도 잠시 했었다. 사실은 한순간 막연한 동경일 뿐 이타적인 삶을 산다는 것이 어떤 의미인지 잘 와 닿지도 않던 시절이었다. 무엇보다도 누군가를 위하기는커녕 자신의 존재조차 감당할 수 없을 만큼 혼란스러웠다.

쉽게 망각하는 인간답게 젊은 천규는 오랫동안 그때 기억을 잊고 살았다. 열아홉 살 때 잠깐 느꼈던 감상을 지키며 살기에 그의 삶은 허기와 고단으로 숨 가쁘게 휘몰아쳐 왔다.

마흔셋의 천규는 워커홀릭으로 살았다. 번아웃이 올 때까지 자신에게는 아무 문제가 없다고 생각했다. 문제는커녕 나름대로 성공한 인생이라고 자부했다. 함께 프로젝트를 진행하던 동료의 과로사 이후 천규에게도 이상 증상이 나타나기 시작했다. 완전히 방전된 배터리처럼 기능을 하지 못할 때까지 문제의 심각성을 전혀 인지하지 못했다는 게 결정적인 문제였다.

중요한 계약을 앞두고 거래처로 이동하는 중에 문제의 일이 벌어졌다. 그날 천규는 이른 시간 경부고속도로를 달리고 있었다. 오전 9시 대덕 연구단지에서 카이스트 연구원들과의 미팅을 앞둔 시간이었다. 미팅이 성사되고 프레젠테이션에 문제가 없으면 향후 10년간 회사는 탄탄대로를 달리게 될 것이고 개발자인 천규의 입지도 그만큼 높아질 것이다. 운전을 하는 내내 머릿속에는 온통 자신이 개발한 시험기의 시운전에 관한 생각뿐이었다. 그때 갑자기 식은땀이 흐르기 시작했다. 당황스럽지만 최대한 진정하고 침착하려고 애썼다. 그런데도 얼굴이 화끈거리고 가슴이 답답해서 급기야 넥타이를 느슨하게 했다. 차창을 내리고 심호흡했다.

안성휴게소를 지나 망향휴게소를 몇 킬로 앞둔 지점이었다. 이마에 맺힌 땀을 손으로 훑었다. 증상은 조금도 나아지지 않았다. 가슴이 두근거리고 조여 왔다. 점점 숨도 가빠왔다. 비상등을 켜고 갓길에 차를 세웠다. 차 문을 열고 왼쪽 다리를 내디디던 순간 그대로 주저앉았다. 질주하던 차량의 클랙슨 소리가 점점 희미하게 들리다가 곧 모든 소리와 빛이 차단되었다. 곧 죽음과 같은 고통과 공포가 그를 장악했다. 블랙아웃이었다.

다행히 쓰러진 곳에서 멀지 않은 곳에 있는 대형 병원 응급실로 바로 이송되었다. 정신이 돌아왔을 때 그는 침상에 누워있었다.

"큰일 날 뻔 하셨습니다. 마침 지나가던 운전자들이 바로 119구조대에 신고해 이송되셨습니다."

천규는 그때 처음 공황장애 진단을 받았다. 지금까지 본인이 무시하고 별스럽지 않다고 생각했던 증세들이 공황장애의 초기증상들이었다. 이따금 춥고 떨리고 오한이 오면 감기몸살이라 생각하며 약을 사 먹었다. 바쁜 일정 중에 그만한 일로 병원에 가는 건 있을 수 없는 일이었다. 나약함을 떠나 사치처럼 느껴져서 동료들에게 표현조차 하지 않았다. 별일 아니라고 무시하고 넘어갔던 일이 극단으로 갈 수 있었음을 깨닫고 나자 허탈함이 밀려왔다.

그동안 무엇을 위해 그렇게 치열하게 살았는지 질문해 봤다. 능력을 키우기 위해 미친 듯이 공부했다. 또래보다 돈도 많이 모았다. 조금 더 이루고 싶었지만 지나고 보니 그 건 실체 없는 신기루에 지나지 않았다. 그저 남들이 정의해 놓은 삶을 자신 역시 무의식처럼 따라 살고 있었다.

보통의 연인들처럼 그도 연애란 걸 했다. 연인과 함께하 는 모든 일에는 에너지가 많이 들었다. 함께하는 시간이 더 이상 즐겁거나 설레지 않았다. 익숙해지는 만큼 타성에 젖 어갔다. 그런 에너지조차 본업에 쏟지 못해 안달했다. 결국 결혼을 앞두고 이별했다. 실패한 연애를 생각하면서도 슬 프거나 아쉬움보다 어쩐지 홀가분한 마음이 먼저 들었다. 몇 개월 후 전 연인에게서 청첩장이 왔다. 지인의 결혼처럼 별 감정이 없었고 그녀가 행복하기만을 빌어 주었다. 사랑 했던 연인을 떠나보내면서도 별로 아프지 않았다. 그에게 사랑이란 감정은 뜨거운 커피잔에서 금방 녹아 없어질 각 설탕 하나의 질량과도 같았다. 그게 문제라는 것조차 자각 하지 못하고 있었다. 건조장의 건초처럼 점점 말라가다가 부스러질 지경이 될 때까지 미처 모르고 있었다.

죽음과도 같았던 공포를 경험하고 나서야 무엇을 위해 그렇게 살았는지, 앞으로도 계속 그렇게 살아가는 게 정상 인지 혼란스러웠다. 지금까지 성공적으로 이뤘다고 생각 했던 성과들이 돌아보니 모래 위에 지은 집처럼 위태로웠다. 의사의 조언대로 정신건강의학과의 약물치료와 인지 치료, 상담 치료를 받기로 했다.

공황장애는 천규에게 지난 시간을 돌아보게 했다. 한 번쯤 다른 삶을 살아보고 싶어졌다. 주목받지 않아도 괜찮았다. 주목받고 인정받는 욕구는 천규의 마음에 웅크리고 있던 성인 아이의 주장이었다. 많은 형제 중에 주목받지 못했지만, 불행하게도 천규는 인정욕구가 강한 아이였다. 충족되지 못한 욕구를 채우기 위해 그렇게 애쓰며 살았던 결과가 결국 자신을 병들게 했다. 밀물처럼 허탈함이 몰려왔다. 자존심만 강하고 자존감이 바닥이었음을 그제야 깨달았다. 자기방어를 위해 관계에 더 소극적이었다는 것을 깨닫자 비로소 사람들 틈으로 들어갈 용기가 생겼다.

천규는 자신을 시험해 보고 싶어졌다. 그때 불현듯 열아홉 청년 시절 마더 테레사에게 느꼈던 감정이 떠올랐다. 그때 잠시 가졌던, 막연하게 꿈꾸었던 그 일이 생각났다.

안식년을 갖고 마더 테레사 하우스로 가겠다고 했을 때였다. 동료들의 반응은 의외였다. 걱정과 우려보다 그들 사이에 알 수 없는 안도감이 여과 없이 전해왔다. 경쟁자 하나를 제거했다는 묘한 흐름이 곧바로 감지되었다. 그건 누구보다 자신이 먼저 알았다. 언젠가 자신 역시 동료의 과로사에 충격보다 다음 프로젝트를 먼저 생각했었다. 정글 같은 곳에서 용케 살아남아 봐야 여전히 정글 속이었고 새로운 경쟁자는 끊임없이 나타났다. 상대의 목을 노리는 야수 같은 속내를 숨긴 채 순간순간 앞만 보고 목적을 향해 달렸다.

"다 이룬 거 아니십니까. 한 분야에서 최고의 자리까지 가 보셨고 이제 새로운 시험대에 자신을 올려 본다? 멋지십니다."

동료가 잔을 부딪치며 하는 덕담에 진심이 없었다고는 말할 수 없겠지만 패배자에 대한 조롱 역시 함께 섞여 있었다. 적어도 그에게는 상대의 속내가 훤히 들여다보였다.

"저는 걱정이 더 앞섭니다. 솔직히 인도가 어떤 나라입니까? 박 팀장님 성향과는 완전 반대의 나라 아닙니까?"

천규 자신을 사수라 부르던 또 다른 동료의 말 역시 걱정과 불만이 함께 섞여 있었다. 결벽증에 가까울 정도로 지나치게 깔끔한 성격은 일에 있어서도 마찬가지였다. 사소한 실수까지도 지적받고는 했던 일에 대해 우회적으로 불만을 표시하는 모양이었다. 부하직원들과 자신은 결국 사바나의 치타와 가젤 같은 관계가 아니었을까. 빠르게 달릴 수 있지만 지구력이 떨어지고 방향 전환이 더딘 자신은 치타였다. 결국 멈춰 버린 자신보다 연약하지만 요령껏 방향을 전환하고 몸을 피할 줄 아는 그들은 끝까지 살아남은 가젤이었다.

천규는 대꾸하지 않았다. 대신 처음으로 지금까지 한 번도 하지 않은 말을 하고 말았다.

"미안하다."

그 말을 내뱉기가 그렇게 힘들었을까. 목구멍에서 알 수 없는 후회가 함께 올라왔다. 막혔던 혈관이 뚫리고 비로소 피가 도는 사람이 된 거 같았다. 속 시원하고 홀가분하다는 느낌을 처음 알았다. 사람들의 눈이 잠시 흔들렸다. 그뿐이었다.

유일한 취미였던 와인 동호회의 회원을 통해 콜카타의 NGO 활동가와 연락이 닿았다. 그녀는 작은 학교를 설립해 몇몇 불가촉천민 아이들을 가르치고 있는데 잠시 한국에 나와 있다고 했다. 천규는 그녀에게서 마더 테레사 하우스 봉사에 대한 정보를 얻었다. 그녀 역시도 인도에 살게 되기까지 그곳의 영향을 많이 받았노라 했다. 그녀가 봉사했던 곳은 '시슈바반'이라고 부르는 시설로, 정신발달 장애가 있는 어린이와 불우한 아이들이 기거하는 곳이었다. 그곳은 여성 봉사자만 지원이 가능한 장소였다. 그 경험이 지금 그녀가 학교를 세우고 정착하게 된 계기가 되었다. 그녀는 천규에게 조심스럽게 제안했다.

"거기 깔리갓이라는 곳이 있어요. '죽음을 기다리는 집'이라고 부르죠. 임종을 앞둔 노인과 중증 환자를 돌보는 곳이에요. 그들은 대부분 노숙자예요. 죽음과 고통, 눈물, 신음이 일상적인 곳이죠. 저는 멘탈이 약해서 며칠 못 버텼어요. 박천규 씨처럼 극강의 두려움을 겪어 본 사람이라면 오히려 한번 부딪쳐 볼 수 있을 것 같네요."

그녀는 이미 천규의 사정을 들어서 알고 있었다. 마음 깊은 곳에 내재되어 있던 천규의 도전정신을 자극하는 말이었다.

"두려움을 극복하는 건 회피가 아니라 맞서는 행동이죠."

두려움에 맞서 행동하라는 그녀의 말이 교장 선생님 훈화 같아서 웃음이 났다. 그러면서도 어쩐지 정확하게 자신을 꿰뚫고 있다는 사실에 소름이 돋았다.

결핍은 아주 작고 사소한 틈이었고 그 정도야 자기의 능력으로 충분히 메꿀 수 있다고 자신하던 그였다. 그러나 해일이 몰려왔을 때 그 작은 틈이 어떤 결과를 만들어 냈는지, 그 결과를 온몸으로 맞서고 있는 어리석고 무모한 자신을 고스란히 들켜 버린 느낌이었다.

✳

엄청난 비가 내렸고 바람까지 가만히 있지 않았다. 살면서 그런 비는 처음이었다. 콜카타의 상징이라는 노란 택시를 타고 가다가 난데없이 비를 만났다. '세차다'고 표현하기에도 부족할 만큼 택시 지붕을 때리는 빗소리가 예사롭지 않았다. 와이퍼가 쉴 새 없이 움직이는데도 앞이 보이지 않았다. 기사가 길가에 차를 세웠다. 그가 세우지 않는다고 해도 어차피 세워질 수밖에 없는 상황이었다. 차들은 도로에서 엉켰고 길바닥에는 물이 금방 차올랐다.

"인디아 몬순."

기사는 전혀 긴장하는 기색 없이 담담하게 말했다. 그의 말이 너무 태연하고 마치 인생을 초월한 사람처럼 느긋하고 편안해서 놀랐다. 긴장과 불안감에 어쩔 줄 몰라 하는 천규에게 그가 말했다.

"노 프라블럼. 걱정한다고 비가 그치지 않아. 신만이 알 수 있지."

아, 정말 인도에 왔구나. 천규는 그제야 조금 마음이 놓였다. 잠시 후에는 기사가 의자를 뒤로 젖힌 후 아예 머리까지 기댔다. 천규도 곧추세웠던 허리를 느슨하게 하고 머리를 기댔다. 그 순간 문을 열고 내릴 자신도 없거니와 기사를 재촉할 배짱 역시 없었다. 그렇다면 그저 현지인처럼 적응할 수밖에. 선택의 여지가 없었다.

얼마나 지났을까. 빗소리에 섞여 간간이 기사의 코 고는 소리가 들렸다. 자신 역시 어느 순간 졸고 있었다는 사실을 깨달았다. 그러고도 한참을 택시 안에 갇혀 있다가 드디어 그곳에 도착했다. 돌이켜 보면 삶 역시 그렇게 예상치 못한 난관들의 연속이었다. 지금까지 잘 피하면서 왔을 뿐 하루도 편한 날이 없었다. 난관 속에서 깜빡 잠들었던 그 순간이 믿을 수 없이 달콤했다. 마치 단잠을 자고 일어난 기분이었다.

봉사자 등록을 마친 천규는 다음날부터 바로 봉사를 시작했다. 숙소에서 아침을 먹고 다른 봉사자들과 깔리갓으로 가는 버스를 탔다. 숙소에는 천규 뿐 아니라 각국에서 온 많은 봉사자가 있었다. 여행 도중 며칠 시간을 내는 단기 봉사자부터 장기 봉사자까지 각자의 마음에 봉사라는 한 가지 뜻을 가지고 모인 사람들이었다. 마더 테레사의 뜻이 그러하듯 국적과 종교를 초월한 사람들이 마더 테레사 하우스 봉사를 위해 콜카타로 모여들었다. 한국에서도 의외로 많은 봉사자가 그곳을 다녀갔다. 그래서 그런지 한국인 봉사자들을 안내하는 한국 수녀님이 있어서 든든했다.

천규와 함께 차를 탄 남성들은 영국에서 온 의사들이었
다. 깔리갓의 특성상 의료진들은 대부분 그곳을 선택하는
듯 보였다. 천규는 환자들을 직접 돌보기보다 빨래하는 곳
을 선택했다. 빨래는 총 4단계였고 천규는 첫 단계를 자원
했다. 피고름이 섞인 것부터 온갖 오염물이 묻은 전날의 환
의를 빠는 첫 번째 빨래통을 맡았다. 오염물과 세탁 세제가
입으로 들어가는 줄도 모르고 오직 빨래에만 온 정신을 집
중했다. 마치 도비왈라처럼 허리가 끊어질 정도로 빨래를
하다 보면 어느새 잠깐의 휴식 시간이 주어졌다. 그때 마
신 짜이 한 잔과 비스킷 한 쪽은 최상의 맛이었다. 입에 들
어가는 모든 것은 그저 생명을 연장하기 위한 수단일 뿐 다
른 의미는 없었다. 일과 성공이라는 목표 이외의 무언가를
의미 있다고 여기며 사는 자신이 낯설 정도였다. 비스킷 한
조각에 온몸의 감각이 살아나는 느낌은 썩 괜찮은 경험이
었다. 작고 하찮은 것이 주는 커다란 환희였다.

봉사자의 대부분이 오전 봉사만 했지만 천규는 오후 봉
사까지 신청했다. 다른 봉사자들은 봉사 외의 시간에 여행
을 하고는 했다. 천규는 여행에 관심이 없었다. 몸을 혹사
시켜 잡념을 없애고 싶었고 자신이 가진 번뇌의 시작과 끝
을 찾고 싶었다. 그동안 고집스레 가지고 있던 신념이나 목

적도 버리고 싶었다. 아니, 그냥 아무 생각도 하고 싶지 않았다. 가진 게 몸뚱이 하나인 사람처럼 머리가 아닌 몸을 써 보고 싶었다. 그렇게 생각할수록 실제로 머릿속이 비워지고 몸이 반응하는 것이 느껴졌다. 몸은 정직했다. 쓴 만큼 피곤했고 직장생활 내내 어쩔 수 없다고 인정했던 불면증이 사라졌다. 쾌적하기 이를 데 없었던 환경과 최고급 침구는커녕 여행자 숙소는 열악하기 짝이 없었지만 매일 꿈도 없는 깊은 잠에 빠졌다. 아침에 일어나면 날아갈 듯 가벼워진 몸으로 새로 태어난 느낌이었다.

그렇게 얼마나 지났을까. 점점 마음이 편안해짐을 몸으로만 느끼는 게 아니었다. 공황장애를 진단받고 생겼던 여러 가지 증상들이 점차 좋아지고 있었다. 병원에서 받아온 치료약도, 3개월 비자 기간도 금방 지나가 버렸다. 다른 지역 여행도 하지 않고 깔리갓에 매달리다가 쉬는 날은 근처에 있는 그녀의 학교에 가서 일을 도왔다. 학교라고 부르기에는 옹색하기만 한 판잣집 같은 곳이었다. 페인트칠을 하고 부서진 집기를 고치며 혼자 하기에 벅찬 일들을 도왔다.

"한국에서 봤을 때보다 훨씬 편안해 보여요. 봉사가 체질 아녜요?"

그녀가 웃으며 말했다.

“그러게요. 왜 그렇게 열심히 살았는지 모르겠어요. 그동안 성공한 것이라 굳게 믿고 있던 삶이 제가 원했던 모습이었는지…….”

그녀는 마흔이 넘었지만 결혼도 하지 않았고 평생 콜카타의 어린이들을 위한 삶을 선택했다.

그녀가 짜이 한 잔을 천규 앞에 놓아 주며 말했다.

“저도 그랬어요. 지나고 보니 내내 너무 편하고 좋은 일만 탐하며 살았더라고요. 그런데 어느 순간 남들과 똑같은 이상을 좇으며 사는 게 재미없어지더라고요. 여기 정말 이상한 곳이죠. 블랙홀 같아요. 한 번 빠지면 헤어날 수 없어요.”

“내일 귀국합니다.”

그 말을 하는 천규의 말에 어쩐지 습기가 묻어났다.

“이제 못 보겠군요.”

그녀의 말에도 쓸쓸함이 묻어났다. 천규의 눈에는 인도의 수많은 수행자와 성직자들보다 그녀가 더 수행자처럼 보였다.

천규는 한 달 후 다시 인도 비자를 받아 콜카타로 떠났다. 지난번과 다르게 이번에는 정리할 일이 조금 있었다. 한국에서의 삶이 이제 더 이상 간절하지 않음을 깨달았다.

천규는 이제 여행자의 삶을 살기로 했다. 그렇게 몇 번 콜카타와 한국을 오가다 보니 천규에게 한국은 비자를 갱신하러 한 번씩 돌아오는 곳 이외의 별 의미가 없게 되었다. 그동안 달라진 게 있다면 봉사만 하지 않고 이따금 인도 전역을 여행하며 수행자들을 만나러 다녔다는 점이다. 알음알음 한국 여행자 가이드를 하면서 수많은 친구도 만났다. 깔리갓에 오는 봉사자들을 안내하고 특히 한국인들이 수월하게 봉사하고 돌아갈 수 있도록 도왔다.

햇수를 헤아릴 필요성도 느끼지 못할 만큼 한국과 콜카타의 깔리갓을 오가던 어느 날이었다.

"천규! 쩔루! 쩔루!"

점심을 먹고 오수에 들었던 살만 칸이 손짓으로 다급하게 불렀다. 봉사자들은 노인을 살만 칸이라고 불렀다. 오른쪽 다리 하나가 없이 태어나 부모에게 버림받은 뒤 평생을 걸인으로 지낸 그는 이름조차 없이 살았다. 그가 입소했을 때 봉사자 중 누군가 그를 인도의 대 배우 살만 칸과 닮지 않았냐고 했다. 그를 몰랐던 외국인 봉사자들은 검색을 했고, 그를 아는 인도인들은 긍정의 표시로 고개를 끄덕였다. 천규도 검색해 보니 그는 대단히 부유하고 인기 많은 발리우드 배우였다. 아는 만큼 보인다고 그 뒤로 TV에 출연하는 샬만 칸의 모습이 천규의 눈에 자주 띄었다. 보면 볼수록 정말 노인의 어딘가가 그와 무척 닮아 있었다. 배우 칸과 노인의 삶이야 그들의 계급만큼 하늘과 땅 차이였지만 그는 사람들이 별명처럼 부르는 이름에 매우 흡족해했다.

"이름을 훔쳤을 뿐 내가 그 사람 인생을 훔친 건 아니지 않나."

노인은 천연덕스럽게 주장하기도 했다. 천규는 그런 인도인들에게 매료되고 있었는지 모른다. 걸인조차도 현자 같은 말 한 마디쯤은 하는 나라. 그런 칸이 어느 날 급하게 천규를 불렀다. 어디서 힘이 났는지 팔까지 힘차게 내둘렀다.

"천규, 나 이제 가. 너를 이제 롭상이라 부를게."

이해할 수 없는 일이었다. 그는 그전까지 말기 암 환자로 수시로 고통을 호소하고는 했다. 봉사자들의 도움 없이는 물 한 모금도 마실 수 없는 중증 환자였다. 그런 그가 그 순간 성자처럼 온화한 미소를 지어 보였고 일그러졌던 얼굴도 부드럽게 펴져 있었다.

"칸, 어디 가시게요?"

"나는 이제 영원한 자유를 얻었다네. 이 귀찮은 몸에서 이제 벗어나려고 하네."

칸이 꿈에서 아직 깨어나지 못하고 헛소리를 한다고 별

＊

스럽지 않게 생각했다. 칸이 천규의 손을 잡았다.

"기억하게. 이제 자네는 롭샹이야."

노인이 눈을 감았다. 잠시 후, 잡았던 노인의 손에서 힘이 스르르 빠져나갔다. 어쩐지 수선을 떨면 안 될 것 같았다. 천규는 노인의 손을 잡고 잠시 기도했다.

"롭샹."

천규는 그 이름을 입속으로 조용히 발음해 보았다. 롭샹은 천국을 의미하고, 어디에나 있는 사람이라는 뜻도 가지고 있다. 천국처럼 존귀하지만 우리의 '철수'나 '영희'처럼 흔하디흔한 이름이기도 했다. 그러니 노인이 지어 준 이름의 뜻대로라면 천규는 어디에나 있는 천국 같은 사람이라는 의미였다. 천규는 당치않은 극찬이라고 생각했다. 그러나 곧 하찮지만 존귀한 사람이 되라는 덕담이라고 믿기로 했다. 그러자 함께 있던 인도인 친구가 이후부터 천규를 롭샹이라 부르기 시작했다. 천규는 그렇게 롭샹이라는 이름을 새롭게 얻었다.

호칭 하나 달라졌지만 천규는 정말 롭샹처럼 살고 싶어졌다. 칸은 어떤 계시를 받은 사람처럼 그렇게 드라마 같은 결말을 남기고 떠났다. 누구든 자기 인생 드라마의 주인공이 아닐까. 그 역시 주어진 역할에 맞게 살다가 죽음이라는 엔딩을 맞아 자기 인생의 브라운관에서 영원히 사라졌다. 재생 버튼을 눌러 재방송을 시청하듯 천규는 한 번씩 칸을 떠올렸다. 그는 천규에게 영적 스승, 성자 같은 사람이었다.

연말을 맞아 한국에서 온 대학생 봉사자 몇을 가이드 삼아 바라나시에 데려가기로 한 날이다. 일행들은 바라나시의 갠지스강에 가서 디아를 띄우는 경험을 하고 싶다고 했다. 인도에 오고 가며 오래도록 롭샹조차 해 보지 않은 경험이었다. 힌두교 신자들에게 인도 최고의 성지는 단연 갠지스강이다. 그들은 어머니의 강인 갠지스에 몸을 씻으며 죄를 참회한다. 또한 죽어서는 그곳에서 화장되어 어머니의 품으로 돌아가고 싶어 한다. 그 갠지스강에서 롭샹도 한 번쯤 디아를 띄우며 소원을 빌고 싶어졌다.

한국에서 여행 온 대학생들은 한 달의 인도 여행 중 3일간 깔리갓 봉사를 하고 바라나시로 떠난다. 인생의 종착역에 있는 사람들의 빨래를 하고 밥을 먹이고 아픈 환자의 몸을 마사지하면서 그들은 여행 못지않게 의미 있었다며 다음 기회를 기약했다. 그들이 그 약속을 다시 지키고 말고는 중요하지 않다. 그들이 그 순간 느낀 감정을 잊지 않은 채 살기를 바랄 뿐이었다. 어느 방향을 바라보든지 그 끝에 각자가 추구하는 의미가 원하는 모양으로 있기만을 조용히 빌어줄 뿐이었다.

바라나시 행 열차를 기다리며 일행들은 간단히 요기를 했다.

"이 콜카타의 짜이 정말 맛있어요. 이거 마시러 다시 와 야지."

일행들이 여학생의 말에 와르르 웃었다.

"저는 롭상 형 보러 다시 올게요."

내성적이고 말이 없던 복학생이 여전히 수줍은 듯 말했다.

"콜카타는 뭐니 뭐니 해도 봉사하러 와야지."

가장 열정적으로 일했던 또 다른 청년이 말했다.

여학생의 말에 저마다 한 마디씩 보탰다. 롭상도 저들 같 은 시절이 있었다. 그때 자신은 여행도 봉사도 생각할 겨를 없이 오로지 앞만 보고 달렸었다. 다시 그 시절로 돌아간다 면 저들처럼 살 수 있을까 싶은 생각이 들었다.

롭상의 눈에 건너편에서 짜이를 마시고 있는 중년 여인 이 보였다. 척 봐도 한국인이었다. 오랫동안 깔리갓에서 세 계의 봉사자들을 만나다 보니 이제 보기만 해도 국적을 대 충 맞출 수 있게 되었다. 특히 한국인들에게서는 자연스럽 게 한국인 특유의 특징이 보였다.

그녀는 대용량 배낭과 작은 배낭을 앞뒤로 멘 상태로 선 채 짜이를 마시고 있었다. 인도의 불안한 치안을 염려해 가방조차 내려놓지 못하고 있었다. 롭상은 빙긋이 웃음이 났다. 누구든 처음 인도에 오면 겪게 되는 일이니 그러려니 했다.

기차 시간에 맞춰 나가는데 건너편 가게의 그녀도 일어났다. 동시에 가게를 나가며 서로 잠시 눈이 마주쳤다.

그녀는 자신의 객실 칸을 찾느라 승차권을 들여다보며 롭상 일행을 지나쳐 허둥지둥 걸어갔다. 승강장 번호를 확인한 그녀가 선 곳은 그들과 몇 칸 떨어진 곳이었다. 롭상은 잠깐 의아한 생각이 들었다. 그녀가 선 홈은 한국인이나 여행자들은 잘 선택하지 않는 객실이다. 아무 의심 없이 그녀가 객실 칸 계단을 디디고 올라가는 것을 보며 롭상도 기차에 올랐다. 그때 그녀의 객실 칸으로 어딘가에서 나타난 수많은 인파가 끝도 없이 올라타고 있었다. 롭상에게는 아주 익숙한 풍경이지만 의아한 생각이 들었다.

"잠시만, 기다려. 확인할 게 좀 있어."

열차에 오른 롭상이 자기 침대칸에 내려놓은 배낭을 다시 메고 밖으로 나갔다. 일행들이 미처 무슨 일이냐고 물을 새도 없이 그가 휑하니 사라졌다.

*

롭상은 아까 그녀가 서 있던 칸을 향해 사람들의 틈을 뚫고 지나갔다. 역시나 그의 예상은 빗나가지 않았다. 그녀는 눈이 커다랗게 확대되어 당황한 채 서 있었다. 곧 주저앉을 만큼 위태롭고 위험해 보였다. 그녀의 손에 들려 있는 기차표를 낚아채듯 빼앗았다. 대신 그녀의 손에 자신의 표를 쥐어 주었다. 그녀의 눈이 금방이라도 눈물로 차오를 만큼 위태로워 보였다. 그녀는 놀라움과 안심하는 표정을 미처 다 표현하지 못한 채 돌아섰다.

롭상은 인파를 뚫고 앞쪽을 향해 달아나듯 재촉하며 떠나는 그녀의 뒷모습을 잠시 바라보았다. 롭상이 그녀와 바꾼 표를 확인하고 아무렇게나 주머니에 구겨 넣었다. 그 자리에 앉아있던 일가족이 그를 향해 씩 웃었다. 롭상도 장난스럽게 미소 지으며 할아버지 옆에 궁둥이를 내려놓았다.

*

잘 잤냐는 다정한 말

누구에게나 피하고 싶은 순간이 있다. 그럼에도 그 순간은 반드시 오고야 만다. 피하느냐 맞서느냐 그건 오로지 자신에게 달려 있지만 뜻하지 않게 손을 내미는 누군가, 그게 친절한 당신이었으면 좋겠다고 생각했다.

승리는 조식 시간이 다가오자 두려웠다. 이 조식을 끝으로 이곳을 나가야 한다. 갑자기 막막하고 자신도 모르게 한숨이 나왔다. 집으로 돌아가고 싶은 마음도 없지만 그렇다고 다른 숙소를 찾는 일도 내키지 않았다. 미성년자인 자신이 숙소를 얻기 위해서는 호구조사를 다시 겪어야 한다. 그때처럼 담임과의 연락을 떠올리니 고개가 절로 저어졌다. 그럴 바에는 조금 더 기간을 연장해 보는 게 낫지 않을까 싶었다.

조심스럽게 카페 문을 열고 들어갔다. 인도 음악이 실내를 가득 채우며 흐르고 있었다. 차려놓은 아침은 역시나 기대 이상이었다. 롭상은 왜 이렇게 끼니마다 누구를 위해 최후의 만찬을 차리듯 정성스럽게 밥상을 준비하는지 이해할 수 없었다. 어제저녁에 온 남자 게스트는 벌써 떠날 준비를 마치고 나와 있었다. 올레길 전부를 걸어 볼 계획을 세우고 온 퇴직 공무원이었다. 지난밤 그는 비밀을 고백하듯 자신의 계획을 들려주었다. 한 번도 뜻대로 살아본 적 없다는 남자는 처음으로 자기가 원하는 삶을 계획한 뒤 첫걸음을 올레길 걷기로 정했다고 했다. 또한 올레길 걷기는 산티아고 순례길을 걷기 위한 일종의 훈련이라고도 했다.

남자는 승리에게도 한 가지 조언을 해 주었다.

"학생, 살면서 내가 가장 후회한 게 뭔지 알아요? 지난 일을 후회하고 자꾸 집착하는 거. 이제 알겠어요. 지나간 어제보다 아직 오지 않은 내일이 더 중요해요. 지난 일에는 배팅하지 않아야 하더라고요. 앞으로 올 날에 집중하면 되는 거예요."

이상한 일이었다. 아직 오지 않은 미래가 두려워 한 발짝도 내딛기 싫은 마음을 그는 어떻게 알았을까. 승리는 이곳에서 만난 정인과 롭상이 누군가 자신을 위해 보내준 사람들이 아닐까 싶은 생각이 들던 참이었다. 그런데 하룻밤 묵어가는, 자신과 같은 처지의 게스트마저도 지금 자신에게 의미심장한 한 마디의 조언을 아끼지 않았다.

"그런데, 그렇다고 해서 오지도 않은 내일을 위해 오늘을 너무 희생시키지는 말아요. 내 두 번째 실수는 미래를 위해 현재를 너무 희생했더라고, 허허허. 이런 소리 너무 꼰대 같죠? 미안해요."

그건 할머니의 지론이었다. 승리에게도 미래를 위해 끝없는 노력을 강조했다. 맛있는 음식, 마음에 드는 옷 한 벌 사지 않았다. 할머니에게 그건 승리의 졸업 이후, 그다음에는 승리의 독립 후에나 할 수 있는 것이었다. 멀고도 먼 이야기였다. 결국 돌아오지 못한 먼 미래를 위해 할머니는 모든 걸 오늘에 쏟아 부었다.

게스트하우스에 오는 사람들을 보면서 승리는 자꾸 복잡한 마음이 들었다. 여행자로 사는 사람들은 어떻게 그런 마음을 먹게 되었을까. 여행을 하면서 그들이 찾는 것은 멋진 경치나 아름다운 건축물, 역사의 흔적 같은 유형의 것이 아니라 자신을 찾는 과정인 걸까. 태어나 처음 집이 아닌 곳으로 떠나온 승리로서는 엄두조차 나지 않는 일이었다. 결국 우물 안 개구리로 살아서 생각마저 우물 속처럼 좁고 갑갑했던 것일까.

롭샹은 여전히 앞치마 속 기계에서 흘러나오는 음악을 들으며 찌개를 뜨고 있었다. 정인은 휠체어에 앉아 창밖을 보고 있었다. 깊이 생각에 잠겨 있는 듯 미동도 하지 않았다.

"어서 와. 승리, 오늘도 승리!"

롭샹이 승리의 이름을 장난스럽게 한 번 외쳐 주었다. 롭샹은 승리를 볼 때마다 이름을 외쳐 줬다. 그가 승리의 이름을 외치며 주먹 쥔 손을 번쩍 들 때마다 비장함이 전해져 왔다. 찌개를 뜨던 오른손의 국자를 들어 올려 마치 구호를 외치는 모양이 되었다. 그 소리에 정인도 승리를 바라보았다.

"안녕히 주무셨어요?"

"잘 잤어요?"

정인이 다정하게 인사를 받아 주었다. 승리의 기억 속에 이제껏 그런 아침 인사를 몇 번이나 받아 보았을까, 떠올려 보았다.

아침에 일어나면 승리는 언제나 혼자였다. 밥상에는 늘 아침 식사가 차려져 있었다. 반찬은 네모난 플라스틱 반찬 통에 담긴 채 놓여 있었고 국이나 찌개 냄비는 가스레인지 위에, 밥은 밥통에 있었다. 새벽 수산 시장에 간 할머니가 이른 새벽 차려 놓은 밥을 승리는 혼자 먹고 학교에 다녔다.

아침에 일어나서 잘 잤냐고 서로 인사하는 게 이런 느낌이었구나. 깨닫고 보니 할머니가 더 그리웠다. 잘 잤냐는 다정한 말, 그 말 한마디가 그렇게 듣고 싶은 말인지 예전에는 미처 몰랐다. 이제 겨우 알게 되었는데 다시는 그럴 수 없으니 더 그리운 말이었다.

"많이 먹어."

롭상이 승리 앞에 고등어조림 접시를 놓아 주었다. 큼지막한 고등어 몸통의 가운데 토막이었다.

"밥 먹고 나하고 이야기 좀 할까요?"

정인이 승리 앞으로 반찬 접시를 슬며시 밀어 주며 말했다. 할머니가 떠오르는 순간이었다. 그것도 잠시, 드디어 올 것이 왔구나 싶었다. 예약한 날이 됐으니 이제 그만 집으로 돌아가라는 말을 할 것이다. 울컥 목울대가 아파 왔다. 그래도 승리는 밥 한 그릇을 맛있게 비웠다. 이제 두 번 다시 이런 성찬을 못 얻어먹을 것이다. 앞으로 누가 자신에게 이런 정성 가득한 밥상을 차려 줄까. 비참해지려는 마음까지 꼭꼭 씹어 넘겼다. 슬퍼도 밥맛이 좋을 수 있다니, 자신이 밥벌레 같다는 혐오감도 들었지만 그마저도 후루룩 삼켜 버렸다. 꼭꼭 씹어도 거칠기만 했던 지난날 아침밥이 아니라 목에서 미끄럼을 타듯 술술 내려가는 아침밥이 낯설면서 감동스러웠다.

식후에 세 사람은 커피를 마시고 승리는 청귤차를 마셨다. 남자 게스트가 커피를 다 마시고 떠나자 카페 안에 잠시 침묵이 흘렀다.

"보시다시피 내 다리가 이래요. 뼈가 완전히 부러져서 깁스를 풀려면 한참 있어야 할 것 같은데 혹시 괜찮으면 여기 있으면서 나 좀 도와줄래요?"

승리는 정인의 말을 얼른 알아듣지 못했다. 승리의 머릿속은 오로지 퇴실하는 문제로 복잡하기만 한 상태였다. 승리가 대답을 못하자 정인이 다시 승리와 눈을 맞추고 말했다.

"아, 서울로 간다면 어쩔 수 없지만 나도 도와줄 사람을 구하는 게 힘들어서 부탁하는 거예요. 며칠 이렇게 있어 보니 여간 힘든 게 아니네요."

승리는 그제야 자신에게 하는 말임을 알아차렸다. 그런데 언뜻 이해되지 않았다. 2박 3일 동안 지켜보니 정인은 목발과 휠체어로 충분히 잘 지냈다. 무릎 아래로 통깁스를 했으니 불편하기야 하겠지만 도우미가 필요한 상황은 아니었다.

"이따가 당장 병원에 가야 하는데 롭샹 혼자서는 힘들거든요. 그렇지 롭샹?"

롭샹이 잠시 어리둥절한 표정을 지었지만 금세 웃으며 고개를 끄덕였다.

"그렇죠. 아무래도 남자인 나보다는 같은 여자의 손길이 더 필요하죠."

승리는 전날도 자신이 정자에서 돌고래를 기다리는 동안 정인이 롭샹과 둘이서 시장까지 다녀왔던 기억이 떠올랐다. 승리가 의아한 표정을 지으니 정인이 멋쩍은 듯이 웃으며 말했다.

"그게, 병원에 한참 있다 보면 화장실 갈 일이 생길 수도 있고 롭샹이 주차장 가면 멀뚱히 혼자 서 있는 것도 좀 그렇고."

거기까지, 정인이 뭔가 더 할 말이 있는 듯 망설이다 그만두었다. 고민해 보라는 뜻이었다.

"진짜 더 있어도 돼요?"

"아휴, 그러면 나야 땡큐지요."

정인이 활짝 웃었다. 롭샹은 조금 전의 어리둥절한 표정 대신 아무 말 없이 둘의 대화를 듣고만 있었다.

"감사합니다. 사실은 연장해도 되냐고 여쭈어보려고 했어요."

"그랬어요? 잘 됐네요. 그럼, 오케이 한 거예요?"

정인이 다시 한 번 확인했다.

“그리고 무슨 사연인지 모르지만 얘기하고 싶지 않으면 하지 않아도 돼요. 우리 그렇게 꼬치꼬치 캐물어 곤란하게 하는 꼰대들 아니에요. 그러니까 부담 갖지 말라는 얘기예요.”

정말 이해할 수 없었다. 정인은 마치 승리의 마음을 다 읽고 있는 것처럼 승리 대신 대답까지 하고 있었다. 나이를 먹으면 그렇게 눈치가 빨라지는 것인지 궁금했다. 행여 집에 가기 싫은 이유를 물을까 봐 내심 걱정하고 있었다. 그런데 묻지 않겠다니 얼마나 다행인가. 그렇게 황당하고 어이없이 오갈 데 없는 신세가 된 사실을 어떻게 말할 수 있을까.

자식을 버리고 떠난 엄마가 자식의 사망보험금을 받으러 나타났다는 뉴스에 세상 사람들이 온갖 비난을 할 때 승리 역시 함께 비난하고 욕했었다. 그런데 자신의 엄마 역시 그와 다르지 않았다. 생각하면 구역질이 날 만큼 싫고 증오심마저 생겨났다. 엄마가 아니라 악마같이 느껴져서 두 번 다시 마주치고 싶지 않아 도망치듯 제주로 왔다. 그때의 마음은 제주에서 죽어 버려야지, 자신이 죽는다고 슬퍼할 사람 하나 없지만 죽음으로 엄마에게 상처가 되었으면 좋겠다고 생각했다. 그 여자가 비정한 생모라는 비난이라도 받아야 한다는 생각까지 했었다. 자기 때문에 딸이 죽은 걸 안다면 그 여자도 양심의 가책을 느낄까, 하는 딱 그 정도의 생각들로 무작정 제주에 왔는지도 모른다.

하지만 그렇게 떠나와서 3일간 지내고 보니 아직 보지 못한 돌고래도 꼭 보고 싶고 롭상이 해 주는 밥도 더 먹고 싶어졌다.

아침, 점심, 저녁. 할머니랑 살 때는 지겨울 때가 많아 대충 때우는 일이 많았다. 그마저도 빵과 과자로 대신했었고 굶는 걸 예사로 알고 살아왔었다. 그런데 롭상은 승리가 굳이 식당을 찾아 나설 틈을 주지 않고 조식 뿐 아니라 삼시 세끼를 다 챙겨 주었다. 공짜 밥을 계속 얻어먹을 수 없어서 식당을 찾아 나설 기미라도 보이면 그럴 틈을 주지 않고 먼저 불렀다. 마지막이라고 생각했던 날이 그렇게 연장되었다. 마치 다른 세상으로 순간이동한 기분이었다. 무언가 알 수 없는 기운이 자신의 손을 덥석 잡아 주었다.

"승리, 성산항에 생선 사러 갈 건데 같이 갈래?"

동백이와 아침 산책을 마치고 돌아오자 그새 청소를 마친 롭상이 물었다. 동백이를 데리고 하루 두 번 바닷가를 산책하고 고래를 기다리는 외에 달리 할 일이 없었다. 무료한 승리에게 그건 롭상이 할 부탁이 아니라 오히려 승리가 부탁하고 싶은 일이었다. 고대했던 제주도에서 기껏 그렇게 무기력했던 승리에게는 호기심을 자극하는 일이었다. 그리고 이제 승리는 2박 3일의 여행자가 아니다. 얼마든지 더 있어도 된다는 허락을 받고 나니 갑자기 식구가 된 기분이었다.

롭샹은 편하고 빠른 길 대신 해안 도로를 달렸다. 해안 도로는 성산항까지 오른쪽으로 바다를 끼고 계속 달리게 돼 있었다. 처음 온 날 이후로 두 번째로 롭샹의 차를 타게 된 건데 그때와는 완전히 다른 기분이었다. 승리는 이유가 무얼까 생각해 봤다. 아침에 잠깐 느꼈던 그들과 가족이 된 것 같은 착각 때문 같았다. 그러자 누군가에게 그런 마음을 들키기라도 한 것처럼 놀라 고개를 오른쪽으로 돌려 멀리 바다를 보았다.

"돌고래가 나타나는지 보는 거야?"

롭샹이 침묵을 깨고 말했다. 승리가 조금 전 마음을 들키기라도 한 것처럼 얼굴이 빨개져 웃었다.

"저는 왠지 돌고래를 보지 못할 거라는 생각이 자꾸 들어요. 저에게 진짜 그런 행운이 올까요?"

"무슨 소리야? 돌고래는 사람을 차별하지 않아."

롭샹의 목소리는 살짝 커졌고 훨씬 단호해졌다. 승리는

꾸중 듣는 아이처럼 의기소침해졌다. 차창을 살짝 내렸다. 찬바람이 얼굴을 때리며 달려들었다. 승리는 문득 반발하고 싶었다.

"하지만 사람들은 저 같은 사람을 아주 쉽게 차별하잖아요. 선입견을 가지고 의심하기도 하고요."

승리의 말에는 청각보다 자주 촉각이 느껴졌다. 습도가 느껴질 만큼 나이답지 않게 우울하고 잔뜩 위축된 음성이었다.

"저는 냄새에 아주 민감해요. 특히 비린내. 누군가가 냄새 이야기만 하면 주눅이 들고는 했어요. 할머니한테 늘 물 좀 아껴 쓰라고 구박받으면서도 매일 몸을 씻고 옷을 갈아입었죠. 그런데도 항상 저한테는 생선 비린내가 풍기는 것 같았어요. 그래서 생선을 좋아하지만 잘 먹지 않았어요. 여기 와서 처음으로 제가 그런 생각 없이 생선을 마음껏 먹고 있더라고요. 저도 놀랐어요."

롭상은 잠자코 듣고만 있었다. 대신 차의 속도를 조금 줄여 주었다. 마치 승리의 말을 경청한다고 말하는 듯했다.

"부모 없이 할머니랑 산다고 친구 엄마들이 자기 자식들과 놀지 못하게 한 적도 많았고 불미스러운 일이 생기면 저부터 의심했어요. 저는 잔뜩 주눅 들어 대항 한 번 못 했고요."

“많이 힘들었겠네.”

“친구들이 놀아 주지 않아서 공부를 더 열심히 했던 것 같아요. 근데 학교에서는 저 같은 애를 뭐라고 부르는지 아세요?”

“……”

“찐따요. 저는 우리 학교 우등생 찐따예요.”

승리는 본인도 예상하지 못했던 이야기까지 무방비 상태로 고백하면서 그런 자신에게 놀라고 있었다.

승리의 고백을 듣는 롭상은 말이 없어졌다. 입술을 꼭 다문 채 앞만 바라보고 있었다. 생각이 많은 표정이었다. 이따금 작게 한숨도 쉬었다.

“할머니는 저한테 늘 삼촌을 닮아서 공부를 잘하는 거라고 했지만 사실 저는 친구가 없으니까 노는 대신 공부를 했던 게 더 맞는 것 같아요.”

“할머니는 승리가 자랑스러웠겠네.”

“글쎄요. 사실 잘 모르겠어요. 지금은 그냥 할머니가 불쌍하다는 생각밖에 들지 않아요.”

남 얘기하듯 건조한 말투에는 충분한 감정이 섞여 있지 않았다. 롭상은 그런 승리에게 충분히 애도하고 마음을 정리할 시간을 줘야 한다고 생각했다. 그렇지만 그건 어디까지나 승리가 판단할 문제였다. 누구에게나 사랑하는 사람과 이별할 시간은 반드시 오고야 만다. 승리가 유독 가혹한 계절을 맞은 듯해서 마음속이 서늘해졌다.

실제로 승리는 갑작스러웠던 할머니와 이별을 제대로 받아들이지 못한 채 도망치듯 떠나왔다. 정말 엄마라는 여자와 마주치기 싫었다는 게 여행의 목적이었을까. 그게 정말이냐고, 승리는 차마 자신에게 묻지 못했다. 깊이 파고들수록 할머니를 잃은 상실감에서 빠져나올 수 없을지도 모른다는 두려움은 항상 승리를 따라다닐 터였다. 그러니까 제주도로 떠난다는 것은 승리가 선택할 수 있는 최선의 회피 방식이었다. 인정하기 싫었을 뿐 처음부터 느끼고 있었다.

롭상은 어린 승리가 받아들였어야 할 일들이 사실 어른도 감당하기 힘든 고통이라는 사실을 알고 있기에 섣불리 충고하거나 위로할 수 없었다. 하지만 롭상은 그동안 참았던 말을 해 줘야겠다고 생각했다.

"할머니가 그렇게 되신 거랑 승리가 지금 환경에 자라게 된 일 중에 어느 하나 본인 탓인 일이 있나? 나는 그렇게 생각해. 내 탓이 아닌 일까지 내가 책임지려 해서는 안 된다고. 인간은 누구나 자신을 먼저 보호해야 해. 이타적으로 사는 건 그다음이야. 나는 승리가 그 죄책감 같은 감정을 가지지 않았으면 좋겠어. 남들이 제멋대로 내린 판단에 흔들리지 말고."

승리는 롭샹의 말을 하나하나 곱씹어 가며 새겨들었다. 지금껏 아무도 그렇게 말해 주지 않았다. 초면에도 반말을 하던 그는 장난꾸러기처럼 가볍게 보이던 사람이었다. 그랬던 롭샹의 겉과 다른 면을 들여다보는 것 같아 새로웠다.

승리에게는 시간이 필요하다. 정인도 그걸 알기에 승리에게 더 머물기를 권한 것이었다. 하지만 정인과 달리 롭샹은 지난해 봄에 생을 마감한 그 청년을 내내 떠올렸다. 청년을 받아 주었던 두 사람에게 그 누구도 죽음에 대한 책임을 물을 수는 없지만 아마도 롭샹은 죄책감을 느끼고 있는지 모른다. 그래서 승리에게 하는 조언은 어쩌면 자신에게 하는 말과도 같았다. 자신들도 이제 그 사건에서 벗어나야 한다고 생각한다. 그 일은 어쩔 수 없이 두 사람에게 아직 트라우마로 남아 있었다. 발설의 힘이었을까. 승리에게 하는 충고는 사실 자신에게 하는 다짐이었다. 청년의 어두운 얼굴과 온몸에서 풍겨 나오는 고민을 알아차렸을 때 조금 더 관심을 기울였어야 했다는 생각을 떨쳐 버릴 수 없었다.

청년의 짐을 경찰에게 인계한 후 그들은 계획대로 인도로 떠났었다. 한 달 예정이었지만 쉽게 돌아올 수 없었다.

＊

청년의 일은 어쩔 수 없이 빚으로 남아 끈질기게 두 사람을 괴롭혔다. 청년의 부모조차 막을 수 없는 일을 자신들이라고 어쩔 수 있었겠냐며 스스로 위안 삼았다.

인도 남부를 여행하던 그들은 계획에 없던 바라나시에 다시 갔다. 오래전에 그랬듯 갠지스에 디아를 띄우기 위해서였다. 짧게 스쳐 지나간 인연이었지만 강하게 자신들의 마음을 울렸던 청년의 명복을 빌었다. 작은 인연 하나도 더 세심하게 돌아보겠다는 각오를 갠지스강에 띄우고 돌아왔다.

그 사건은 정인 역시 예상하지 못했던 일이었다. 롭샹은 정인의 내상이 그렇게까지 깊은 줄 미처 몰랐다. 평생 교육자로 살아왔으니 더 큰 책임감을 느껴야 한다고 스스로 자책하고 있었다. 그는 정인이 느낄 충격을 차마 가늠할 수조차 없었다. 공감의 크기는 세상의 상식과 잣대로 잴 수 없다는 사실도 그때 다시 느꼈다.

인도를 오가며 오랫동안 봉사자로 살아가는 삶은 미처 계획하지 않은 일이었다. 그러나 계산되지 않은 인생을 산다고 해서 타인에게 그걸 설명하고 납득 시킬 이유는 없었다. 그렇게 살다 보니 하나 깨달은 점은 그냥 자기의 삶에 최선을 다해 살자는 것이었다. 사회가 혹은 남들이 규정한 삶이 아닌 자기가 원하는 자기 삶. 그런 면에서 아직은 인도를 오가는 이유가 그전에 이뤘던 성공보다 더 자신의 마음을 떨리게 했다.

롭상은 승리가 그 청년을 닮았다고 생각했다. 위태로워 보이지만 애써 참고 있는 모습이 더 애처로워 보였다. 이번만은 후회하는 일을 절대 만들지 말아야지. 뭐 그렇다고 딱히 뾰족한 수가 있는 건 아니었다. 그저 단순히 그래야 한다는 느낌만이 있을 뿐이다.

"제주에 오면 하고 싶은 일 있었어? 가 보고 싶은 곳이라든지?"

갑자기 떠올랐다는 듯 롭상이 물었다.

"없어요. 그냥, 돌고래 정도?"

롭상에게 그 대답은 마치 신음처럼 들렸다. 열아홉 살의 아이가 제주에 와서 하고 싶은 게 언제 나타날지도 모르는 돌고래를 보는 일뿐이라니.

이미현

일몰 시각이 지나 정인과 승리는 신천항 부두 위에서 현 노인의 배가 들어오는 것을 지켜보고 있었다. 바닷가 근처에 사는 혜택을 톡톡히 누릴 때가 있다. 오늘처럼 제철 생선을 저렴하게 살 때 특히 그렇다.

종종 횟감을 부탁하고는 했던 현 노인의 전화를 받고 귀항 시간에 맞춰 대기하는 참이다. 노인은 선원도 없이 혼자 바다에 나가 낚시로 물고기를 잡는다. 그물을 던질 만한 힘도 없지만 그만한 욕심도 없다. 낚시는 노인에게 습관 같은 일상이다. 상군 해녀였던 아내가 몇 년 전 죽고, 혼자 살면서 소일 삼아 바다에 나간다. 잡아 온 물고기는 어판장에 낼 새도 없이 근처 횟집에 넘기거나 이번처럼 동네 사람들에게 헐값에 넘기고는 했다. 노인은 얼마 전 정인이 부탁한

벵에돔이 잡히자 잊지 않고 연락한 참이었다.

노인은 크기가 제각각인 벵에돔 다섯 마리를 정인이 건넨 비닐 장바구니에 넣었다. 씨알 작은 방어 한 마리, 2킬로는 족히 나갈 만큼 큰 삼치 한 마리는 덤이라고 말했다. 목발을 짚은 정인 대신 승리가 얼른 바구니를 받았다. 살아 있는 물고기 여러 마리가 장바구니 안에서 펄떡거리자 그 힘이 그대로 전해져 힘에 부쳤다. 냉동되었거나 죽어 있는 생선만 보고 살아온 승리에게는 살아 있는 생선을 보는 것만으로도 색다른 경험이었다.

노인이 말 대신 정인을 향해 손가락 세 개를 펼쳐 보였다. 그러자 정인이 고개를 세차게 흔들었다. 승리가 추측건대 그건 삼만 원만 달라는 노인과 그건 경우가 아니니 오만 원은 받으라는 정인의 말 없는 대화였다. 승리는 발성도 없이 옥신각신하는 두 사람의 모습을 지켜보며 시장에서 할머니가 손님과 흥정하던 모습을 떠올렸다. 그러던 중 정인의 휴대전화 벨이 울렸다. 정인은 승리에게 눈짓으로 자기 주머니를 가리키면서 전화를 대신 받아달라는 무언의 신호를 보냈다.

승리가 통화 버튼을 눌러 한 마디 하려는 순간 전화가 뚝 끊겼다. 정인은 노인의 작업복 주머니에 오만 원 권 한

＊

장을 넣어 주고 노인이 빼지 못하도록 잠시 주머니를 잡고 있었다. 그러자 노인도 알았다고 고개를 끄덕였다. 정인의 승리였다.

“방어는 아직 좀 일러. 혹시 모르니까 회 뜰 때 사상충 있나 꼭 확인해요.”

노인이 장비를 챙기러 다시 선실로 들어가는 걸 보고 돌아섰다.

“방어는 역시 대방어가 맛있으니 이건 회보다 구이를 해야겠어요. 해마다 겨울이면 모슬포에서 방어 축제가 열리니까 회는 거기 가서 먹어요.”

정인은 며칠 후 열리는 모슬포 방어 축제에 롭상과 승리를 데려가 대방어를 먹일 계획을 세워 놓았다. 승리가 휴대 전화를 정인에게 건넸다.

“미현이가 웬일이지? 지금쯤 눈코 뜰 새 없이 바쁠 텐데?”

부재중 전화를 확인한 정인이 혼잣말을 했다. 정인이 막 전화하려는 순간 다시 벨이 울렸다. 재빠르게 통화 버튼을 눌렀다.

“선배, 나 지금 제주 공항이에요.”

“어? 웬일로? 출장 왔어? 아니지, 지금 한창 정신없을 텐데? 무슨 일 있어?”

통화하는 정인의 목소리에 살짝 긴장감이 실렸다.

"자세한 얘기는 가서 하고 나 지금 택시 탔어요. 금방 갈 게요."

전화를 끊으며 정인은 다시 고개를 갸우뚱했다. 후배 이 미현은 작은 출판사를 운영한다. 20년간 대형출판사 편집부에서 일하던 미현이 독립해 친구와 출판사를 차린 게 벌써 10여 년 전이다. 미현은 그때나 지금이나 늘 독자보다 작가가 많은 시대라며 출판 시장을 걱정했었다. 그랬던 그녀가 무슨 배짱이었는지 편집부장 자리를 미련 없이 버리고 나왔을 때 다들 말렸다. 이제 무얼 해서 먹고살 거냐는 걱정 어린 말들이 오갔으나 그건 표면적인 이유일 뿐이었다. 사실 주변인들은 그녀가 계속해서 일선에 있어 주기를 바랐다. 사람들의 눈을 스마트폰 영상에 모두 빼앗긴 시대가 아닌가. 그들은 그럴수록 미현 같은 전문가가 끝까지 사수해야 할 최전선에 문학이 있다고 믿었다.

하지만 정인만큼은 차마 말릴 수 없었다. 한편으로는 반가웠다. 이제 미현이 본격적으로 소설을 쓰려나 보다 짐작했다. 충분히 오래 참았기에 그만큼 간절할 것이라 믿었다. 정인은 오래 기다렸다. 지금이라도 미현이 문학청년이었던 그 시절의 열정을 되찾아 꿈을 이루기를 누구보다 바라고 있었다. 한 사람의 과거와 현재를 관통하고 있는 사람의 간절함이었다.

문예창작학과 2년 후배인 이미현은 대학교 4학년 때 이미 신춘문예로 등단한 소설가다. 상상력이 뛰어나고 재치 있는 데다 시대상을 잘 표현했다는 극찬을 받기도 한 촉망받던 신인이었다. 하지만 그 후로 미현은 더 이상 소설을 쓰지 못했다. 신춘문예 작가 중에는 한 번의 영광을 누린 후 사라지는 경우가 많다. 그건, 문학을 계속한다는 게 만만한 일이 아니라는 반증이기도 했다.

그러나 미현의 경우는 달랐다. 졸업하기 전부터 집안 경제를 도맡게 되었고, 그렇게 문학은 하룻밤의 꿈처럼 여운을 남긴 채 사라졌다. 계속 꿈꿀 수 없을 만큼 새벽은 너무 빨리 찾아왔다. 하루하루 끝없이 휘몰아치는 현실은 가혹했다. 운명은 잘못 걸린 주술처럼 엉뚱하고 공격적이었다. 미현에게 영광의 순간은 화려한 불꽃 쇼였다. 한순간 극치의 화려함을 뽐낸 후 자취 없이 사라지고 만 환영 같았다. 그나마 다행인 건 졸업과 동시에 출판사 편집부에 취직해 자리를 잡았다는 점이었다. 계속해서 많은 베스트셀러를 출간하는 유명 출판사였다. 이따금 미현은 맨 먼저 작가의 원고를 볼 수 있다며 흥분해서 이야기했다.

"선배 있잖아, 살아 있는 물고기를 만지는 기분이 들어. 지금 막 건져 올린 물고기. 팔딱팔딱 뛰는 놈을 맨손으로 만지는 그런 느낌?"

미현은 마치 눈앞에서 그 물고기를 건져 올리는 것처럼 두 손을 제 앞으로 내밀고 쥐는 시늉을 했다. 미현의 그런 흥분이 정인에게는 전혀 설득력 없이 들렸다. 미현이 일부러 과장된 제스처를 취하고 있는 게 정인에게는 고스란히 보였다.

"비유가 그럴듯하지만…… 글쎄? 정말 남의 글에 그렇게 흥분하는 거 진짜야?"

"아, 물론 다 그런 건 아니고. 물론 정말 말도 안 되는 글을 보내는 작가들도 있지. 문장은 고사하고 맞춤법, 띄어쓰기까지 엉망인 글. 그런 걸 받으면 어떤 생각이 드는지 알아요? 마치 팔리지 못하고 떨이도 안 되는 상한 생선 같아. 거기다가 작가 병 걸린 작가들은 또 얼마나 많게. 좀 나간다 싶으면 마감일 지키는 걸 무슨 큰 은혜 베풀듯 한다니까."

조금 전까지 액션을 취하며 즐겁게 흥분하던 미현이 금세 낙심한 표정을 지었다.

"네 소설도 그랬어. 싱싱한 활어."

"헐! 나는 기억도 안 나요. 그걸 선배가 기억하고 있다고? 선배 나 사랑하는구나.”

　미현이 말끝에 깔깔거리고 웃었지만, 그 웃음소리에서 한겨울 찬바람이 불어왔다. 쓸쓸함과 공허감이 느껴졌다. 그건 어쩌면 쉽게 사라지지 않는 생선 비린내 같은 것이었다. 내내 미현을 감싸고 있는 미련이거나 끝끝내 사라지지 않고 남아 있는 오래된 흉터 같은 건지 모른다. 그때 미현은 이미 싱싱한 활어가 아니었다. 아직 살아 있다고는 하지만 반짝이던 비늘이 다 벗겨진 채 물 밖에서 퍼덕이며 안간힘을 쓰고 있었을 뿐이었다. 상처투성이로 금방 숨이 끊어질 것처럼 위태로운 상태로 밖에 보이지 않았다. 그런 미현을 만난 지도 오래되었다. 서울에 있을 때는 가끔이나마 만났었는데, 정인이 제주에 정착한 이후로 전화 통화만 자주 할 뿐이었다.

　정인은 미현이 겪었던 위기의 순간을 같이 했다. 타인의 입장에서 한 사람의 고난을 직접 지켜보고 함께 그 세월을 지나온다는 것은 그리 만만한 일이 아니었다. 그 일이 생기기 전까지 미현은 잘 웃는 밝은 사람이었고 주변 사람들에게 긍정적인 에너지를 주는 사람이었다.

　미현의 부모는 수시로 그녀의 자취방에 소포를 보냈다.

✴

집이 너무 멀었고 교통이 지금 같지 않던 시절, 방학이 아니면 집에 내려가는 일이 극히 드물었다. 미현은 정인의 집에도 자주 들렀고 그런 만큼 그녀의 부모는 정인의 집에도 이따금 건어물 등을 보냈다. 고마움을 표현하는 그들의 방식이었고 올라온 박스 꾸러미를 보면 시골 사람들 특유의 인심을 실감할 수 있었다. 그렇게 왕래하면서 미현은 정인의 부모에게도 더없이 살갑게 대했다. 정인의 부모 역시 미현을 딸처럼 아끼고 좋아했다.

치어 양식장을 하던 미현의 부모가 자동차 전복 사고를 당하던 순간에도 정인은 호프집에서 미현과 함께 있었다.

졸업을 앞둔 미현이 신춘문예 당선 상금으로 한턱내는 자리였다. 과 선후배 몇 명이 함께했다. 선배이면서 석사과정 조교였던 정인도 그 자리에 초대받았다. 정인은 문학과 학문 사이에서 고민하다 학문을 택했다. 미현이 승승장구하는 게 자신의 성과만큼 기뻤다. 미현도 그걸 누구보다 잘 알았다.

"야, 이미현, 정말 축하한다. 얼굴 이뻐, 똑똑해, 글도 잘 써. 너는 도대체 부족한 게 뭐냐?"

복학생 선배 하나가 혀 꼬부라진 말투로 질투인지 축하인지 모를 인사를 하고 또 했다. 다들 듣는 둥 마는 둥 '저

선배 또 저러냐' 하고 외면하며 저희끼리 왁자지껄 떠들고 있었다.

"문청들에게 신춘문예는 사법고시 합격 같은 거 아니냐? 우리 중에 가장 먼저 미현이가 그걸 패스했다는 말이지."

공교롭게 같은 신문사에 응모했던 동기의 말이었다. 당선의 영광은 신문사마다 장르별로 단 한 명에게만 주어졌고 미현의 당선은 당연히 그에게 고배의 잔을 들게 했다. 마냥 축하하기에는 자신이 느끼는 열패감이 컸을 것이다. 미현 역시 몇 번의 시도와 낙선으로 그 마음을 잘 알기에 선배의 말이 전혀 고깝지 않았다.

"당선은커녕 본심에도 이름이 없는데 참 어처구니가 없더라. 방구가 잦으면 똥을 싼다고 하지 않냐? 방구라도 좀 시원하게 껴 봤으면 좋겠다. 정말."

그의 말에 또 다른 선배가 윽박지르듯 한마디 거들었다.

"야, 저 자식은 문학을 한다는 놈이 비유를 해도 저같이 지저분하게 한다니까."

응모장을 내민 이가 하나둘이 아니건만, 정작 그 사실을 입 밖에 올리기를 꺼리는 기색은 숨길 수가 없었다. 누구나 한 번쯤 주인공이 되고 싶은 밤이었다. 그럴수록 저마다의 감정이 술잔 속에서 티 나지 않게 희석되는 밤이었다. 미현이 그들 앞에서 마음껏 기뻐할 수 없다고 느끼는 건 그런 이유 때문이었다.

아지트였던 호프집을 그들은 무당집이라고 불렀다. 얼기설기 가로질러놓은 통나무는 금방 깎아놓은 듯 나뭇결이 살아 있었고, 중간중간 소품도 걸어 놓았다. 벽마다 빼곡하게 붙은 그림과 사진도 음산한 분위기를 만드는 데 한몫했다. 그렇게 호프집 안은 신당에 진열해 놓은 온갖 장신구처럼 일관성 없는 물건들로 가득해 조잡하기 그지없었다. 그러나 사실 손님들에게만 그렇게 보일 뿐 그것들 하나하나에는 나름의 사연이 담겨 있어서 주인에게는 꽤 의미 있는 물건들이었다.

무당집 사장은 9시 뉴스 애청자였다. 9시 뉴스가 시작되면 그는 주문받는 것도 귀찮아했다. 주방의 아내는 이제 불평 자체가 무의미하다는 걸 알아서 묵인하는 편을 택한 지 오래되었다. 뉴스 시간이 됐는지 시끄럽던 컨트리 음악 볼륨이 줄어들었다. 사장의 몸이 벽걸이 TV를 향해 45도쯤 돌아가 있었다. 주방의 아내가 흘깃 쳐다보고는 개수대에 플라스틱 접시를 던지듯 신경질적으로 집어넣었다. 주인 남자와 달리 청춘의 전사들은 세상이 어떻게 돌아가든 그 순간만큼은 자신들과 상관없다는 듯 술을 마셔댔다. 마치 그날로 세상의 생맥주를 다 동나게 하고야 말겠다는 굳은 결의라도 한 듯이 계속해 서빙하는 종업원을 불러댔다. 주인공인 미현 역시 당연히 만취 상태였다.

그날따라 정인은 새삼스러울 일 없는 주인의 행동을 눈으로 따라갔다. 술도 마시지 않는 정인에게는 술주정으로밖에 들리지 않는 후배들의 넋두리보다 주인을 관찰하는 일이 더 흥미로웠다. 정치, 경제 관련 뉴스에 이어 사건 사고 소식이 전해졌다. 전라도 어느 지역에 난데없는 폭설이 며칠째 이어지고 있다는 멘트와 함께 빙판길에서 전복되어 다리 아래 처박힌 택시 한 대가 화면에 클로즈업됐다. 첫 영상에 택시는 네 바퀴를 하늘로 향하고 있었다. 기자의 멘트와 바뀐 영상에는 사고 수습 중인 구급대원의 인터뷰와 구급차의 사이렌이 비춰졌다. 기자는 사고 차량에는 중년의 부부 승객이 타고 있었으며 둘 다 현장에서 사망하고 기사는 중태라는 소식을 전했다. 기자의 음성에서 다급함이나 슬픔은 전해져 오지 않았다. 화면 아래에 사망자의 이름이 자막으로 떴다.

정인은 그때 무의식적으로 미현을 바라봤다. 미현은 TV를 등지고 있었고 모두가 그렇듯 술에 취해 뉴스에는 아예 관심이 없었다. 그 자리에 취하지 않은 사람은 술을 아예 못

마시는 정인 혼자였다. 정인은 자신도 모르게 벌떡 일어나 TV 앞으로 갔다. 너무나도 낯익은 이름이었다. 예감이 빗나갈 확률은 제로에 가까웠다. 장흥은 미현의 고향이었고 사망자의 이름은 이무열, 김정인 바로 미현의 부모였다.

“아, 선배님 저희 엄마랑 이름이 같으세요. 저희 엄마 이름 예쁘죠? 외할아버지가 고명딸이라고 외삼촌들과 같은 돌림자를 써 주셨대요.”

신입생 환영회 때 정인의 목에 걸린 이름표를 보고 미현이 먼저 말을 걸어왔다. 먼 장흥에서 온 미현은 정오의 윤슬처럼 반짝이는 눈동자와 선한 인상을 가진 신입생이었다. 학과 임원인 정인이 보기에 적극적으로 나서는 성격은 아니었지만 조용히 뒤에서 거드는 유형의 인물이었다. 학과 행사 때 미현은 기꺼이 정인을 도와 일했고 그렇게 둘은 친해졌다.

정인은 한참 동안 화면에서 눈을 뗄 수가 없었다. 부정해 보려 했지만 장흥이라는 작은 도시에서 미현의 부모와 완벽히 같은 이름을 가진 중년 부부가 있을 가능성은 희박했다. 그건 그 사고 당사자가 미현의 부모가 확실하다는 증거였다. 어디서부터, 무엇을 어떻게 해야 할지 혼란스러웠다. 일행에게 돌아간 정인은 가만히 미현을 일으켜 세웠다. 술에 취한 다른 일행들이 동요하는 걸 막기 위해 화장실에 가는 척 조용히 데리고 나왔다. 택시를 불러 뒷자리에 구겨 넣듯 억지로 태울 동안 미현은 영문을 몰라 했다. 다시 내리려고 택시 문을 열려는 미현의 손을 잡아끌며 정인은 기사에게 행선지를 알려 줬다. 이유를 물으면서도 제대로 몸을 가누지 못하던 미현이 택시 안에서 바로 잠들어 오히려 수월했다. 집에 도착해 부모님께 자초지종을 설명했다. 부모님 역시 뉴스를 보면서 미심쩍어 했다고 전했다.

미현은 제정신이 아니었다. 정신이 번쩍 드는 것과 몸이 마음대로 움직여지지 않는 것은 별개의 문제였다. 휘청이는 미현은 그 상황을 견딜 수 없어 했다. 정인이 약간의 준비를 하는 동안 정인의 어머니는 어쩔 줄 모르며 미친 듯 울며 발버둥치는 미현을 끌어안은 채 달래고 있었다. 미현이 우는 만큼 정인의 어머니도 함께 눈물을 흘렸다. 준비가 끝난 정인에게 아버지는 차 키를 흔쾌히 내 주셨다.

대학생 딸에게 운전 면허를 취득하도록 한 건 아버지였다.

"이제 여자도 남자들 하는 건 다 해야 하는 세상이다. 당연히 운전도 해야지."

그렇게 운전 학원에 등록해 주고 학교 운동장에 선을 그어 손수 연습을 시켜 줬다. 아버지는 딸을 신뢰하고 전적으로 믿는 사람이었다. 모든 면에서 그랬듯 운전 역시 마찬가지였다. 그동안 전국의 여행지를 함께 다녔고 그때마다 운전석에 정인을 앉혔다. 근육이 생기듯 운전에 익숙해졌고 곧잘 해 왔기에 아버지는 두말없이 키를 넘겨주었다.

"그쪽은 아직 눈길일 테니 가서 상황 보고 체인 하는 거 잊지 말고, 조심해라."

정인의 대담함과 대범함은 아버지를 닮았다. 어머니는 딸을 아들처럼 키우는 남편에게 때때로 불만 섞인 걱정을 하면서도 정인에게서 대리만족을 느꼈다. 정인은 딸만 다섯인 집의 맏이였다. 하지만 아버지는 엄마와 달랐다. 은연중에라도 정인에게서 아들의 역할을 기대하지 않았다. 정인의 존재 자체를 그대로 존중해 주었다.

그날 미현의 부모님은 계원들에게 딸의 신춘문예 당선 축하주를 샀다. 바닷가 마을의 고만고만한 살림살이에 다들 바다를 바라보고 바다에 기대어 살았다. 바다는 부지런한 사람에게는 넉넉하게 먹을 것을 내어 주었다. 대부분이 바지락과 굴을 채취했고 더러는 작은 어선을 가지고 있어서 물고기를 잡으며 생계를 이어 갔다. 미현의 부모는 드물게 치어 양식장을 해서 다른 집보다 조금 형편이 나은 축에

속했다. 물론 그래봐야 시골 살림살이였으니 개중에 낫다는 의미다. 자식이 셋인 그들은 매일을 전력 질주하는 육상 선수 같은 마음으로 헐떡이며 살았다. 미현이 대학을, 그것도 서울로 유학 가는 자체도 그 동네에는 처음 있는 일이어서 뉴스가 되던 시절이었다. 그랬던 미현이 새해 첫날 신문 기사에 났다. 신춘문예가 뭔지 모르는 고향 사람들에게도 신문에 나는 일은 큰 사건이었다. 이무열 씨의 장녀 이미현은 삽시간에 고향의 스타가 되었다. 계원들은 마을 어귀와 면 소재지에 현수막을 걸어 주었다. 미현의 부모가 느끼는 자부심은 그래서 더 특별하고 대단한 기쁨이었다.

아버지는 매일 같이 취했다. 자식 자랑을 하지 않아도 다들 알아서 축하를 해 주었다. 그러면 축하주는 본인이 샀다. 살면서 그런 기쁜 날은 두 번 다시 없어도 좋을 만큼 부모는 최고의 기쁨을 맛보았다. 아침에 미현과 통화하면서 아버지는 한껏 들떠서 술자리 이야기를 했다. 사람들에게 인사를 받기도 귀찮다며 호기도 부렸다. 미현은 그게 또 즐거웠다. 장학금을 못 타서 기죽을 때가 많았다. 등록금 이야기를 할 때마다 죄 짓는 기분이 들었다. 그런 일들이 조금이나마 만회된 듯해서 자신도 기뻤다.

장흥 읍내 삼겹살집에서 떠들썩하게 축하주를 마시고

취해가는 동안 창밖에는 함박눈이 내렸다. 일행들은 그 눈을 축복의 눈이라고 추어주었다. 계원 자식들 중 그때까지 서울 사대문 안 대학을 간 건 미현이 유일했다. 그때도 미현의 부모는 기분 좋게 밥을 샀다.

"그게 문학 하는 사람들의 사법고시라잖아요. 우리야 뭐 알기나 하나 사람들이 그렇다니까 그런 줄 알지."

아버지에 비해 말없이 조용히 앉아 있던 미현의 엄마까지 옆에 앉은 계원에게 낮은 소리로 속삭이듯 말했다.

"야, 무열아, 이 자식아. 이런 술이라면 나는 열두 번도 아깝지 않을 거다."

"맞아요, 미현 아버지. 하다못해 하늘까지 이렇게 축하하는 함박눈을 내려 주잖아요"

덕담만으로도 배가 부르고 한 잔 술에도 만취하는 밤이었다.

축복이라던 함박눈은 몇 시간이 채 지나지 않아 저주가 되었다. 누구의 계획에도 없던 일이었다. 불행은 전조증상 없이 순식간에 일어났지만 그것을 감당하는 이에게는 길고 긴 고행을 견디는 일이었다.

미현과 그녀의 터울 많은 두 동생은 졸지에 고아가 되었다. 미현의 부모는 미현을 낳고 한참 동안 자식이 생기지 않았다. 둘째를 포기하고 미현 하나만 보고 살던 엄마는 미현이 중1이던 여름 둘째를 낳았고 연년생으로 셋째까지 낳았다. 아직 어린 동생들이 자신으로 인해 부모를 잃었다고 생각하니 말할 수 없이 괴로웠다. 할 수만 있다면 당선을 없었던 일로 하고 싶었다. 그럼 그날의 그런 축하 자리 같은 건 없었을 것이다. 결국 부모를 죽게 했다는 책임은 오로지 미현이 떠안아야 했다.

그렇게 한날한시에 부모를 잃은 자식들은 혼란 속에 장례식을 치렀다. 미현을 비롯한 자식들은 그날 부모가 계원들에게 술을 산 게 마지막 이별주였다는 걸 장례식장에서 다시 확인해야 했다. 아버지의 깨복쟁이 친구들은 영정 앞에서 아이처럼 울었다. 미현의 당선을 얼마나 기뻐했는지에 대해서도 자세히 얘기해 줬다. 미현은 자신의 귀를 파 버리고 싶었다. 그들의 이야기가 말뚝처럼 귀에 박혔다. 지난 며칠간의 일을 자신의 삶에서 완전히 삭제해 버리고 싶었다.

그때부터 두 동생은 미현을 원망하는 힘으로 지금껏 살고 있다. 그런 동생들에게 섭섭한 마음을 가질 수도 없었다. 미현은 신춘문예 당선이라는 영광이 저주가 되어 비교할 수 없는 부담을 안게 되었다. 할 수만 있다면 아예 소설을 모르던 상태로 돌아가고 싶었다. 욕심내지 말아야 할 것을 욕심낸 대가치고 너무 가혹했다.

미현은 내내 죄책감에 시달려야 했다. 자신은 한순간 영광을 누린 대신 어린 동생들에게 부모를 빼앗은 장녀가 됐다. 그때부터 소설은 미현에게 꿈이 아니라 저주였고 원망이었다. 미현은 자신의 운명을 나락까지 끌어내렸다. 나락까지 가 본 사람들이 겪는 과정을 치르느라 미처 방황하거나 괴로워할 여유도 없었다.

꼴도 보기 싫을 만큼 정떨어진 소설이었지만 당장 일자리가 필요했던 미현은 출판사 편집자로 취직했다. 전공을 살려 소설 파트에서 일했다. 자신은 쓸 엄두가 나지 않는 소설이었고 꿈조차 꾸어서는 안 될 소설이었다. 그 지긋지긋하고 정떨어지는 소설에 기대어 사는 아이러니라니. 기막힌 일이었다. 내내 남이 쓴 소설을 읽어가며 거기서 번 돈으로 동생들의 생계와 학비를 책임졌다. 휴일도 없이 일했지만 그건 지극히 자연스러운 일이었다. 조금이라도 더 일하고 그만큼 더 벌 수 있다면 망설일 일이 아니었다. 그러면서도 희생이라고 생각할 엄두조차 나지 않았다. 정상까지 올려놓으면 굴러떨어지는 바위를 다시 정상으로 올려야 하는 시지프스의 형벌처럼 동생들 뒷바라지는 끝이 없었다. 끝없는 형벌과 같았다. 동생들 역시 미현의 노고에 미안해하거나 고마워하지 않았다. 당연히 받아야 할 형벌쯤으로 치부하고 있었다. 참 아이러니하고 기구한 운명이었다. 미현을 살리고 죽이고 물어뜯었던 소설이란 세계. 동생들은 미현이 미안해할수록 기세등등했고 볼모로 잡은 포로 다루듯 함부로 했다.

첫째 동생이 대학 졸업 후 미국 회사의 한국 지사에서 근무하다가 미국으로 발령이 나서 가게 된 것도 미현은 짐을 치워 달라는 집주인의 전화를 받고 알았다. 미현은 처음으로 동생이 살던 방에 가서 남은 짐을 정리했다. 동생과는 마지막 등록금을 보낸 이후 연락이 끊겼었다. 얼굴이라도 보고 갈 것이지, 그렇게 야멸차게 떠난 동생이 미우면서도 한편 홀가분했다. 짐을 정리하는데 속절없이 눈물이 흘렀다. 남동생 몫의 죗값을 다 받았구나, 이제 산 꼭대기까지 굴려야 할 바위 하나가 없어졌구나, 하고 생각했다.

막내 여동생은 호주로 떠나서 연락조차 하지 않고 있다. 대학 3학년 때 워킹홀리데이를 떠났다가 와이너리의 아들과 사랑에 빠졌다. 그 애는 돌아오지 않았다. 돌아와서 대학이라도 졸업하고 다시 가라고 했지만 듣지 않았다. 석 달 후 남자의 와이너리 정원에서 올린 결혼식 사진이 항공 우편으로 날아왔다. 동양인이라고는 오직 여동생뿐이었다.

사진 속 남자의 가족들과 동생은 밝게 웃고 있었다. 그 애는 한 번도 자신 앞에서 그렇게 환하게 웃는 모습을 보인 적이 없었다. 그 사진은 마치 미현을 떠나서 행복해 미치겠다는 걸 보여주기 위한 복수 같았다. 동생들이 그토록 자신을 거부하고 곁을 떠나고 싶은 이유를 알면서도 미워하는 마음조차 가질 수 없었다. 정인의 말처럼 가스라이팅 당하면서 그런 줄 모른 상태로 너무 오래 견뎌 왔다.

단 한 번의 영광을 맛보게 한 뒤 그 운명을 가혹하게도 흔들었던 '소설'이라는 세계. 한순간 주인공이었다가 끝내 주변인으로 살 수밖에 없던 미현. 미현은 동생들이 떠난 후에야 출판사에 사직서를 냈다.

"이제 뭘 하면서 살까요?"

미현이 기운이라고는 하나도 없는 목소리로 물었다. 마땅히 정인에게 해답을 원하는 게 아닌 혼잣말 같은 질문이었다. 넋두리처럼 들려서 정인 역시 무어라 해 줄 말을 찾지 못했다.

"막상 퇴직은 했는데 남은 게 하나도 없어요. 퇴직금은 진즉에 동생들한테 다 써 버렸고 편집하는 거 외에는 할 수 있는 게 하나도 없는 바보더라고요."

"한 곳에서 20년을 일하다 보니 그 자리에 정말 붙박이처럼 되어 버려서 두려워요."

미현은 두꺼운 안경알을 닦으며 말했다. 미현은 출판사에 취직하고 일하면서 얼마 지나지 않아 안경을 쓰기 시작했다. 20년 동안 안경알이 자꾸 두꺼워졌다. 알이 두꺼워진 만큼 미현의 고됨도 그녀 몸에 그대로 기생해 있었다. 온몸 여기저기 온전한 곳이 없는 미현은 약봉지를 달고 살았다.

"어느 날은 내가 책상이 되고, 또 어떤 날은 책장이 된 것 같고 그래요. 십자가에 못 박힌 예수처럼 제 발등에 못이 박혀 편집실 바닥에 고정되어 있는 꿈을 꿔요. 의자 손잡이 위에 놓인 손등에도 못이 박혀 있고요."

소주잔을 든 미현은 울지 않았다. 그 대신 눈물같이 맑은 소주가 반쯤 남아 있는 잔을 들어 입으로 가져갔다. 제 눈물을 삼키는 것처럼 보였다.

"이제 눈물도 다 말라 버려서 사막이 된 것만 같아요."

미현은 수시로 안경을 벗고 안약을 넣었다. 시력이 형편없이 떨어졌다더니 그새 렌즈가 더 두꺼워졌다.

"눈알에서 모래가 굴러다니는 것 같아요."

그럴 때마다 정인은 자기 눈마저 뻑뻑해지는 것 같았다.

"그래, 이제 뭐 하면서 살려고?"

빈 잔에 소주 한잔을 채워 주었다. 미현은 잔을 내려놓지 않고 들여다보았다.

"하긴 뭘 해요, 일단 아무것도 안 할 거예요. 책임질 사람이 없다는 게 이렇게 편하고 홀가분한 일인 줄 이제 알았거든요. 일단은 좀 쉬어 보려고요."

미현이 씩 웃으며 한 번에 털어 넣었다. 얼마나 간절히 바라던 일이었을까.

미현은 정말 푹 쉬는 것 같았다.

"겨울잠 자러 들어간 곰처럼 꼼짝 안 할 거예요."

선언하던 순간이 떠올라 정인도 그저 지켜보는 것 이외에 할 수 있는 일이 없었다. 시간을 두고 기다리다 보면 스스로 깨어나 걸어 나오는 날이 올 거라 믿었다.

"그래 쑥이랑 마늘 필요하면 얘기해. 그 정도는 내가 트럭으로 실어다 줄 수 있어."

객쩍은 농담이었지만 그렇게 호응할 수밖에 없었다. 그때 편집과는 영영 이별이라며 치를 떨던 미현이 얼마 후 출판사를 차리게 됐다고 연락해 왔다.

"엎어진 김에 쉬어 간다고 조금 더 쉬어 보지 그래? 네 말대로 20년 동안 못 쉰 거 이참에 좀 여유 있게?"

"아휴, 선배, 당장 목구멍이 포도청이더란 말이죠."

그러면서 미현은 대학 때 어울리던 미대 친구의 부탁으로 동업하게 된 이유를 넋두리하듯 늘어놓았다.

"배운 게 도둑질이라고 할 줄 아는 게 그것밖에 없잖아요. 직장생활 20년 했는데 제게 아무것도 남은 게 없는 거예요. 정신 차리고 보니 원룸 월세 보증금을 까먹고 있는 거 있죠. 정말 한심해서."

"아니, 그러면 여태까지 동생들 뒷바라지에 전부 올인했다는 말이야? 장래 계획도 안 세우고?"

어느 정도 짐작은 하고 있었지만 기가 막혀 묻지 않을 수 없었다. 그 질문 역시 무의미하다는 것을 정인 본인도 알고 있었다. 지금껏 곁에서 지켜보면서 울화통이 한두 번 터졌던 게 아니다. 동생들에게 철저하게 희생하면서 비굴하기까지 했던 미현이었지만 월세 낼 돈조차 없어 보증금까지 까먹고 있는 줄은 몰랐다.

미현의 출판사는 주로 화집이나 도록, 작품집을 만들었다. 미대를 나와 개인전 때마다 자신의 도록을 직접 만들다 사업으로까지 키우게 된 친구의 제안으로 시작된 동업이었다. 사실 미현은 친구의 제안이 뜻밖이었다. 회화를 전공한 친구가 그런 일을 하고 있는 줄 몰랐기 때문이었다. 제안을 받고 망설이던 중 미현의 머릿속에 위기감이 스쳤다. 편집밖에 모르던 40대 여자에게 일자리를 찾는 게 그리 만만한 일은 아니었기 때문이었다. 하지만 구직을 하게 된다면 출판사로는 가지 않으리라 다짐했었다. 그만큼 미현은 그곳에서 벗어나고 싶었다. 젊음을 온통 쏟아부었던 세계에서 이제 막 빠져나왔는데, 다시 그 늪으로 걸어 들어간다는 게 선뜻 내키는 일은 아니었다. 미현은 그때 어떤 심정으로 친구의 제안을 수락했는지 굳이 떠올리고 싶지 않았다. 미현이 합류한 뒤 본격적인 일이 시작되었다. 작품집과 회고록은 미현이, 도록과 편람은 미현의 친구가 맡아서 만들었다. 기대 이상의 성과가 나타나기도 했다.

"우리 이러다가 금방 빌딩 세우는 거 아니야?"

친구는 가끔 미현에게 그렇게 말했다. 미현의 출판사는 그렇게 몇 해를 버티며 자리를 잡아갔다. 어쩌다 보니 미현은 도록과 문집, 회고록을 만들며 의뢰한 이들의 꿈이 자신에게 달려 있다는 사명감까지 느끼게 되었다.

"이제 좀 나를 위해 사는 기분이 들어요."

새로 일을 시작하고 2년쯤 지났을 시기였다. 미현은 여전히 술을 즐겼다. 정인은 알코올 분해 능력이 없어 사이다를 마시며 안주로 나온 노가리를 찢고 있었다.

“듣던 중 반가운 소리네, 내친김에 좋은 사람 만나서 시
집까지 가 버려라.”

“헐, 선배도 참. 잘 알면서.”

미현은 그저 피식 웃었다. 다 통달한 수도승의 미소처럼
구김 없는 미소였다. 미현의 곁에는 오직 일만이 남았다. 지
겨운 일, 목숨을 부지시켜 준 고마운 일, 존재의 증명이 되
어 준 일, 일에 파묻혀 죽을 것 같다던 일, 그 극명하게 대비
되는 양면성의 지긋지긋한 ‘일’만이 미현의 전부고 미현의
편이었다.

이제라도 더 이상 타인을 위한 삶이 아닌 본인을 위해 산
다는 게 그나마 다행이었다. 손 벌리는 게 당연했던 동생들
은 연락처조차 남기지 않고 모두 외국으로 떠난 뒤 암전되
듯 미현의 인생에서 사라졌다. 중년이 돼서야 미현은 자유
와 함께 얼마간의 경제적 여유도 생긴 듯했다.

“이제 자신에게 투자 좀 하지 그래? 더 늙기 전에 몸에도
투자하고 여행도 다니고. 여태 그런 거 못 해 보고 살았잖아.”

“그게, 참 그래요. 그런 걸 해 보지 않아서 뭘 어떻게 해
야 할지 모르겠어요. 없을 때는 없어서 못 하고 이제 돈은
생겼는데 쓸 줄도 모르고 쓰려고 해도 시간이 없고요.”

미현이 쓸쓸하게 웃었다. 돈을 쓸 시간이 없다는 말은 엄

살이 아니었다. 끝없이 일이 밀려왔다. 직원을 써 보기도 했지만 직원을 쓰면 이상하게 일이 줄었다. 그때 미현이 한 말이 떠올랐다.

"선배 나는 전생에 나라를 팔아먹은 게 분명해요. 죽어라 일해서 팔아먹은 만큼 갚아야 할 운명을 타고난 게 틀림없어요."

엄살이 아니었다. 정인은 제주도에 정착한 이후 미현을 만나지 못했다. 서울에 있을 때도 마찬가지였지만 바다 건너 미현은 그만큼 더 멀리 있었다.

직원도 없이 둘이서 운영하려니 늘 바빠서 죽을 시간도 없다던 미현이었다. 그런 미현이 일 년 중 가장 바쁘다는 연말에, 연락도 없이 갑자기 온다는 게 믿어지지 않았다. 도착할 시간을 가늠해 창밖을 내다보고 있던 정인의 눈에 택시 한 대가 카페 쪽으로 들어서고 있는 게 보였다. 통화를 하고 채 한 시간이 지나지 않아 거짓말처럼 미현이 택시에서 내렸다. 가방이라도 받아 주려고 달려 나간 승리가 미현을 뒤따라 들어왔다. 미현은 짐도 없이 단출했다. 잠깐 집 밖에 외출한 사람처럼 광목 소재의 에코백 하나가 전부였다.

"뭐야, 무슨 일이야?"

미현의 모든 상황이 감 잡을 틈도 없이 한꺼번에 눈에 박혀 들어왔다.

"뭐야, 선배야말로 어쩌다가 이러고 있어요?"

그건 미현 역시 마찬가지였다. 정인은 거짓말처럼 갑자기 찾아온 미현을 보고 물었고, 휠체어에 앉은 정인의 모습에 미현도 놀라 동시에 물었다.

두 사람의 재회 장면에 승리는 고개를 갸웃했다. 정인에게 듣기로 오랜만의 해후라서 시끄럽고 정신없을 줄 알았는데, 두 중년 여자들의 재회는 너무나 쿨하고 가벼웠다. 그도 그럴 것이 미현이 도착하기 전까지 정인은 창밖을 자주 내다보며 초조해하는 눈치였다. 그랬던 정인이 미현의 앞에서는 그런 내색을 전혀 하지 않았다. 잠시나마 그런 걱정을 갖게 하고 갑자기 들이닥친 사람이라고 보기에는 미현 역시 단출하고 심플했다. 지금 그 모습은 마치 마실 나온 동네 사람 같았다.

"인사해, 여긴 승리 양. 보다시피 불편한 나를 당분간 도와줄 거고, 이쪽은 내 후배 이미현. 이 작가라고 불러요."

"작가는 무슨, 선배 벌써 노망났어요?"

승리가 고개를 숙여 인사하자 미현이 화들짝 놀라며 승리를 향해 양손을 내저었다.

“작가 아니에요. 선배가 농담하는 거예요.”

미현은 다짐이라도 받듯이 힘주어 또박또박 말했다. 그러자 정인이 대답했다.

“너는 누가 뭐래도 나한테는 작가야.”

저녁이 되자 롭상이 밥상 겸 술상을 차렸다. 상 위에는 17도와 21도짜리 한라산 소주 두 병이 나란히 놓였다.

롭상은 17도를 마시고 미현은 21도를 마셨다. 그야말로 ‘각 일병’의 실현이었다. 그동안 술친구가 없었던 롭상도 이때다 싶은 모양이었다. 얼마 지나지 않아 다시 상 위에는 도수가 다른 두 병의 소주가 놓였다. 상대방의 잔에 술을 따르거나 건배하는 경우도 없이 그저 각자 자신의 속도대로 마시고 있었다.

“이것도 인연인데 승리 양 한 잔 받을래요?”

미현이 승리에게 술잔을 들어 보였다.

“얘, 안 돼. 아직 고등학생이야.”

“헐, 선배는 몰라도 너무 모르네. 요즘 애들이 어떤 애들인데. 그쵸?”

미현이 바라보자 잠시 머뭇거리던 승리가 빈 잔을 받았다. 미현이 승리의 잔에 소주를 채웠다. 승리가 받았던 잔을 잠시 들고 있다가 내려놓았다.

“뭐야? 설마 처음이야?”

미현이 의외라는 듯이 물었다. 승리는 아직 술을 마셔 보지 못했다. 승리가 고개를 끄덕였다.

“마셔 보지 않았는데 잔을 받은 건, 마시고 싶다는 의미? 맞아요?”

미현은 확실히 눈치가 빨랐다. 그 말에 승리가 배시시 웃었다. 그걸 보는 정인과 롭샹도 미소 지었다.

“잘됐네. 그럼 술은 어른한테 배워야지. 지금부터 술 선생은 내가 돼 주겠어.”

롭샹이 대화에 끼어들어 술자리 예절에 대해 몇 마디를 보탰다. 승리는 이제 롭샹의 설레발이 전혀 부담스럽지 않았다. 오히려 삼촌 같았다. 지금 병원에 있는 삼촌도 정신이 온전하다면 자신에게 이렇게 다정하지 않았을까, 그런 상상을 해 보았다. 아빠를 그다지 그리워하지도 않았다. 너무 일찍 떠나서 아무런 추억이 없는 사람이었다. 그리워할 아무 미련이 남지 않은 건 엄마 역시 마찬가지였다. 할머니, 할머니만이 오직 그리워할 가치가 있는 사람이었다.

소주는 한 번도 경험하지 못한 맛이었다. 승리의 할머니는 술이라면 진저리를 쳤다. 승리의 아빠와 삼촌을 그렇게 만든 게 술이라고 믿었기 때문에 애초부터 집안에 알코올이라고는 들이지 못하게 했다.

"생각해 보면 우리같이 시골에서 자란 사람들은 술 경력이 미취학아동 때부터 아녜요?"

롭상이 말하자 모두 그치, 그치, 하면서 맞장구쳤다.

"아버지 심부름으로 막걸리 사러 갔다 오면서 주전자 주둥이에 입 대고 홀짝홀짝. 크크크."

롭상이 고개를 젖히고 재현하는 시늉을 하며 웃었다. 한바탕의 추억 여행이 시작됐다. 처음 미현이 들어설 때의 긴장감은 흔적 없이 사라지고 없었다.

"며칠간 룸메이트로 잘 지내봐요."

미현이 승리의 잔에 짠하고 자신의 잔을 부딪쳤다. 승리도 두 손으로 계속 잔을 부딪쳤다. 서너 잔의 소주를 마시고 취기가 오르자 승리는 눈꺼풀이 무거웠다. 기분이 좋아진다거나 나빠진다는 변화는 달리 없었다. 나른하고 기운이 빠지는 느낌이었다. 그걸 가장 먼저 눈치 챘다.

"괜찮아? 힘들면 먼저 들어가요. 술은 자신이 이길 수 있을 만큼만 마시는 거예요. 술은 호기를 부리는 무기가 아닙니다. 앞으로도 알아 둬요."

미현의 말에 정인이 웃었다.

"호기는 이 작가만 부릴 수 있지. 그렇지?"

정인이 놀리듯 말하자 미현이 눈을 흘긴다.

"아, 정말 선배 이러기예요?"

승리는 그렇게 티격태격하면서도 노여움이란 찾아볼 수 없는 그녀들의 모습이 귀여웠다. 저도 모르게 피식 웃었다. 먼저 자겠다고 말한 뒤 나오자 롭샹도 자기 방으로 갔다. 카페에는 정인과 미현, 둘만 남았다. 밤이 깊도록 둘의 대화가 이어졌다.

＊＊＊

남자가 미현에게 일을 맡긴 건 작년 5월이었다. 남자는 왠지 잔뜩 들떠 있는 사람처럼 싱글거리며 출판사를 찾아왔다.

"대필하시죠?"

다짜고짜 대필이라니 미현은 살짝 불쾌했지만 내색하지 않았다.

"대필이요? 저희는 대필 안 하는데요."

"에이, 한 번 해 줘요. 내가 기막힌 아이디어가 있는데 도저히 글을 쓸 수가 없단 말이죠."

"저희는 하고 싶어도 보시다시피 일할 사람이 없어서요."

미현이 거듭 거절했지만 남자는 쉽게 물러날 기미가 없었다.

남자는 서울에서 왔다고 했다.

"그럼 거기서 찾아보시지 왜 안양까지 부러 오셨어요."

"바로 그거죠. 왜 제가 안양까지 일부러 왔겠어요. 사장님을 믿으니까. 굳이 여기까지 온 거죠. 5천."

남자가 갑자기 한 손바닥을 쫙 펴면서 '5천'이라고 힘주어 말했다.

"아무리 돈을 많이 주셔도 대필은 해 드릴 수 없어요, 보시다시피 둘이 하다 보니 제가 대필할 시간이 없어요."

미현이 다시 한번 거절의 의사를 밝혔지만 남자도 쉽게 물러서지 않았다. 남자는 지난해 미현이 편집해 만든 책을 우연히 읽었고 그 책이 베스트셀러가 된 사실 역시 알고 있었다. 그처럼 자신의 책도 베스트셀러가 될 거라고 굳게 믿는 눈치였다. 베스트셀러를 빵 공장 빵 틀에서 찍어내는 줄 아는 유형이라고 생각하니 퍽퍽한 스콘을 입안 가득 욱여넣고 우물거리는 것처럼 답답했다.

"착수금 2천, 초고 나오면 1천, 잔금으로 2천 줄게요."

미현은 남자가 자꾸 돈으로 밀어붙이는 게 더 기분 상하고 어이없었다. '돈 자랑도 참 지랄이다.' 속에서 정제되지 못한 욕이 밖으로 튀어나오려는 걸 가까스로 참고 있었다.

친구는 생각이 달랐다.

"저, 선생님, 오늘은 일단 돌아가시고요. 저희가 생각 좀 해 보고 다시 연락드리면 안 될까요?"

남자는 친구의 말을 마치 계약이 성사된 것으로 믿는 눈치였고 흔쾌히 돌아갔다.

"미현아, 우리 이거 해서 대출받은 거 한 방에 갚아 버리자."

남자가 나가기 무섭게 친구가 기다렸다는 듯이 말했다. 그녀의 말에는 몹시 흥분한 티가 역력했다.

"무슨 소리야. 내가 그럴 시간이 어디 있어? 이제 문학회 동인지 시즌 올 거고, 그럼 눈코 뜰 새 없는 거 알면서?"

미현은 들고 있던 펜을 테이블 위에 탁 놓으면서 친구를 바라봤다. 소리가 생각보다 커서 살짝 놀라고 미안한 마음이 들어 진심이 아니라는 의미로 한 손을 어색하게 올렸다가 내렸다. 친구의 어리둥절한 눈과 마주치자 자신이 왜 흥분하고 있는지 모르는 것처럼 시치미 떼는 친구에게 섭섭한 마음이 들었다.

"그렇게 화낼 일이 아니라…… 동인지 그거 돈도 안 되는데 어려우면 이번에는 받지 말자."

그 말이 미현을 다시 흔들어 댔다. 예전부터 친구는 동인지 만드는 일에 회의적이었다. 무엇보다 돈이 되지 않는다는 이유가 가장 컸다. 미현은 그 사실을 알기 때문에 동인지 관련 일들은 되도록 퇴근 후나 휴일처럼 개인 시간을 활용해서 하고는 했다.

"말이 된다고 생각해? 여태까지 몇 년을 우리만 믿고 맡긴 일인데?"

미현이 강하게 거부 의사를 밝혔지만 친구도 지지 않았다.

"생각해 봐. 우리가 자선사업가야? 취미 생활 하는 아줌마들이 쓰는 김에 십시일반 조금씩 더 추렴해서 감당해야지. 왜 우리가 인건비도 안 남는 일을 계속 해 줘야 하냐고."

"취미 생활? 말이 좀 지나치다고 생각하지 않아? 그분들은 그분들 나름대로 자부심을 가지고 문학 하는 사람들이야."

미현은 동인지를 받아 들고 감동하던 이들의 얼굴이 하나하나 떠올랐다.

"이 선생, 고생했어요. 정말 고마워요."

지난번에도 한 동아리 회장이 보자기로 곱게 싼 상자 하나를 건네줬다. 풀어 보니 낱개로 포장된 찰떡이 종류별로 있었다.

"이 선생 허구한 날 밤새면서 우리 책 교정 봐 주는 거 알아요. 우리 회원들이 조금씩 모았으니 받아 줘요.”

미현의 출판사에서 출간하는 문학 동인지의 작가 대부분 연로하신 분들이라 교정할 일이 많은 게 사실이었다. 그런 일들을 떠올리면 도저히 친구처럼 매몰차게 생각할 수가 없었다. 세상에는 화폐 가치로만 계산할 수 없는 일이 무수히 많았고 미현에게는 그게 동인지 만드는 일이기도 했다.

“평생 아이들 키우고 남편 뒷바라지하느라 내게는 꿈도 없는 줄 알았어요. 문화센터 글쓰기 교실에 와서야 내 어릴 적 꿈이 작가였다는 걸 깨달았죠. 여기서 4년을 배우고 계간지 신인문학상을 받았어요.”

지난해 한 계간지 신인상을 받으며 등단한 한 수필가 역시 문화센터 출신으로 계속해 동인 활동을 해 오고 있었다.

“너도 알잖아, 그분들이 얼마나 진심인지. 그러니까 그렇게 마음에도 없는 소리 하지 마.”

친구도 더 이상 고집부리지 못했다. 문학은 미현에게 아픈 손가락인 걸 누구보다 잘 알았다. 낫지도 않고 잘라낼 수도 없어서 싸매고는 있지만, 계속 앓고 있는 아픈 손가락. 사실 운영을 맡고 있는 친구 입장에서는 남자의 제안이 제법 혹하는 일이었다. 동업처럼 생각하고 합류한 일이기는 하지만 운영이나 제반 사업과 관련된 사항은 친구의 책임이었다. 미현도 친구가 그렇게 흥분한 이유를 모르지 않는다. 얼마 전 컴퓨터를 모두 교체했고 사무실 재계약 때 주인이 임대료와 보증금을 터무니없이 올렸다. 엎친 데 겹친 격으로 꽤 큰 건이었던 작품집 인쇄비를 떼였다. 작품집은 수입용지에 별색 인쇄, 게다가 3천 부나 찍었기 때문에 비용이 꽤 컸다. 결국 규모가 큰 대출을 받아야 했다. 친구는 확실히 미현에 비해 사업가 마인드였다. 그 남자의 제안을 포기할 수 없었다. 미현이 난감해하는 것과 달리 오히려 기회라고 생각하고 기뻐했다.

결국 남자를 다시 만났고 그의 말대로 대필하기로 했다. 그러나 말이 대필이지, 그건 그냥 미현의 작품이었다. 남자와 첫 미팅을 하고 미현은 남자에게 절대 할 수 없다고 거절 의사를 다시 밝혔다. 남자가 원하는 장르는 SF 공상 과학 소설이었다. 순수문학 전공자였고 그 세계에서만 일해 왔던 미현에게 그쪽 장르는 무턱대고 덤빌 수 있는 무언가가 아니었다. 편집을 하는 일이라면 해 보겠지만 남자가 원하는 건 대필의 수준이 아니었다. 남자의 말은 허황되기 그지없었고 막연할 뿐 무엇 하나 건질 게 없었다. 답답하기 짝이 없는 주장에 미현은 강하게 거절 의사를 밝혔다.

"지금 그건 대필이 아니잖아요. 처음부터 끝까지 다 저

보고 쓰라는 건데, 그걸 대필이라 할 수 있으세요?”

“아니, 내가 쓸 수 있으면 직접 쓰지 왜 써 달라고 하겠어요. 그러니까 내가 작가님한테 돈을 주는 거 아니겠어요?”

“취재부터 모든 걸 제가 작업하고 제가 쓰면 그건 제 작품인 거예요. 선생님은 지금 그걸 원하시는 거예요?”

남자가 처음 찾아왔을 때 했던 말과 달랐다. 첫 미팅에서 그는 모티프를 주고 자신이 취재한 것과 전반적인 스토리라인, 몇몇 에피소드까지 제공할 테니 그걸 바탕으로 확장한 소설을 써 달라고 주문했었다. 그것만으로도 엄두가 나지 않는 일이었다. 그런데 이제 와서 전혀 다른 요구를 하고 있었다. 일을 수락한다고 하는 순간 이미 계약금은 들어온 상태였다. 발을 빼고 싶었지만 그조차 불가능했다.

남자의 몇몇 아이디어만 가지고 하나부터 열까지 전부 취재할 것 투성이었다. 미현은 그렇게 대학 졸업 후 처음으로 소설을 썼다. 그것도 전혀 관심 없고 지식도 없는 공상 과학 소설을.

그 과정은 말로 다 표현 못 할 만큼 힘들고 난감했다. 남자의 허황한 말에 속아 할 수 없이 같이 사기꾼이 된 기분을 피할 수 없었다. 남자가 말한 장소를 취재하며 남자의 공상 속 장소를 건설하고 몇 달간 과학 잡지를 탐독했다.

남자가 정해준 SF 소설을 읽으며 아이디어를 얻었다. 순전히 미현의 피와 땀, 눈물의 작품이었다. 정말 미치고 환장할 일이었지만 그건 미현의 사정일 뿐 아무도 알아주지 않는 일이었다.

남자에게 초고를 보내자 남자는 1천만 원을 추가로 입금했다. 입금을 확인한 친구가 한시름 놨다는 듯이 미현에게 오케이 사인을 보냈다. 이제 마무리해서 인쇄를 넘기면 잔금 2천만 원이 입금될 것이다. 대출금 상환을 앞두고 친구의 얼굴에는 화색이 돌았지만 미현은 몹시 허탈했다. 자본에 농락당한 기분이었다. 자신이 지금 무슨 짓을 한 건지 자괴감을 떨쳐 버릴 수 없었다. 둘이서 회식을 했다. 회식이라고 해 봐야 미현이 좋아하는 매운 닭발에 소주 정도 지만 그 소박한 술자리조차 할 시간이 없을 정도로 바쁘게 지냈었다.

"문학이, 작가가 무슨 벼슬이야? 책이 자격증이야? 다 가졌는데 남보다 특별한 걸 하나쯤 보유하고 싶어서 하는 게 문학이야?"

취한 김에 미현이 넋두리하듯 남자에 대한 불만을 쏟아냈다.

"그랬나 보지. 하필 그게 갖고 싶었나 보지. 폼 나잖아.

그 나이에 작가 선생님이라 불리는 거.”

“개뿔 작가 선생은 무슨, 야 종로 한복판에 가서 ‘작가니임’하고 불러 봐라. 한 열댓 명은 쳐다볼 걸.”

미현이 소주잔을 탁 내리치며 말했다.

“하긴 그래. 무슨 센터마다 글쓰기 교실이 그렇게 많냐? 야, 하다못해 우리 이모도 백화점 문화센터 글쓰기 교실에 나가더라니까.”

“진짜? 그 교장 퇴임하셨다는 이모?”

“그렇다니까. 근데 거기 정년퇴직한 선생님들이 그렇게 많단다.”

친구가 미현의 잔에 소주를 따르고 자신의 잔에도 소주를 채웠다.

“야, 우리 이모 꼬셔서 거기 수강생들 자서전 만들고 수필집 만들어 볼까? 거기 수강생들 자비출판 엄청 한다더라.”

친구는 역시 사업가 마인드였다. 그 외중에 그런 잔머리가 나오는 게 신기할 따름이었다.

“아서라, 안 그래도 바빠 죽겠는데.”

미현이 두 팔을 들어 크게 가위표를 만들었다.

“그건 그렇고, 미현아. 너 이번에 글 쓴 거 보니 제법이더라. 다시 써 보지 그러니?”

의외의 말이었다.

"너 취했구나. 사장님아, 시간이나 주고 그런 소리를 하세요. 쫌."

미현이 소주병을 들어 머리 위로 들어 올리며 크게 소리쳤다.

"여기요, 소주 하나 더 주세요."

좀처럼 취하지 않았다. 날이 갈수록 느는 건 주량뿐이었다.

마지막 퇴고를 해서 인쇄소로 보냈다. 이제 잔금 2천만 원이 들어올 것이다. 입금만큼은 정확한 사람이었다. 그것 때문에 그나마 참아 준 거라고 위안 삼고 있었다. 일을 빠르게 진행할 수밖에 없었던 이유도 돈 때문이었다. 그만큼 미현의 몰골은 형편없어진 반면 친구의 얼굴에는 화색이 돌았다.

일정대로 일은 잘 진행됐다. 문자로 일이 진행되는 과정을 남자에게 보냈다. 인쇄까지 들어가면 바로 입금될 것을 기대했던 친구는 아무 답이 없자 초조해지기 시작했다. 몇 번이나 전화하려는 걸 미현이 조금 더 기다려 보자고 말렸다. 다음날 남자로부터 문자가 왔다. 그런데 입금 알림 문자가 아니었다. 미현 앞으로도 남자 이름의 문자가 도착했다. 동시에 그걸 본 두 사람은 놀라서 서로를 쳐다봤다. 본인 부고를 알리는 문자였다.

"이게, 뭐야? 며칠 전까지 멀쩡했던 사람이 이게 무슨 일이야?"

미현의 놀란 눈이 친구를 보고 혼잣말하듯 물었다.

며칠 전 일의 진행 상황을 알고 싶다며 미현에게 직접 전화했던 사람이다. 마무리 작업 중이고 곧 인쇄소에 넘길 거라고 했더니 몹시 흡족해했다. 책이 나오면 잔금을 틀림없이 입금할 것이며 환갑 기념으로 출판기념회도 할 예정이라고 자랑하듯 말했다. 그 자리에 초대할 테니 친구와 함께 참석해 달라는 청도 잊지 않았다. 통화를 하면서 미현은 한껏 비웃었던 게 떠올랐다.

본인이 쓴 글도 아니면서 작가 행세를 하는 것도 꼴사나운 일이지만 출판기념회까지 하겠다는 그의 낮 두꺼움과 멘탈이 경이로울 뿐이었다. '돈 지랄도 풍년이네'하고 마음의 소리까지 했던 기억이 떠올랐다.

그날 저녁 서울의 대학병원 장례식장으로 문상하러 갔다. 그의 사인은 심장마비였다. 그는 대학 친구들과 정기 월례회로 골프 라운딩을 갔다가 변을 당했다고 했다. 18홀을 다 돌고 샤워를 한 후 락커룸에서 함께 옷을 갈아입었다. 자주 가던 식당에 점심 예약을 하고 나서던 중 그가 화장실에 간다고 락커룸을 먼저 나섰다. 동반한 친구들이 비용을 계산하고 로비에서 한참을 기다려도 그가 나오지 않았다. 한 친구가 전화를 걸었지만 받지 않았다. 뭔가 이상하다고 여긴 한 친구가 화장실에 가 보았다. 화장실 칸에서 계속 울리는 전화벨 소리를 듣는 순간 뭔가 잘못 됐음을 인지했다고 했다. 그 자리에서 바로 심폐소생술을 시도했고 구급차에 실려 병원으로 이송되는 중에도 계속했지만 그의 심장은 다시 뛰지 않았다. 가족들은 혼란스러운 중에 장례식을 치르고 있었다. 그녀들은 조문을 하고 돌아왔다.

"참 허무하다. 사람이 그렇게 쉽게 떠날 수도 있구나."

운전을 하면서 친구가 심각한 목소리로 말했다. 평소 심각한 거라고는 없는 낙천적인 성격이라 미현이 부러워하던 그녀지만 상당한 충격을 받은 모양이었다.

"그러게. 그렇게 자기 하고 싶은 대로 다 하고, 다 가진 사람도 참 드문데. 목숨 하나만큼은 본인 뜻대로 못 가졌네."

책이 나오면 출판기념회를 하겠다고 설레발치던 그의 목소리가 생생하게 떠올랐다.

그의 책은 일정에 맞게 나왔다. 장례식 이후 겨를이 없을 가족을 배려해 며칠을 기다려 전화를 걸었다. 가족들은 입금을 거절했다. 전혀 생각하지 못한 일이었다.

"그래서? 계약서는 있을 거 아냐?"

미현의 말을 듣고 정인이 답답하다는 듯이 물었다.

"계약서를 안 썼어요, 일을 하겠다고 했더니 무턱대고 돈부터 보냈더라고요. 계약서 쓰자고 했더니 자기 못 믿느냐며 화내고 나타나지를 않으니까 차일피일 미뤄진 거죠. 우리가 생각해도 돈이 약속대로 잘 들어오니 방심한 잘못도 있어요."

"그럼 책을 주지 말고 차라리 네 작품으로 하지 그랬어."

"아휴, 가족들이 책을 달라는 거죠. 계약금과 중도금으로 들어온 3천만 원을 자신들은 계약금과 잔금으로 알더라고요. 그걸 입증할 방법도 없고. 그냥 줬어요."

"아이고, 미쳐. 일 한두 번 해? 왜 그렇게 어설프게 했어."

"저희도 그때 뭐에 씌었었나 봐요."

"그래서 그 일 때문에 이렇게 느닷없이 일도 팽개치고 온 거야?"

미현이 다시 21도 한라산 병을 들어 잔을 채웠다. 마지막 잔이었다. 그걸 한 번에 털어 넣더니 말을 계속 이어 갔다.

"얼마 전에 수필집 한 권을 맡아서 진행했어요. 실향민인데 이산가족 이야기를 썼더라고요. 글도 참 좋고 교정도 별로 할 게 없었어요. 교열만 좀 봐 줬는데 마지막 퇴고한 원고까지 만족도가 아주 높았어요. 등단한 작가도 아니고 전문적으로 배우지도 않았는데 글이 참 좋더라고요. 일하면서도 즐거웠어요.”

“근데? 설마 그 사람도 죽은 건 아니지?”

정인은 말을 해 놓고도 아차 하는 마음에 금방 후회했다. 그러면서 미현의 눈치를 살폈다. 미현이 피식 웃었다.

“맞아요, 죽었어요. 파상풍으로요.”

정인은 당황한 나머지 대꾸조차 잊고 미현을 쳐다봤다. 미현이 술병을 들었다가 병이 비었음을 알고 다시 내려놓았다.

“뭐야? 자기가 릴케야? 파상풍이라니 기가 막힌다.”

“연거푸 그런 일을 겪으니까 갑자기 내가 참 재수 없는 인간처럼 느껴지는 거예요. 내가 글을 쓰면 죽음의 신이 따라붙는 것 같고. 선배, 나 무서워.”

미현이 두 팔로 자기 몸을 감싸 안았다. 정인도 할 말을 잃은 채 멍하니 흐린 눈으로 바라봤다. 미현은 지금 부모님을 생각하는 게 틀림없었다.

“야, 이미현. 너 이제 글 써라. 네 주변에 귀신이 득실득실하니 글 쓰면 대박 나겠다.”

미현이 그게 무슨 황당한 말이냐는 듯 바라봤다.

"가수들이 곡 작업할 때 귀신을 보면 그 곡은 틀림없이 대박 난다잖니. 영화도 마찬가지고. 그러니까 내 말이 뭐냐면 이제부터 너는 그 귀신들 생각해서라도 글을 쓸 운명이라는 거지."

정말 어이없고 황당한 주장이었지만 미현은 정인의 그 말에 알 수 없는 안도감을 느꼈다.

"문자로 그 사람 부고장을 받았는데 갑자기 미칠 것 같더라고요. 무슨 이런 개 같은 운명이 다 있나 싶었어요. 아예 능력을 주지 말든가, 줬으면 화려하게 써먹게 해야지. 번번이 무슨 지랄 같은 운명이냐고요."

"그걸 꼭 운명이라고 하냐. 그냥 우연인 거지."

"헐, 선배는 그게 진짜 우연이라고 믿어져요?"

미현이 다시 빈 술병을 들었다가 도로 내려놓았다.

"점심 먹고 나와서 무작정 걸었어요. 한참을 걷다가 쉬려고 앉았는데 마침 공항버스 정류장이었어요. 김포공항 행 버스에 무작정 올라탔죠. 선배 생각이 나더라고요. 바로 제일 빠른 표를 끊어서 왔고요."

귀신에 홀린 듯 공항까지 왔고 비행기에 타고 나서야 미현은 자신이 지금 무슨 짓을 하고 있는지 깨달았다. 그러면

＊

서 몇 년 동안 전화로만 안부를 전한 정인을 정말 그리워하고 있었음을 알게 되었다. 정인이 자신에게 피난처 같은 역할을 해 주고 있었다는 것도 몸소 느꼈다. 전쟁 같은 자기 삶에 잠깐 몸을 숨길 수 있는 참호 같은 사람. 정인은 빗발치는 총알을 피해 몸을 숨길 수 있도록 언제나 작은 구덩이를 준비하고 기다려 주었다. 게스트하우스를 하고 있으니 언제라도 오라던 정인의 당부도 문득 떠올랐다. 그 참호에 들어가 숨어 버리고 싶었다. 그렇게 해야만 비로소 안전해질 것 같았다.

미현은 자신이 지금 〈동백 아래〉에 와서 정인과 마주 앉아 있다는 사실이 믿어지지 않았다.

"엎어진 김에 쉬었다 가라."

정인의 그 말에 미현은 주저 없이 무너졌다. 얼마나 듣고 싶었던 말이었나. 끝없이 엎어지고 넘어졌지만 한 번도 쉬지 못했다. 세상은, 운명은 손을 잡아 일으키기는커녕 외면하고 더 혹독하게 몰아붙였다. 넘어진 자리에서 박차고 일어나 뒤도 돌아보지 못하고 쫓기듯 달렸다. 30년 동안 참았던 눈물이 그제야 터져 나왔다.

돌이켜 보면 근래 들어 자주 외로웠고 우울했다. 며칠 전 버스에서는 느닷없이 울적한 기분에 눈시울이 뜨거워지기도 했었다.

"늙나 봐요. 며칠 전 이상한 경험을 했어요."

수요일 아침이었고 버스를 타고 병원에 가는 길이었다. 직업상 오래 앉아 있어서 그런지 허리가 자주 아팠고 근래 들어 다리가 저릿저릿했다. 병원에 가지 않는 미현을 위해 친구가 건강 검진 예약을 해 놨다고 통보했다. 오십 대에 접어들면서 몸 여기저기서 조금씩 신호를 보내오기 시작했다.

"나이 들어가면서 여기저기 조금씩 고장도 나고 해야 인간적이지. 너무 동안에다가 건강한 사람들 보면 인간미 없어 보이잖아. 인조인간도 아니고."

건강관리에 철저하고 나이보다 훨씬 젊어 보이는 친구는 때때로 미현의 그런 주장을 못마땅해 했다.

"네가 무슨 육십 대니, 칠십 대니. 너나 나나 이제 꼴랑 쉰다섯이고만 왜 그렇게 늙은이 같은 소리를 하니?"

똑같은 나이에 똑같이 미혼인데도 확실히 둘은 대여섯 살은 차이가 나 보였다. 친구는 비혼주의자로, 결혼에는 애초에 관심이 없었다. 서너 번 연애를 했지만 그 이상 결혼이라는 제도 속으로 들어가는 건 거부했다. 반대로 미현은 연애를 해 본 적도 없지만 자신을 비혼주의자라고 생각해 본 적도 없었다. 하지만 한순간 연애든 결혼이든 자신과는

＊

너무 거리가 먼 일이 되었고 아예 생각조차 할 여유 없이 나이만 들어가고 있었다.

"옛날 같으면 할머니가 됐을 나이야."

"고리타분하게 백 세 시대에 무슨 그런 소리를 하고 그러세요. 이미현 씨."

친구가 꽥하고 소리를 질렀다.

이따금 나이를 자각하면 죄책감이 들었다. 엄마는 마흔아홉, 아버지는 쉰둘에 돌아가셨다. 부모가 살아 보지 못한 세월을 자신이 야금야금 파먹으며 살고 있다는 생각을 하면 말할 수 없이 복잡한 심정이 들었다. 특히 마흔아홉 살에 많이 우울했다. 그 나이까지 엄마는 세 자식과 남편 뒷바라지만 하다가 사고로 떠났다. 그것도 자신 때문에. 엄마는 그때 얼마나 억울했을까 하는 마음에 자신도 그만 확 죽어 버릴까 하고 생각하기도 했다. 살아 보니 부모의 나이는 죽기에 너무도 젊었다. 그 나이 먹도록 아무것도 이루지 못한 자신처럼 부모 역시 무언가 이루고 싶은 소망이 많았을 시기였다. 부모로서 당연히 자식들의 성장을 계속 지켜보고 싶었을 테고 자식들의 결혼과 손주를 볼 생각에 기대도 했을 것이다. 한순간에 아무것도 할 수 없는 암흑에 갇혀 버린다는 건 얼마나 암울한 일일까. 악착같이 살고 싶은 마음이 전혀 들지 않았다. 건강에 신경 쓰고 젊어지고자 애쓰는 게 죄를 짓는 기분이라 더 되는대로 살았는지 모른다. 그래서 친구의 오지랖이 더 못마땅했을 것이었다.

"아침 첫 타임이야. CT랑 MRI까지 계산 끝났으니까 친구 잘 둔 덕이다 생각해라."

친구는 은근히 생색까지 내는 여유를 부렸다. 친구의 표정이 떠올라 슬그머니 미소를 지었다.

아침 출근 시간과 학생들 등교 시간이 거의 끝나갈 무렵의 버스는 그리 혼잡하다고도, 한가하다고도 할 수 없는 상태였다. 좌석 대부분은 승객들이 차지했고, 앉지 못한 서너 명 정도가 내리는 문 근처에 무심한 표정으로 서 있었다. 시내 외곽의 집에서 병원이 있는 신도시 중심지까지 가려면 어림잡아도 삼십 분은 걸렸다. 승차 후 빠르게 스캔한 결과 맨 뒷좌석 창가 자리 하나가 비어 있었다. 불편한 자리이기는 하지만 삼십 분 간 서서 가는 것보다 나았다. 버스 뒷좌석에 처음 앉아 보았다. 그 자리에 앉으니 학교 다닐 때가 떠올랐다. 모름지기 버스 맨 뒷좌석이라는 건 자신처럼 평범했던 학생들에게 금단의 구역이 아니었던가. 그 자리에 앉는 것만으로도 구설수에 오를 각오를 해야만 했었다. 그 생각을 하니 슬며시 웃음이 나왔다. 이제라도 인

✳

생에 반항을 좀 해 볼까 싶은 생각도 들었다.

맨 뒤자리에 앉으니 의도하지 않았음에도 승객들을 관찰하게 되었다. 그중에도 한 사람이 자꾸 시선을 사로잡았다. 두 칸 앞 대각선 통로자리에 앉은 여성이었다. 유난히 단정하게 빗질 된 짧은 커트머리는 머리카락 한 올 조차 삐져나오지 않아 긴장감이 엿보였다. 화장은 한 듯 안 한 듯 했지만 정성껏 가꾼 인상이 들었다. 귀걸이는 작은 것을 골랐음에도 디자인이 심플하면서 독특해 눈길을 사로잡았다.

그가 일어났다. 검은색 구두는 먼지 한 톨 없이 완벽하게 반짝였고 잘 다려 입은 바지는 통이 적당하고 복숭아뼈를 살짝 덮을 정도의 기장이었다. 상의 역시 바지와 같은 재질의 검은색 자켓을 입었는데 약간 마른 체형에 키가 조금 큰 편이었다. 핸드백과 함께 큼지막한 토드백 하나를 오른손에 들고 있었다. 전형적인 커리어우먼의 모습이었다. 그녀가 내리고 버스가 출발했다. 그 순간 미묘한 감정이 솟구쳐 올랐다. 눈물이 났다.

이유를 알 수 없었다. 아니 너무 잘 알았다. 기계처럼 일만 하는 동안 타인의 시선을 신경 쓰지 않고 공들여 화장 한 번 해 보지 않고 살았다. 화장이나 꾸밈 자체가 문제가 아니라 자신이 그동안 너무 세상과 동떨어져 살았다는 기분이

들었다. 아무 상관없는 일에서 그런 감정을 느낀다는 게 낯설고 혼자 당황스러웠다. 폐기 상태로 방치했던 기계의 스위치를 올려서 작동을 확인한 기분이었다.

단순히 외적으로 보여지는 점을 부정하는 게 아니었다. 그냥 자신의 삶 자체를 너무 하찮게 방치하며 살아오지 않았는지를 하필 그 지점에서 깨달았다는 게 문제였다.

건강 검진을 하는 동안 마치 죽을병에라도 걸린 사람처럼 마음이 계속 쓰리고 아팠다. 이쯤에서 차라리 그렇게 돼버려 흔적 없이 사라지고 싶었다.

"그건 너무 억지 아니야? 물론 외적인 모습이 그 사람의 많은 것을 표현하는 경우가 있기는 하지. 그렇지만 너는 너대로 자신감을 가져도 된다고 생각하는데. 누가 뭐라도 너는 한 순간도 허투루 살지 않았다는 걸 내가 증명할 수 있는데."

정인의 말에 미현은 조용히 고개를 끄덕거렸다. 그런 바른말 잔소리조차도 그리웠다. 그런 줄도 모르고 살았는데, 이곳에 와서야 미현은 자신이 무엇을 그리워하고 있었는지 알게 되었다.

✳

하영지

〈동백 아래〉 홈페이지의 예약자 명단에서 낯익은 이름을 발견했다. 한 달의 장기 숙박 내역이 업데이트됨과 동시에 정인의 휴대폰에 입금 알림 문자가 날아왔다. 예약자 이름은 '하영지', 정인은 미리 짐작했다는 듯 놀란 기색조차 보이지 않았다.

정인은 지난해부터 서귀포시의 한 문화 센터에서 치유의 글쓰기 강의를 하고 있다. 대학에서 강의라면 이골이 날 만큼 해 본 그녀였기에 제주에 내려온 뒤에는 더 이상 강단에 서기보다는 게스트하우스와 카페를 오가며 사람들을 만나고, 조용히 자신의 글을 쓰고자 했었다. 그러던 중 그 지역 문화 센터 담당자였던 제자가 정인의 제주 정착 소식을 우연히 듣고서 연락을 해 왔다. 이미 강의를 맡고 있던 강사

가 개인 사정으로 중도에 그만두는 바람에 급히 후임자를
구해야 하는 상황이라고 했다. 마땅한 강사를 섭외하기가
쉽지 않다며 사정을 털어놓는 제자의 처지가 적잖이 곤란
해 보였다. 정인의 사정을 잘 알고 있었고, 오래전부터 그의
강의를 좋아했던 제자는 몇 차례나 찾아와 부탁했다. 정인
은 한동안 망설이다가 끝내 마지못해 강좌를 맡게 되었다.

　그곳의 수강생인 하영지는 제주로 이주하고 얼마 지나
지 않은 시절 이미 만난 사이다. 사람의 인연이란 참 뜻밖
의 장소에서 우연히 이루어지기도 한다.

　"하루가 어떻게 지나가는지 모르겠어요."

　하영지는 늘 그렇게 말했다. 너무 바빠서 똥도 몰아서 싼
다고 엄살떨었다. 실제로 차 한 잔 같이 마셔 보지 못했다
고, 센터의 다른 수강생들이 그녀의 뒤꽁무니를 보며 말했
다. 그 말 속에는 육지에서 내려온 젊은 여자에 대한 약간
의 거리감이 포함되어 있었다. 대부분이 중·노년 여성이던
센터에 30대의 하영지는 그 자체로 관심의 대상이 되기도
했다. 두 시간짜리 수업이 끝나고 어쩌다 사설이 길어지기
라도 할 것 같으면 그녀는 정인에게 보라는 듯 손목시계를
살피거나 휴대전화를 들여다봤다. 그런데도 수업이 끝나
지 않으면 그녀는 슬그머니 일어나 뒷문으로 나가 버렸다.

그녀의 자리는 늘 뒤쪽 출입문 바로 앞이었다. 그때만 해도 이렇게 오래 인연이 이어질 거라고는 생각하지 못했다.

4년 전 눈보라가 매섭던 겨울 어느 날이었다.

카페 문을 닫으려고 난로의 소화 버튼을 누르고 창의 롤스크린을 내리고 있었다. 출입문에 달아 놓은 종이 울리더니 눈을 잔뜩 맞은 여자가 얼굴을 쑥 들이밀었다. 여자는 머뭇거리면서도 살짝 미소를 지으며 말했다.

"안녕하세요. 여기 카페가 생긴 줄 몰랐어요."

"아, 네. 봄에 오픈했어요."

"어쩐지. 작년에도 제가 이 동네에서 작업했거든요. 그때 이 앞으로 지나다녔는데."

그녀는 말을 하다 말고 "잠시만요"하고는 다시 나갔다. 그리고는 문 앞에 선 채 모자를 벗더니 자기 다리에 대고 조심스럽게 털었다. 다음에는 외투도 벗어 털었다. 카페 바닥에 눈이 떨어질 것 까지 생각하는, 꽤나 섬세한 사람이라는 느낌이 들었다. 이렇게 인적 드문 저녁 시간 눈보라 속에 차도, 우산도 없이 눈을 맞고 돌아다니는 여자라니. 정인은 호기심이 발동했다. 카페 마감이라는 말을 하려다 말고 다시 롤스크린을 올렸다.

안 그래도 한적한 마을이고 저녁이면 인적이 드문 곳이다. 한겨울이라 일찍 어두워져 그녀의 방문이 일반적이지 않다는 생각이 들어 더 마다할 수가 없었다. 정인은 그녀에게 난로 가까이 오라고 안내했다. 그녀가 난로 가까이 손바닥을 펼쳐 쬐며 물었다.

"커피 한 잔 마실 수 있어요? 혹시 저 때문에 퇴근 못 하시는 건 아닌가요?"

첫인상처럼 역시나 조심스럽고 배려심이 많은 사람이었다.

"아니에요. 이런 곳에서는 손님이 나가는 시간이 마감 시간이죠."

정인은 속마음을 들킨 것 같아 아차 했지만, 눈치 하나는 끝내준다고 생각하며 손을 저어 보였다.

"그런데 이런 시간에 여기는 어떻게 오셨어요? 이 동네 분은 아니시죠?"

정인이 궁금증을 참지 못하고 물었다.

"아, 저는 집이 표선이에요. 낮에 이 동네 귤밭에서 파지 작업을 했어요. 작업 끝내고 밭 주인집에서 저녁을 대접받고 술도 한 잔 얻어 마셨죠. 나와 보니 이렇게 눈이 퍼붓잖아요. 제주도 날씨는 정말 종잡을 수가 없어요."

추위 때문인지 술 때문인지 그녀의 볼이 빨갛게 상기돼 있었다.

"택시를 부르지 그랬어요?"

"웬걸요. 주인 부부가 같이 술을 마셔 놓고는 태워다 준다고 고집을 부려서 뿌리치고 나왔어요. 음주운전 큰일 나잖아요. 조금 오다가 택시 부르려고 했는데 휴대전화 배터리가 아웃이지 뭐예요."

그녀가 주머니에서 휴대전화를 꺼내 보였다. 정인은 충전기가 있는 곳을 가리킴과 동시에 얼른 난로의 다이얼을 고온으로 조정했다. 그녀가 휴대전화를 충전기에 연결하고 돌아와 난로 옆자리에 앉았다. 정인이 얼른 커피 한 잔을 내려 그녀 앞에 놓아 주었다. 그녀가 두 손으로 컵을 감싸더니 입으로 가져갔다.

"파지 작업을 하는군요."

"아, 놉은 아니고 파지는 제가 작업해서 가져가요. 저는 무농약 귤밭에서 작업해 주고 파지를 가져다가 귤 칩과 잼을 만들어요."

아직 제주 살이 초보였던 정인은 파지라는 말도, 그걸로 귤 칩을 만든다는 것도 처음 듣는 이야기였다. 정인이 언뜻 못 알아듣는 눈치를 보이자 그녀가 자세를 고쳐 앉았다.

"상품으로 나가지 못하는 귤이 있잖아요. 그걸 일일이 따려면 손이 많이 가니까 작업자들이 상품만 따고 나무에 그냥 놔둬요. 그런데 그걸 나무에 그냥 놔두면 병에 취약하게 되거든요. 그럼 누군가 그걸 또 따 줘야 하잖아요. 제가 그 작업을 하는 거죠. 물론 공짜로요. 품삯 대신 그 귤을 받는다고 보시면 돼요."

그녀는 또박또박 정인이 알아듣기 쉽게 설명했다. 그제야 정인이 말뜻을 알아듣고 고개를 끄덕였다.

"그럼 양이 꽤 될 텐데, 그 많은 걸 다 뭐 해요?"

"뭘 하겠어요. 저는 귤 칩과 잼을 만들어 육지의 지인들에게 팔아요. 그게 제법 쏠쏠하답니다."

생각지 못한 아이디어였다. 안 그래도 수확이 끝난 귤밭에 드문드문 열린 귤을 보고 왜 따지 않고 남겨 두었을까 궁금하던 참이었다. 그녀의 말을 들으니 귤나무 아래 수없이 버려진 귤에 대해서도 궁금증이 해소됐다.

"저는 제주 사람 아니고 서울에서 왔어요. 벌써 3년 차예요. 처음에는 몰랐는데 제주가 의외로 할 일도 많고 혼자 살다 보니 돈 쓸 일은 별로 없는데 돈 벌 일은 참 많더라고요. 직장 없어도 충분히 먹고살 만해서 여행 왔다가 이렇게 눌러앉았어요."

술 때문인지 얼굴이 발그레한 그녀는 에너지가 넘치고 상냥했다. 얼핏 삼십 대 중반쯤으로 봤는데 자세히 보니 그보다는 조금 더 어려 보였다. 정인도 그런 사람을 보면 덩달아 기분이 좋았다. 그녀가 커피를 천천히 마시는 동안 정인도 녹차 한 잔을 우려 마셨다. 충전이 어느 정도 됐는지 그녀가 택시를 호출했다. 얼마 지나지 않아 택시가 도착하고 그녀가 떠나자 정인은 카페 출입문에 'CLOSE'라고 적힌 나무 팻말을 걸었다. 세차게 불던 바람은 어느새 잦아들고 함박눈이 조용히 내리고 있었다. 그녀의 말처럼 도대체 종잡을 수 없는 게 제주의 날씨였다.

정인은 지난해 문화 센터 강의 첫날 그녀를 다시 만났다. 눈 오던 겨울 저녁 만남 이후 2년 만이었다. 정인은 바로 알아보지 못했다. 그녀가 정인을 먼저 알아봤다. 강의가 끝나고 가방을 챙기는데 그녀가 조용히 와서 물었다.

"혹시, 신천리 카페 사장님 아니세요?"

정인이 어리둥절해 하자 그녀가 확신하듯 다시 말했다.

"왜 2년 전 겨울 눈 많이 오던 날 마감 시간에 가서 핸드폰 충전하고 커피 마시고 왔었는데, 기억 안 나세요?"

정인도 그녀가 기억났다. 버려진 귤로 귤 칩을 만들어 판다는 게 인상적이었고 그날 설명 들은 대로 자신도 식품 건조기에 귤 칩을 만들어 봐서 기억하고 있었다.

"아, 그때 그 귤 칩?"

"맞아요, 맞아. 아, 작가님이셨군요."

그녀가 활짝 웃었다. 작업복 차림이 아닌 모습으로 다시 본 그녀는 훨씬 젊어 보이고 생기 있어 보였다.

"여전히 지금도 귤 칩이랑 잼 만들고 계세요?"

"네, 당연하죠. 거기다가 지금은 여러 가지를 더해서 만들고 있어요. 그래서 너무 바빠요."

그녀는 전혀 당황하는 기색이 없었다. 처음의 그 인상처럼 차분하고 조심스러우면서도 어쩐지 단단한 차돌 같은 느낌이 더해져 있었다. 변한 게 있다면 질끈 묶었는데도 꽤 탐스러워 보였던 긴 머리 대신 귀를 드러낼 만큼 짧게 커트한 머리 스타일 정도였다. 정인은 다른 수강생들의 눈을 의식해 그쯤에서 대화를 중단해야 했다.

"우리 동네에 오게 되면 또 놀러 오세요."

"네 그럴게요. 이렇게 다시 만나게 돼서 정말 기뻐요. 저는 하영지라고 해요. 그럼 다음 주에 봬요."

그녀 역시 다른 수강생들을 의식한 듯 꾸벅 인사를 하고 총총 사라졌다. 정인은 다른 수강생들과 함께 점심을 먹고 자리를 옮겨 카페로 갔다.

"선생님은 그 아가씨를 어떻게 알아요?"

한 수강생의 물음에 정인은 자신의 카페에 영지가 손님으로 온 적이 있었다고 말했다.

"젊은 아가씨가 우리 반에 와서 좋기는 한데 우리랑은 영 안 어울려요."

반장을 맡고 있다는 수강생의 말이었다.

"하이고, 젊은 아가씨가 우리 같은 아줌마들이랑 어울리고 싶겠어요?"

"아가씨는 무슨, 서른여섯이면 그렇게 젊은 나이도 아니지 뭐."

정인이 듣기에 수강생들의 말에는 어쩐지 작은 가시 같은 게 있어 보였다.

며칠 뒤 하영지가 다시 카페 문을 열고 들어섰다. 전과 다르게 경차를 직접 운전하고 왔다. 그녀는 검은 흙이 묻은 장화에, 팔에는 작업용 토시를 끼고 있었다.

"선생님, 무 좀 드릴까요?"

"무요? 웬 무요?"

하영지가 다시 차로 가더니 뒷좌석의 바구니에서 무를 꺼내 보여주었다. 딱 봐도 판매용이 아닌 파지 무였다.

“선생님, 이것도 파지예요.”

하영지가 유쾌하게 웃으며 말했다. 정인이 카페 앞 무밭을 손으로 가리켰다.

“옆집에서 무는 충분히 얻어먹고 있어요.”

그러자 하영지가 고개를 쭉 빼고 밭을 건너다봤다. 그 순간 하영지의 눈은 마치 먹잇감을 찾은 맹수의 눈처럼 빛났다. 흡족한 미소를 지으며 여기저기 뽑지 않은 채 남겨진 것과 상품으로 선택받지 못해 나뒹구는 무를 둘러보는 하영지를 보며 정인이 빙그레 웃었다.

하영지가 장화를 벗고 조수석에 있던 운동화로 갈아 신었다. 마당의 수도에서 손을 씻은 후 동백이를 한 번 쓰다듬고 카페로 들어왔다.

“요즘은 무 작업을 하고 있어요.”

하영지의 말을 선뜻 이해하지 못한 정인이 물었다.

“무 작업은 또 뭐예요?”

정인의 물음에 그럴 줄 알았다는 듯이 하영지가 휴대폰 사진 갤러리의 사진을 보여주었다. 사진은 가정용 식품 건조기에 건조 중인 무언가가 찍혀 있었고 그것의 정체는 바로 밝혀졌다.

“저렇게 밭에 굴러다니는 무를 가져다가 무말랭이를 하

는 거죠.”

“와, 하영지 씨 정말 천재네요. 자본금 없이 돈벌이하는 천재요.”

그 말은 정말 진심으로 하는 말이었다. 정인 자신은 제주에 정착한 지 4년이 지나도록 4월에 잠깐 고사리를 채취해 말렸다가 반찬으로 먹은 것 외에 다른 건 생각해 본 적이 없었다.

“사람들이 몰라서 그렇지, 제주도는 조금만 머리를 쓰면 이렇게 자본 없이 할 수 있는 돈벌이가 널려 있어요.”

정인이 제주산 녹차를 한잔 우려서 하영지 앞에 놓아 주었다. 귤 칩과 무말랭이 외에 또 뭐가 있다는 것인지 정인의 의아한 표정을 눈치 챈 그녀가 자세를 바로 고쳐 앉았다. 본격적으로 이야기를 해 보자는 뜻 같아서 정인도 하영지 앞에 앉았다.

“선생님, 제주도에 고사리가 얼마나 많은지 아시죠?”

“그럼요, 저도 작년에 한 주먹씩 채취해 말려 두었다가 먹은걸요. 올해도 하려고 기다리고 있어요.”

“바로 그거예요. 고사리 채취는 아무나 할 수 있어요. 고사리 철이면 여행 상품으로 만들 정도로 고사리가 지천이잖아요. 제주 고사리는 육지 고사리보다 크고 맛도 좋지요.

저도 이제 고사리를 채취하러 다닐 거예요. 이게 진짜 쏠쏠
하거든요.”

“오, 정말 대단해요.”

정인이 엄지를 들어 보였다.

“그다음에는 꽃을 찾아다녀요. 꽃차를 만들죠. 꽃차는 사
실 사계절 일거리라 말하자면 효자 상품이라고 할 수 있어
요. 그런 다음에는 동백 씨를 주우러 다니고요. 그걸로 동백
기름을 짜요.”

정인은 계속 감탄했다. 한 번도 생각해 보지 못한 일이었
다. 동백기름이라니, 과거 어머니들이나 쓰던 것을 지금도
짜는 사람이 있다는 사실 자체가 흥미로울 뿐이었다.

“하다 보니 그 모든 일이 여기 할머니들이 소일로 하던
것들이더라고요. 근데 이제 할머니들이 못하니까 누구나 먼
저 하는 사람이 임자가 되는 거죠.”

그녀의 말을 들어 보니 그럴듯했다.

“저는 그런 것들로 연세를 내고 있어요. 채집 생활자가 된
거죠. 일 년 내내 돌아다니며 이것저것 하다 보면 연세와 생
활비를 충당할 수 있더라고요.”

말이 그렇지 그걸로 생활을 꾸리려면 얼마나 부지런히
돌아다녀야 할지 정인으로서는 짐작이 가지 않았다.

그 후로도 하영지는 수업 시간 외에 한 번씩 카페에 들렀다. 여전히 바쁘게 무언가를 하고 있다고 했고 정인은 그런 그가 무척이나 흥미로운 사람이라 생각했다. 그러면서 점점 가까워지게 되었다.

정인은 수강생들에게 일주일에 한 편씩 글을 쓰게 했다. 소재나 주제를 정해 주지 않고 자유롭게 쓰고 싶은 것을 쓰는 방식이었다. 대부분 중·노년인 여성들은 자신들의 마음에 자리 잡은 온갖 이야기와 사연을 글로 풀어냈다. 다른 강좌에 비해 글쓰기 강좌는 이른바 충성하는 열혈 수강생이 많아 폐강의 염려가 없었다. 정인은 그 이유를 수강생들의 글을 읽으며 짐작할 수 있었다. 글의 수준으로 보면 어디 내놓기 어려울 만큼 형편없는 글부터 어느 잡지에 실려도 손색없는 글까지 천차만별이었다. 그러나 공통점도 있었다. 바로 '발설함'으로 스스로 치유의 능력을 경험하고 있다는 점이었다. 정인이 글쓰기 강좌를 하는 목적도 그와 다르지 않았다. 내밀한 고민과 상처들을 글이라는 형식을 통해 스스로 치유하는 힘, 글쓰기가 가지고 있는 치유의 힘을 경험하고 수강생들이 그 시간을 기다린다는 고백을 믿고 싶었다.

*

하영지는 수강생 중에도 글 솜씨가 뛰어났다. 어디서 전문적으로 글쓰기를 배웠나 싶을 만큼 손색이 없었다. 글에서 자연스럽게 그녀가 과거 사립학교의 국어 선생이었다는 것을 알게 되었다.

그녀의 글에는 자신이 제주에 와서 하게 된 채집 이야기, 시시때때로 오르는 오름과 발이 부르트도록 걸었던 올레 이야기 등 사적인 내용들이 대부분이었다. 특이한 점은 모든 이야기의 중심에는 일상적인 반성과 사유로는 다 짐작할 수 없는 어떤 그림자가 있다는 점이었다. 글로 만난 그녀는 눈 오는 저녁의 첫인상과 달리 그리 밝은 사람처럼 보이지 않았다. 그럼에도 언뜻언뜻 단단하고 당찬 기운의 아우라가 분명히 있었다. 그러나 그런 긍정적인 면을 애써 부정하듯 그녀의 글은 어둡고 불안했다. 마치 유배를 당해서 이곳까지 떠밀려 온 사람처럼 단지 견디고 있다는 느낌이 강하게 전해져 왔다. 또한 그녀의 글에는 미처 꺼내 볼 수 없는 사연이 숨겨져 있음을 직감으로 알 수 있었다.

정인은 하영지의 글을 읽을 때마다 차마 꺼내지 못하고 주변을 맴도는 속사정이 무언지 궁금했다. 더 알 수 없는 건 그녀가 그렇게 글쓰기로 치유하고 싶어 하면서도 절대 그 속으로 들어가지 않으려는 저항이 강한 사람이라는 점이었다. 그러면서도 그녀는 겉으로 보기에 바람이 일지 않는 방파제 안쪽 바다 같았다. 윤슬이 빛나는 잔잔한 수면 같아 보였지만 그럴수록 정인은 그녀가 사력을 다해 견디고 있는 게 아닐까 짐작할 뿐이었다. 머지않아 그 짐작이 맞았다는 것을 알게 되면서 그제야 하영지의 그늘을 공감하게 되었다.

＊

"하 선생, 당신이 옳다고 믿는 게 다는 아니야."

교장의 인상이 심하게 구겨졌다. 이마에 조각도로 깊게 파놓은 듯 선명한 세 고랑의 주름 가운데가 알파벳 브이 자를 만들어 냈다. 그는 주름 때문에라도 감정을 전혀 숨길 줄 모르는 유형의 사람이었다.

"교장 선생님이 믿는 건 다 옳다고 생각하세요?"

하영지도 물러서지 않았다.

"증거 있어요? 증거? 인성이가 정말 그 애를 괴롭혔다는 증거? 소연이 엄마도 인정했잖아요. 우울증이 있었다고."

하영지의 반 아이인 소연이가 스스로 자퇴하고 학교를 떠났다. 소연의 엄마는 자퇴 사유에 우울증과 부적응이라

＊

고 적었다. 하영지는 소연의 자퇴를 막아 보려 했지만 설득하지 못했고 끝내 학교 밖으로 떠나보내고 말았다. 자퇴 후 며칠이 지난 어느 날, 소연은 자신이 살던 아파트 옥상에서 떨어져 사망했다. 뒤늦게 소연의 친구들이 찾아와 인성의 패거리로부터 지속적인 괴롭힘이 있었음을 하영지에게 털어놓았다. 충격적인 사건이었지만 이미 자퇴를 한 후에 일어난 일이었기에 학교에서는 달리 책임이 없다는 입장이었다. 또한 사건이 있기 전 자퇴 사유가 결국 발목을 잡았다. 담임으로서 일말의 책임감을 느낀 영지는 소연의 억울함을 풀어 주고 싶었다. 하지만 수사가 진행되자 처음 소연이 당한 일을 고백했던 아이들조차 증언을 거부했다. 사건은 우울증을 극복하지 못한 여고생의 비관 자살로 마무리되었다. 누구도 그 일을 거론하기 싫어했다.

"소연이가 무조건 자퇴를 원했어요. 안 시켜 주면 죽어 버리겠다고 우리를 협박해서 따라줬는데, 왜 더 자세히 알려고 하지 않았는지 모르겠어요."

소연의 엄마는 학업 스트레스라는 소연의 말을 믿었다. 자퇴만 하게 해 주면 검정고시로 문제없이 대학에 진학하겠다는 딸의 말도 진심으로 믿었다. 소연의 말을 그대로 믿었다는 엄마의 말을 이해할 수밖에 없었다. 그만큼 소연은 믿음이 가는 아이였다. 그런 소연이가 왜 그런 선택을 할 수밖에 없는지 아무도 모른다. 인성이 깊이 개입했고 인성은 소연이 처음 좋아한 남학생이었다.

인성의 아버지는 지역 신문사의 대표였고 학교 이사장의 채용 관련 비리를 취재해 학교를 압박했다. 이사장과 교장은 교사들의 입을 막았고 교사들은 학생들의 입을 막았다. 학생부 종합전형이라는 카드를 손에 쥔 교사들에게 학생들의 입을 막는 일은 너무 쉬웠다.

인성은 처벌은커녕 그해 고등부 대한민국 미래 인재상을 받고 원하는 대학에 합격했다. 채용 비리와 맞바꾼 이사장의 선물이었다.

하영지 혼자 소연의 억울함을 풀어주기에는 역부족이었다. 신문사와 이사장, 교장, 교사, 학생들까지 각자가 가지고 있는 패가 진실을 감당하기에 너무도 강했다.

하영지는 더 이상 학교에 머무는 것에 염증을 느꼈다. 학교 측의 압력이 교묘하고 치밀하게 이어졌다. 누구도 같이 점심을 먹으려 하지 않았고 대놓고 회식 자리에서 제외시켰다. 자기 혼자만 참 교사인 척한다고 뒷담화하는 교사들을 대하면서 좌절감과 함께 회의감이 들었다. 어려서부터 꿈꾸었던 교직 생활에 자부심 대신 염증을 느끼게 되자 그런 마음으로 아이들을 마주할 수 없었다. 도망치듯 제주도로 왔다. 처음 일 년은 미친 듯 제주도를 누비고 걷기만 했다.

"어느 날 귤밭을 지나다 나무 아래 나뒹구는 귤이 너무 많은 걸 본 거예요. 마침 밭주인이 귤을 따서 그대로 나무 밑에 버리는 걸 보고 물었죠."

정인이 바구니에 담긴 귤을 집어 껍질을 벗기다가 그녀의 눈을 물끄러미 봤다.

"상품으로 못 나가는 것들은 그렇게 따 버려야지 그냥 놔두면 다음 해에 나무를 병들게 한다고 하더라고요. 그 소리를 듣는데 왠지 제가 학교에 두고 온 아이들이 생각나는 거예요. 경쟁에서 뒤처지는 아이들, 특히 제가 포기했던 그 소연이가 생각났어요. 더 이상 생각할 것 없이 나머지 귤을 같이 따 주고 제가 딴 건 집으로 가져왔죠."

"그래서 그걸로 귤 칩을 만들었다고요?"

"네, 웃기죠. 개연성이라고는 없는 소설 같죠? 그렇지만 그게 사실이에요. 귤밭에 남은, 버림받은 귤을 따서 귤 칩을 만들면 제가 뭔가 보람된 일을 한 것 같았어요. 그 뒤부터 자꾸 버려진 것들에 주목하기 시작했어요. 버려진 귤, 버려진 무, 버려진 동백 씨."

그녀는 자신의 사연이 개연성 없는 소설 같다고 표현했지만 정인이 듣기에 그건 한 사람의 인생을 건 한 편의 모노드라마였다.

잠시 생각에 잠겨있던 하영지가 생각났다는 듯이 말을 이었다.

"정말 이해할 수 없는 건 그거예요. 소연이가 그렇게 한 이유가 인성을 위해 그런 것 같다는 의심. 그런 미친 순애보가 있을까, 싶지만 자신이 좋아하는 남학생의 괴롭힘을 받으면서 그게 문제가 될까 봐 자퇴를 한 거죠."

"글쎄요? 자퇴를 하면 그만이지 자살을 할 이유가 있었을까요?"

정인으로서는 쉽게 납득할 수 없는 일이었다.

"저도 그 점을 생각해 봤는데요. 사랑받지 못하는 그런 자신을 해치고 싶은 심정 아니었을까요? 우울한 기분에, 그때 한참 예민한 아이들은 자해도 막 하고 그러거든요."

정인은 아직 완성되지 않은, 성장 중인 아이들의 장난과 폭력, 사랑이라는 단어들을 한꺼번에 떠올렸다. 방어할 겨를 없이 훅 치고 들어와 급소를 가격당한 기분이 그럴까. 정인은 대꾸할 말을 잃어버렸다. 그로 인한 하영지의 방황 역시 쉽게 납득되지 않으면서도 한편으로는 깊이 사랑하면 그럴 수도 있겠다는 생각이 들었다.

세상살이가 수학 공식처럼 잘 짜여 있지 않으며 완벽하지 못하다는 사실은 살면서 수없이 경험했다. 자신이 그 증거였다. 아픈 사람들은 서로를 본능적으로 알아보는 걸까. 그래서 그런지 하영지가 더 애틋하고 안쓰러웠다. 세상을 떠난 소연보다 그녀는 지금 더 큰 자책과 양심의 대가를 치르고 있지 않은가. 문화센터 회원들로부터 발발이라는 우스꽝스러운 별명을 들으면서도 사계절 내내 일을 찾아다니는 이유가 사람들이 생각한 돈을 벌기 위함이 아니었다. 잠시라도 지옥 같은 자신의 감정을 잊기 위해 사력을 다해 견디는 중이었다. 정인이 과거에 그랬던 것처럼.

하영지는 지금도 여전히 문화센터 수강과 별개로 이웃 사람 마실 오듯 〈동백 아래〉를 드나든다. 정인은 하영지를 마주할 때마다 아슬아슬한 살얼음판을 떠올린다. 표면적으로 괜찮은 척 때로는 씩씩한 척하지만, 누구보다 여린 감성을 가졌고 상처 많은 그녀였다. 한 발만 더 내디디면 깨질 만큼 위험한 줄 알면서도 자꾸 주변을 맴도는 불안한 심리가 엿보였다.

정인은 계속 그대로 두고 볼 수가 없었다.

“이제 그만 죄책감에서 벗어나야 하지 않을까요?”

*

"저는 제가 그렇게 나약하고 비겁하게 물러났으면서 저 혼자 정의로운 척한 것 같아 스스로 용서가 안 돼요."

"그건 자신을 비하하고 자책하는 소리 같아요."

그런 마음이 얼마나 스스로 피폐하게 만드는지 아는 정인으로서는 더더욱 그냥 지나칠 수 없는 말이었다. 하영지는 그냥 듣고 있었다.

"다시 학교로 돌아가고 싶은 생각은 아예 없는 거예요? 하영지 씨처럼 아이들을 사랑하고 아끼는 분들이 학교를 지켜야 한다고 생각하는데."

"아니요. 저는 돌아가고 싶지 않아요. 현장에는 인성이 같은 아이들이 너무 많고 소연이 같은 피해자도 끝없이 나올 텐데, 그런 아이들이 무서워요."

"그렇다고 언제까지 그렇게 죄책감으로 방황하면서 살수는 없잖아요. 그리고 그건 하영지 씨가 자책할 만큼 본인의 잘못이 아니라고 생각하는데요. 지금 생활도 억지로 유지하는 거 맞죠?"

정인이 보기에는 하영지가 사계절 내내 종종거리고 다니는 게 돈벌이를 위장한 고행처럼 느껴졌다.

"무작정 제주로 떠나와 처음 1년은 폐인처럼 살았어요. 무기력에 빠졌다고 할까요? 문화 센터 앞을 지나다 우연히 치유의 글쓰기 강좌 안내문을 보는데 '치유'라는 문구가 유독 크게 제 눈을 사로잡더라고요."

하영지는 치유라는 단어 자체가 자신에게 사치라고 생각하면서도 알 수 없는 끌림에 수강 신청을 했다. 대기 신청자가 있을 만큼 인기 강좌였다. 마침 중간에 강사가 바뀌고 첫 수강 시간에 정인을 만난 영지는 묘한 안도감을 느꼈다. 그건 어떤 기시감과도 같은 종류의 감정이었다. 정인도 그 순간이 떠올랐다. 바로 알아보지는 못했지만 낯선 수강생들 틈에 낯익은 사람을 만나는 건 또 새로운 일이었다. 그렇게 다시 만나 제주에서 유일하게 자신의 내밀한 기억을 끄집어내고 넋두리라도 할 수 있게 되자 하영지는 자주 정인을 찾아왔다. 10여 분 거리의 자기 집을 놔두고 게스트하우스의 침대 하나를 쓰는 날이 점점 늘어났다.

〈동백 아래〉에 머무는 날이면 채집도 나가지 않았다. 그냥 정인과 함께 밥을 먹고 차를 마시고 음악을 들었다. 서가에서 마음에 드는 책을 꺼내 읽고 낮잠을 자기도 했다. 그녀가 처음 방문했을 때 했던 휴대전화 충전처럼 그녀는 방전된 배터리를 충전하듯 그냥 고요하게 지냈다. 지금 이렇게 속 얘기를 털어놓기까지의 과정이 주마등처럼 떠올랐다.

정인은 하영지의 잦은 방문을 긍정의 표시로 받아들였다.

누구와도 교류하기 싫었다는 그녀였지만, 한 번씩 다른 게스트들에 섞여 같이 차를 마시고 불멍을 하는 경우도 어색해하지 않았다. 하영지는 문화 센터에 처음 제출했던 글과 결이 다른 글을 쓰기 시작했다. 용기가 필요한 일이었다. 정인이 보기에 좋은 사인이었다. 외부에서 받은 충격과 자극이었지만 결국 치유는 본인 내부에서 일어나 스스로 힘을 발휘한다고 믿었다. 하영지는 글쓰기의 힘에 기대어 극복할 의지를 스스로 찾은 셈이었다. 정인은 일련의 과정을 눈치챘지만 적당히 모른 척했다. 둘 사이 적당한 거리 두기가 오히려 하영지를 자꾸 〈동백 아래〉로 끌어들이고 있었다.

"파지를 상품으로 만드는 게 선생이 하는 일이랑 똑같은 것 같아요. 학교를 버리고 떠나왔으면서 이런 생각하는 제가 우습죠?"

"우습긴요. 선생님답지요. 사람은 타고난 성정을 버리지 못해요. 하영지 씨는 사랑이 많은 사람이에요."

"사실은 얼마 전에 일이 좀 있었어요."

그날 하영지는 절물오름을 한 바퀴 돌고 내려와 주차장에서 그들을 만났다.

절물 휴양림을 산책한 뒤, 계획하지 않았던 오름으로 발

*

267

길을 옮기던 참이었다. 여러 오름을 올랐지만 절물오름은 처음이었다. 휴양림에는 방문객이 제법 많았지만 오름으로 오르기 시작하자 사람의 발길이 뚝 끊어졌다. 조금 무서운 생각도 들었지만 날씨는 더없이 좋았고 어차피 오르기 시작했으니 포기할 수 없었다.

오름 정상에 오르자 안개가 자욱하고 안개비까지 내리기 시작했다. 모자를 뒤집어쓰고 발걸음을 재촉했다. 이미 분화구 주변을 반쯤 돌았으므로 어차피 돌아갈 수도 없었다. 한 바퀴를 돌아 올라온 방향으로 다시 내려갈 수밖에 없었다.

시야를 가린 안개가 사람들을 다 삼켜버렸는지 더러 눈에 띄던 탐방객들도 기척조차 없었다. 그 오름에 오로지 혼자뿐이라고 생각하니 무섬증이 생기면서도 한편 더없이 아름답고 신령스러웠다. 어느 순간부터 천천히 걷기 시작했다. 서두를 일이 무언가 생각했다. 세상 무서운 게 사람이라지만 이 날씨에 범죄를 저지르기 위해 작정하고 오름을 오르는 사람은 없을 거라는 생각도 하게 됐다. 그러자 더 마음이 편안해졌다. 온전하게 누리고 싶었다. 그렇게 한 바퀴를 돌고 내려오자 아래는 다시 해가 솟아 있었다. 정말 변덕스러운 제주 날씨였다. 두려움을 이겨내고 무언가 큰

일을 해냈다는 기분이 들어 뿌듯했다.

오름 위에서 안개비에 흠뻑 젖은 점퍼를 벗어 탁탁 턴 뒤 뒷좌석에 던져 넣고 차 문을 닫던 순간이었다.

눈앞에 무언가 불쑥 나타났다. 햇살을 받아 반짝이는 그것은 칼날이었다. 너무 놀라 외마디 비명을 질렀던가.

"앗, 깜짝이야!"

그가 더 큰 소리를 냈다. 그가 손에 든 칼을 다시 눈앞에 들이밀었다. 칼은 칼인데 칼이라고 할 수 없었다. 칼끝에 무언가 매달려 있었는데 그건 노랗게 잘 익은 파인애플이었다.

"아휴 깜짝이야. 놀랐잖아요. 이게 뭐예요."

그는 하영지의 놀라는 반응이 오히려 재미있다는 듯이 실실 웃었다. 날씨가 제법 쌀쌀한데도 그는 팔꿈치까지 소매를 걷었다. 팔에는 빈틈없이 문신이 새겨져 있었다. 영지의 눈이 그가 든 칼과 팔을 번갈아 처다보자 그걸 남자가 빠르게 눈치 챘다.

"아줌마, 맛 좀 보세요. 진짜 달아요. 사지 않아도 돼요. 맛만 보세요."

남자가 다른 손에 든 과도로 파인애플 한 조각을 베어 내밀었다.

당황한 영지가 손을 저으며 됐다고 말했지만 남자는 순순히 물러날 생각이 없었다.

"에이, 아줌마 안 사도 된다니까요. 맛보는데 돈 안 받아요. 진짜예요. 한 번만 드셔 봐요."

영지는 계속 거부했고 남자는 계속 권유했다. 그와 실랑이를 벌이는 동안 주차장 끝 화물차 옆에 서 있던 남자가 성큼성큼 그들을 향해 다가왔다. 그가 든 비닐봉지 안에는 파인애플 하나가 달랑달랑 흔들리고 있었다. 그날 영지는 결국 만 원을 주고 파인애플 하나를 든 채 집으로 돌아왔다. 그 순간 너무 놀라고 당황해서 미처 몰랐는데 남자들은 아주 어린 청년들이었다. 자신이 가르치던 제자들처럼 고등학교를 갓 졸업했거나 그 또래도 안 될 정도로 어려 보이는 청년들이었다.

집에 돌아와서 파인애플을 보고서야 자신이 얼마나 당황했었는지 깨달았다. 그 순간 아이들이 너무 보고 싶었다. 교복 입은 학생들을 보면서는 오히려 그런 생각을 별로 하지 않았다. 그립기는커녕 오히려 외면했었고 생각하지 않으려고 했었다. 그런데 그 불량한 청년들을 보자 다시 학교로 돌아가고 싶어졌다. 학교를 떠나온 지 3년 만에 찾아온 강렬한 느낌에 본인도 어리둥절했다. 관광객을 상대로 적

잖이 겁을 주면서 호객행위를 하던 청년들이 두렵기보다 안타까웠다. 그의 반짝이는 과도도, 문신도 그저 허세에 불과했다는 깨달음이 뒤늦게 찾아왔다. 관광지 야외 주차장에서 그들이 자신에게 어떤 위해를 가할 수 있었을까. 지나치게 놀라고 겁먹었던 자신이 그들과의 신경전에서 완패했다는 생각이 뒤늦게 들었다. 두려움이 빌미를 제공했고 결과적으로 그들 뜻대로 된 것이었다. 놀라운 건 그 순간 마음속에서 무언가 정리가 시작됐다는 점이었다. 아주 관계없는 별난 경험을 통해 어떤 실마리가 풀릴 준비를 하고 있었다. 자신의 자리가 어딘지, 그리고 다시 그 자리로 찾아가야 한다는 간절함이 조용히 문밖에 와서 노크를 했다.

정인은 요즘 하영지가 각종 채집 외에 다른 고민을 하는 것을 눈치채고 있었다. 육지에 다녀오는 일이 많았고 채집에 열을 올리던 지난날들에 비해 놀멍쉬멍 하는 날이 많았다. 결정적으로 봄 학기 수강 신청을 하지 못한다고 했을 때 이제 밝힐 때가 됐구나, 짐작할 뿐이었다.

*

271

동백 아래에 모인 사람들

조식 시간이 되도록 일어날 기미가 없는 미현을 보며 승리는 잠깐 고민이 됐다. 깨워야할까 생각하던 승리도 그대로 누워 생각에 빠졌다. 맞은편 창가 자리의 미현은 여전히 깊은 단잠에 빠져 있는 듯이 보였다. 푸푸거리는 소리를 내며 고르고 얕은 코까지 골고 있는 게 한밤중 깊은 비렘수면 상태처럼 보였다.

지난밤 승리는 태어나 처음으로 소주 석 잔을 마셨고 그 덕분인지 믿기지 않을 만큼 깊은 잠을 잤다. 꿈도 없이 깊은 수면이 얼마 만인지 떠올려 봤다. 어릴 때부터 늘 쪽잠을 잤다. 밤새도록 자다 깨기를 반복했고 그때마다 새로운 꿈을 꾸었다. 수면의 질은 나빴고 하룻밤에 몇 개씩 꿈을 꿀 만큼 불면증이 있었지만, 아무에게도 이야기하지 않았다. 그게 문제가 있다는 인식 자체를 하지 못했던 게 맞았다. 행여 문제 있는 인간이 되지 않으려 애썼다. 불안감은 승리의 몸을 이루는 세포와 같았다. 애초에 유전자 속 DNA처럼 태어날 때부터 그렇게 결정된 것이었을지도 모른다.

깊은 잠에 대한 생각에 빠져 있던 승리는 살며시 일어나 발소리를 죽이며 문을 열고 나갔다.

"이 작가는 아직?"

"네. 너무 깊이 잠드신 것 같아서 깨우지 않았어요."

"잘됐네, 그냥 놔둡시다. 밥보다 잠이 더 좋을 수도 있지."

정인은 승리에게 시선을 둔 채 주방의 롭상을 향해 말했다. 밥보다 잠이 좋다는 정인의 말에 승리는 할머니를 떠올렸다. 할머니는 언제나 새벽 3시면 일어났다.

"할머니는 왜 그렇게 잠이 없어? 안 졸려?"

"할미는 늙어서 그래, 늙으면 잠도 없어진단다. 죽으면 가만히 누워 있을 거, 살아있는 동안 부지런히 몸 놀리고 살라는 뜻이겠지. 너는 어여 더 자. 밥보다 잠이 더 좋을 나이다."

밥보다 잠이 더 좋은 나이임에도 승리가 늘 깊은 잠을 이루지 못했다는 걸 할머니는 눈치챘을까. 승리는 어쩌면 새벽에 부스럭거리는 할머니를 확인하며 안도감을 느꼈던 게 아니었을까. 승리 내면의 뿌리 깊은 외로움과 허기. 승리를 이루고 있는 불안과 두려움. 승리를 잠들지 못하게 한 그 모든 장치. 할머니 말대로라면 미현도 곧 잠이 없을 나이가 될 텐데 그렇게 늦게까지 깊이 잠든 걸 보면 할머니 말도 다 맞는 건 아닌가 보다고 생각했다.

"아참, 롭샹. 하영지 선생이 한 달을 예약했네."

"예? 왜요? 자기 집 놔두고요?"

"무슨 사정인지는 와 봐야 알겠지. 제주를 떠나려는 게 아닐까 싶기는 한데."

정인이 말을 끊고 휠체어를 식탁 쪽으로 밀고 왔다. 승리가 의자를 옆으로 치우고 휠체어가 자리 잡도록 했다.

미현은 그들이 아침을 먹고, 커피를 마시고, 승리가 동백이와 오전 산책을 마치고 돌아올 때까지 일어나지 않았다. 10시가 넘은 시간, 옆집에서 가져온 귤을 까먹고 있는데 미현이 카페에 들어섰다.

"굿모닝."

어제 본 지친 모습과 피곤함은 찾아볼 수 없었다. 하룻밤 만에 한결 편안해 보였다.

"배도 안 고파? 무슨 잠을 그렇게 오래 자?"

"선배, 이렇게 깊이 늦잠을 잔 게 얼마 만인지. 꿈도 없이 죽은 듯 잤다니까요."

승리를 의식한 미현이 승리를 향해 말했다.

"나 코 골지 않았어요?"

미현과 눈이 마주치자 승리가 살짝 웃어 보였다.

"저도 깊이 자서 몰라요. 그리고 아침에는 얌전히 주무셨어요."

그제야 안심한 듯 미현이 롭상에게 말했다.

"롭상, 나 커피 한 잔 부탁해도 될까요?"

롭상이 오른손 엄지와 검지를 동그랗게 말아 보였다.

"그보다 뭐 좀 먹어야 하지 않아?"

정인의 말에 미현이 손을 내저었다.

"웬걸요, 제 평생 아침은 패스예요. 늘 늦게 자니 아침에는 밥보다 잠이죠."

승리는 할머니 말처럼 밥보다 잠이라는 말이 결코 어린 아이들에게만 해당하는 말이 아니라는 걸 다시 깨달았다. 어젯밤 꿈도 없이 깊은 잠을 잔 자신처럼 미현 역시 그랬다고 하니 어쩐지 마음이 놓이고 한결 편하게 느껴졌다. 할머니라고 부르고 싶을 만큼 편안하게 느껴지기도 했다.

정인은 롭상이 내려 주는 커피를 받아 창가 자리에 놓아 주었다. 미현이 고맙다고 말하며 맞은편에 앉았다. 승리는 그녀들의 탁자를 지나 난로 옆에 앉았다. 롭상이 롤 케이크

접시를 미현 앞에 놓아 주고 승리에게도 먹겠느냐는 듯이 눈으로 물었다. 승리가 고개를 저었다.

롭상이 재활용 봉투와 쓰레기봉투를 챙기기 시작했다.

"저도 갈게요."

"나야 땡큐지."

마을 재활용장은 카페 창에서 보일 만큼 가까이 있다. 일반 쓰레기봉투와 플라스틱, 캔, 병 등 따로따로 분류한 봉투 여러 개를 손수레에 싣고 가는 롭상을 따라나섰다.

"재활용 정리 다 끝나면 교수님은 이 작가님께 맡기고 우리 성산 일출봉 갔다 올까?"

"카페에 손님 오면 어쩌시려고요?"

"며칠 있어봐서 알잖아. 오전에는 카페에 손님 거의 없어. 있어도 그건 교수님이 알아서 하실 거야."

다리를 다쳐 꼼짝 못 하는 사람이 알아서 뭘 할 수 있을까. 그 말은 결국 알아서 돌려보낸다는 뜻임을 알아듣고 승리도 따라 웃었다. 도대체가 이 사람들은 장사에 영 성실하지 못하다는 걸 매일매일 깨닫고 있다. 장사하는 사람은 다 할머니처럼 지독하게 돈을 밝히고 억척스러운 줄 알았다. 하지만 승리가 보고 들은 그들은 툭하면 여행을 가고, 걸핏하면 카페에 걸쇠를 잠그는 사람들이었다. 끼니때 오는 사람들에게 공짜 밥을 먹이면서 '숟가락 하나만 놓으면 되는 걸요'라고 아무렇지 않게 말했다.

재활용장에서 돌아와 승리가 외투를 가져오는 동안 롭상이 차에 시동을 걸어 놓았다. 출발하고 조금 있으니 엉덩이가 따뜻해졌다. 롭상이 차를 해안 도로 쪽으로 몰았다. 한겨울인데도 구름 한 점 없이 쨍하게 맑은 하늘과 바다가 맞닿은 듯 유난히 푸르러 마음까지 맑아졌다. 손을 내밀면 잡힐 듯한 '파랑'. 승리가 차창을 내리고 손을 내밀어 방파제 쪽을 가리켰다.

"어? 저분, 오늘도 나오셨네요? 저기 저 색소폰 연습하는 분요."

롭상이 속력을 줄이며 돌아보았다.

"아, 정명수 씨."

"제가 동백이랑 산책할 때마다 보이니까 매일 나오는 것 같아요. 그다지 잘하는 것 같지는 않지만요."

"암 투병하던 부인이 작년 가을에 돌아가셨어. 생전에 색소폰을 잘했다지. 부인이 취미 생활을 같이 하자고 그렇게 졸랐는데 자기는 바쁘다고 늘 미뤘다나 봐. 부인 죽고 부인이 불던 걸 저렇게 매일 연습하고 있네. 부인 대신 그 팀에 들어가겠다고."

“있을 때 잘하시지.”

“그러게. 사람들은 영원히 살 것처럼 앞만 보고 달리지. 불확실한 미래를 위해 현재를 저당 잡혀 사는 데, 지나고 보면 그것처럼 미련한 짓이 없더라고.”

승리도 지금껏 오늘만 살 것처럼 열심히 사는 게 옳다고 생각했고 그렇게 교육받으며 살아왔다. 그런데 지금 롭샹은 그게 아니라고, 어리석은 짓이라고 말하고 있다. 학교에서도 교사들은 늘 지금 현재를 제약하기 바빴다. 학생들이 지금 당장 하고 싶어 하는 일들을 대학 입학 이후로 강제했다. 학생들에게는 오직 대학 입시라는 목표 외에는 아무 의미 없다고 몰아갔다. 할머니도 그랬다. 제주도 여행도 승리의 대학 입학 후라고 못 박았다. 그렇지만 할머니는 승리의 수시 합격도, 입학식도 보지 못한 채 영영 함께 여행할 수 없게 되었다. 도대체 무엇이 정답인지 알 수 없다.

“승리, 지금 당장 행복하지 않으면 미래에도 행복할 수 없어. 지금 현재에 집중해야 해.”

롭샹은 어느 때보다 단호한 어조로 또박또박 못 박듯이 말했다. 전혀 강요나 압박처럼 들리지 않았음에도 천 마디 권유나 충고보다 더 진심이 느껴지는 말이었다.

“어른들은 꿈을 이루려면 다들 현재는 포기해야 한다고

하잖아요."

"누구나 꿈을 꾸지만, 모두가 그 꿈을 이룰 수는 없어. 설사 그 꿈을 이룬다고 해서 반드시 행복한 것도 아니고. 어쩌면 꿈을 꾸는 동안만 행복할 수 있겠지. 꿈을 이루었다고 생각했는데 이루고 보니 잘못된 선택일 수도 있어. 꿈만 좇다가 정작 중요한 것을 잃고 후회할 수도 있고. 나처럼."

'나처럼'이라고 말할 때 승리는 롭상을 바라봤다. 그렇게 말하는 사람은 분명 온갖 풍상을 겪은 사람의 얼굴을 하고 있을 거라고 생각했다. 그러나 의외로 편안한 표정이었다. 뭐라 표현할 수 없을 만큼 복잡한 얼굴을 상상한 자신이 뻘쭘할 정도였다.

"그거 알아? 행복도 일정 부분 딜을 원한다는 거. 희생하고 포기하는 게 있어야 주어진다는 거. 근데 그게 얼마나 폭력적이야. 희생을 전제로 한 행복이라니. 그렇게라도 꼭 행복해야 만족할까? 그리고 꼭 행복해야만 할까? 다들 행복이 지상 목표인 양 안달하는 것도 나는 별로야. 행복 말고 다른 가치도 중요하다고 생각하거든."

승리가 생각하기에 그건 새로운 해석이었다. 행복을 위해서 어느 정도의 희생을 감수해야 한다는 믿음을 정면으로 부정하는 논리였다. 복잡한 표정의 승리와 달리 롭상의 표정은 보살의 미소를 띠고 있었다. 롭샹이 생각하는 다른 가치라는 게 무엇을 의미하는지 생각해 보지 않았다. 여태 껏 누구도 그런 방향을 제시해 준 적이 없었고 자신 역시 생각해 보지 않았음을 깨달았다.

그렇게 말하면서 롭샹 역시 자신이 포기했던 것들을 떠올렸다. 성공을 위해, 행복한 미래를 위해, 사랑하는 여자 까지 포기하면서 정작 무엇을 이루었나. 공황장애를 얻고 죽음의 공포를 맞닥뜨린 후에야 자신의 선택이 얼마나 부질없었는지 깨달았다. 그렇게 욕심 부리지 않고 살아도 충분하다고 깨달았을 때는 이미 삶의 의욕조차 잃은 상태였다. 무작정 인도로 떠나 머리가 아닌 몸과 마음의 소리에만 귀 기울였다. 욕망이 비워지자 비로소 그 자리에 그렇게 살지 않아도 되겠다는 생각이 들어섰다.

승리는 꿈을 떠올려 보았다. 할머니가 원하던 대로 교대에 가서 선생님이 되고 할머니랑 끝까지 행복하게 사는 꿈. 특별히 행복에 겨운 삶은 아니었지만, 거기에 매몰되기 싫어서 불행이라는 글자 자체도 떠올리지 않으려 애쓰며 살았다. 가장 아킬레스건이었던 부모와의 짧은 인연은 승리로서는 극복할 수 없는 운명이었다. 다행히 승리는 어쩔 수 없는 일에 자책하거나 아쉬워하며 복기하는 유형은 아니었다. 오히려 어느 정도 극복했다고 자신을 믿고 있었다. 그런 믿음에 다시 나타난 엄마라는 사람은 폭탄이었다. 아무리 생각해도 이해하기 힘들고 용서할 수 없는 유형의 인간이었다. 떠올리기 싫지만 자연스럽게 할머니가 돌아가셨던 날이 떠올랐다.

"네가 승리니? 기집애, 너는 엄마한테 인사도 할 줄 모르니?"

어리둥절한 승리에게 그녀는 그렇게 말하며 다가왔다. 울고불고한다거나 뜨겁게 안는다거나 하는 과정은 애초에 기대하지도 않았다. 때때로 그리워했지만 그렇게 상봉하게 될 줄은 몰랐다. 그보다 그 상황을 현실로 받아들이는 인식과 정신을 차리는 게 우선이었다. 그녀는 첫돌이 되기 전에 헤어져 이만큼 자라도록 만나지 못한 모녀 사이가 가질 만한 그런 감정은 미처 챙겨 오지 않은 듯했다. 승리에게도 갑자기 나타난 엄마라는 존재를 그런 식으로 받아들이는 일은 마음이 무너지기에 충분했다. 할머니라는 한 세계가 예고 없이 자신의 인생에서 삭제되었다. 절벽 아래에서 그대로 떨어지는 순간처럼 아득했다. 엄마는 그 아래 버티고 선 커다란 바위였다. 자신을 받아주는 그물이 아닌 산

산조각 낼 바위.

할머니의 부고를 어떻게 알았는지 궁금할 겨를도 없었다. 일가친척이 별로 없는 승리는 그나마 친절한 상조 회사 직원들의 안내에 따라 장례를 치렀고, 다행히도 이모할머니 가족들이 상주 노릇을 해 주고 있었다. 엄마의 등장은 그들에게도 충격이었다. 이모할머니는 엄마를 보고 흡사 헛것을 보고 확인하듯 눈을 비볐다. 그리고는 혀를 찼다.

"몹쓸 년. 저 살자고 핏덩이를 버리고 쯧쯧쯧."

그걸로 끝이었다. 더 이상 원망도 큰소리도 욕설도 없었다. 역시 드라마와 현실은 달랐다. 승리 본인이 모르는 큰 비밀이라도 있는 걸까. 다들 엄마의 부재 자체가 애초부터 없었던 일인 양 행동했다. 그게 너무 자연스러워서 더 이상했다.

가족실에는 승리와 엄마만 남았다. 저녁이 되자 몇 명뿐이던 친척들조차 다들 서둘러 돌아갔다. 마치 출발선에서 신호를 기다리고 있었던 사람들 같았다. 한꺼번에 라고 하기도, 그렇지 않다고 하기도 애매했다. 각자 출발 신호는 달랐지만 누구도 마지막까지 남는 걸 결코 원하지 않는 게 틀림없었다. 서로 눈치를 보지도 않았다. 한 사람이 일어나자 뒤늦게 무언가 잊은 게 생각난 사람들처럼 다 같이 일어서는 모양새였다.

시장 상인 몇을 끝으로 조문객이 모두 돌아갔다. 기다렸다는 듯이 엄마는 부의함의 열쇠를 쥐고 일어섰다. 부의함에서 꺼낸 봉투를 하나하나 열어 보던 엄마가 그중 일부를 팽개치듯 옆으로 치워 버렸다.

"인간들이 말이야, 그렇게 몇십 년씩 얼굴 보고 장사 했으면서 자기들 이제 받을 일 없다 이거잖아. 그거 몇만 원이 아까워서 빈 봉투를 내?"

엄마의 말에 승리는 바닥에 함부로 나뒹구는 봉투를 쳐다봤다. 저 여자는 저렇게 뭐든 내팽개치는 걸 아무렇지 않게 하는구나 싶었다. 승리는 마치 자신의 처지가 내팽개쳐진 봉투만도 못하다는 생각이 들어서 얼른 고개를 저었다.

"똑똑히 봐라. 인간들이란 원래 이렇게 인정머리가 없는 거야."

대부분 낯익은 시장 상인들이 다녀갔다. 그들은 삼삼오오 함께 와서 조문한 후 부의함에 흰 봉투를 넣었다.

'그럴 수 있지. 봉투에 돈을 넣었다고 착각할 수 있지. 뭘 그런 걸 가지고 그래?' 승리는 그렇게 생각하니 이 상황에도 돈을 따지고 있는 엄마라는 인간이 더 이해되지 않았다. 그런데 빈 봉투는 한두 개가 아니었다. 엄마는 돈이 들어 있는 봉투와 빈 봉투를 구별해 놓았다. 아니 구별했다기보다 봉투를 함부로 내던졌다는 게 맞는 표현이었다. 승리에게 확인이라도 시키듯, 엄마의 손에서 던져진 봉투는 꽤 여러 장이었다. 그렇지만 맞장구치기는 더더욱 싫어 모른 척했다. 그보다 승리는 그 상황을 어떻게 받아들여야 할지 혼란스러웠다. 할머니가 돌아가시자 엄마가 나타났다. 자기를 버렸다고 생각했는데……. 자신이 문제가 아니라 할머니와 사이가 극도로 안 좋아서 같이 살 수 없었던 걸까? 엄마는 말 못 할 사정이 있어서 나간 걸까? 그럼, 이제 돌아온다는 시그널인가? 승리는 복잡한 마음 때문인지 머리가 깨질 듯이 아팠다. 그렇지만 그건 서두에 불과했다. 그 며칠 후 집 문제로 그렇게 말도 안 되는 일을 겪으리라고는 꿈에도 생각하지 못했다.

불시에 나타나 놀랍도록 태연하게 상주 노릇을 했던 엄마는 장례식 후 부의금을 챙겨 사라졌다. 그로부터 며칠 후, 낯선 이들이 집으로 찾아왔다. 부동산 중개인이었고 엄마가 보냈다고 했다.

아무리 생각해도 엄마라는 존재는 부모도 가족도 아닌 악마가 틀림없었다. 그렇지 않고 어떻게 그렇게 말도 안 되는 짓을 할 수 있을까. 승리는 생각을 정리할 틈도 여유도 없었다. 유일한 가족, 승리에게 있어 마지막 카드는 고모였다. 고모에게 연락해 볼까 하다가 그만 두었다. 할머니, 그리고 삼촌과도 의절하고 떠난 고모가 이제 와서 승리에게 무슨 애정이 있을까. 고모 얼굴을 본 게 언제였을까.

고모는 승리가 초등학교 5학년 때 고모 친구의 남편과 미국으로 도망가서 살고 있다. 고모 친구는 할머니를 찾아와 악다구니를 퍼부으며 말했다. 첩년의 딸은 다시 태어나도 첩년이라고. 하지만 할머니는 첩이 아니었다. 할아버지의 첫 부인이 아빠를 낳고 죽은 후 재혼한 거였다. 할머니 나이 겨우 스물여덟이었다. 할머니는 고모와 삼촌을 데리고 할아버지와 재혼했다. 그때까지 주변에서 아무도 눈치채지 못했는데 고모는 친구에게 비밀을 털어놓았고 결국 그 사실이 할머니를 찌르는 창이 되었다.

동네에서 한 번 그렇게 불리자 그것은 기정사실이 되었고 꼬리표처럼 할머니를 따라다녔다. 그러니까 승리는 사실 할머니의 친손녀도 아니고 고모나 삼촌과도 피가 섞이지 않은, 말하자면 천애고아나 마찬가지였다. 할머니가 왜 끝까지 승리를 책임지려고 했는지는 알 수 없다. 하지만 하나 분명한 건 할머니가 늘 승리를 끔찍이 사랑했다는 점이었다. 아빠가 그렇게 사고를 치고 다녔어도 할머니는 한 번

✳

도 아빠를 원망하는 말을 입 밖에 내지 않았다. 삼촌이나 고모가 잘못하면 혼내고 야단치면서도 아빠가 동네 건달이 되고 수시로 구치소를 드나들고, 아빠의 사고 수습을 하고 다니면서도 원망하지 않았다.

"너를 잘 키워서 보란 듯이 성공시켜야 이 할미 의무도 끝나는 겨."

할머니의 음성이 자꾸 떠올라 승리는 눈을 감았다. 이제까지 그럭저럭 살 만했던 세상이 아니다. 세상의 온갖 불행이 전부 승리의 몫이 됐다고 생각하니 까마득했다. 열아홉 여자아이가 감당하기에는 너무 벅차서 눈물조차 나지 않았다.

"그거 알아? 아까부터 자꾸 딴생각하고 도리질하는 거?"

롭상의 말대로 승리는 롭상과의 대화 도중 꿈에 대해 생각하다가 그만 엉뚱하게도 엄마를 떠올렸다. 엄마가 나타나지 않았다면? 엄마를 영원히 만나지 않고 살았다면 어땠을까? 승리는 머릿속을 떠나지 않는 엄마 생각 때문에 억울하고 속상했다. 지금까지 없었던 존재가 나타나서 이렇게 자신을 괴롭히다니 용서할 수 없었다.

"아저씨, 저는 아무런 꿈도 꿀 수 없을 것 같아요. 아무도 그걸 원하지 않는 것 같아요."

"에이, 무슨 소리. 꿈은 자신을 위한 거지 남을 위한 게 아닌 걸?"

"그게 아니라, 저는 이제 아무것도 할 자신이 없어요."

"우리한테 얘기해 줄래? 아직 어린 승리에게 무슨 그렇게 많은 사연이 있는지?"

승리는 정말 그러고 싶은 생각과 말해 봐야 아무 소용없다는 생각 사이에서 저울질하고 있었다. 답답한 이야기를 해봐야 이해하지 못할 거라는 생각에 그만 고개를 가로저었다.

"그래. 그럼 이야기하고 싶을 때까지 기다리지 뭐. 우리는 남는 게 시간밖에 없는 사람들이잖아."

롭상은 의외로 쿨하게 반응했다.

성산 일출봉에 올랐다. 바람이 마치 칼날 같았다. 얼굴을 향해 부는 바람은 칼끝을 마구 휘둘러 살갗을 벨 듯이 날카로웠다. 가파른 오르막을 오를 때는 미처 몰랐다. 땀을 흘리며 올랐는데 정상에 오르기 무섭게 미친바람이 복서처럼 주먹을 냅다 휘둘렀다. 온몸을 두들겨 패고 무섭게 할퀴었다.

롭상이 자신의 목도리를 벗어 승리의 목에 둘러 주었다. 눈만 남기고 얼굴을 칭칭 감았지만 그것만으로 찬바람을 피할 수는 없었다. 바람의 반대 방향으로 몸을 돌렸다. 해안에서 느꼈던 바람과는 완전히 다른 차원의 매서운 바람이었다. 경치를 보고 감상할 여유라고는 눈곱만큼도 생기지 않았다. 오르기 전에 가졌던 생각들이 무참하게 빗나갔다.

구름 한 점 없이 맑은 하늘과 파란 바다, 거센 바람을 온몸으로 맞으니 비로소 제주의 바람을 실감할 수 있었다. 오르기 전까지는 미처 몰랐다. 제주도의 바람이 그렇게 폭력적이라는 것을. 느와르 영화 속 갱단의 혈투처럼 바람은 거칠고 매서웠다. 처참하게 나가떨어진 기분이 들었다.

서둘러 내려오면서 롭상이 말했다.

"바람은 눈에 보이지 않아. 바람은 보는 게 아니라 살갗으로 느끼는 거야. 리얼하지?"

롭상은 왜 이런 날 하필 승리를 여기로 이끈 걸까. 자신은 또 왜 겁도 없이 따라나선 것일까. 승리는 바람 때문에 끝없이 흐르는 눈물을 닦았다.

경험해 보지 않으면 아무것도 알 수 없다. 굳이 경험하고 싶지 않은 일도 예고 없이 닥쳐오는 그 칼바람과 같은 걸까.

평온했던 일상에 갑자기 들이닥친 불행이 마치 그 정상의 칼바람처럼 매서웠다. 계속 정상에서 맞설 것인가 내려올 것인가 선택은 결국 자신의 몫이었다.

"섭지코지에 뷰 좋은 카페가 있는데 가 볼래?"

성산 일출봉 아래로 내려오자 바람은 한결 잦아들었다. 견딜 만하면서도 여전히 몸이 떨렸다. 차가 있는 곳까지 단거리 선수처럼 달렸다. 차에 타자 롭상이 시트를 데우는 열선을 누르고 히터도 틀어 주었다. 얼었던 얼굴에 따뜻한 바람이 닿자 따갑고 가려워졌다. 승리가 손바닥으로 열을 내듯 양 볼을 감싸 마구 문질렀다.

"승리 얼굴 지금 꼭 딸기 같은 거 알아?"

그걸 본 롭상이 재미있다는 듯이 말했다. 롭상에게는 도대체가 심각한 상황이라는 게 없는 모양이었다. 모든 일이 흥미롭고 재미있어서 혼자 신난 사람 같았다.

롭상이 이끄는 대로 언덕을 오르자 규모가 상당히 큰 건물이 우뚝 솟아있었다. 노출 콘크리트의 건물은 지금 막 땅에서 솟아올라 두 팔 벌려 방문객을 맞이하고 있는 모양새였다. 세계적인 건축가 안도 다다오의 건축물이었다. 구조의 독특함과 살아 있는 나뭇결의 탁자, 한겨울인데도 끄떡없는 초록의 식물, 무엇보다 사방으로 개방된 유리창. 카페 이름이 따로 있는데도 사람들이 왜 글라스하우스 Glass House 라고 부르는지 저절로 알 수 있었다.

넓게 펼쳐진 바다가 내려다보이는 자리에 앉았다. 승리는 가슴이 뻥 뚫리는 데다 마음까지 한결 가벼워진 기분을 느꼈다. 이런 상황을 두고 분위기를 탄다고 말하는 걸까. 전망 좋은 카페에 앉자 비로소 용기가 났다. 왜 갑자기 그러고 싶었는지 모르지만 승리는 들려주고 싶었다. 발설하는 순간 바람처럼 가벼워질 것 같은 예감을 믿기로 했다.

"힘들었겠다."

그간 승리가 겪었던 일을 듣고 나서 롭샹은 여러 말로 승리를 위로하거나 달래려 하지 않았다. 그런데도 승리는 그 다섯 음절에 무너지고 말았다. 백 마디 천 마디 말보다 훨씬 큰 힘이 있는 말이었다. 힘이 되는 말, 위로가 되는 말이 따로 있다는 뜻이 그런 걸까. 타인 앞에서 지금까지 꾹 참았던 눈물이 기어이 터지고 말았다. 그렇게 한 번 터진 눈물은 쉽게 멈추지 않았다. 가두었던 수문을 열어 방류하는 댐처럼 걷잡을 수 없었다. 한참 동안 그렇게 담아 두었던 눈물을 실컷 쏟고 나자 마음 한쪽이 비로소 비워진 느낌이 들었다.

지금까지 자신에게 적대적이기만 했던 세상이었다. 앞으로의 삶에 자신도 없고 살아갈 의지조차 없었다. 뜻하지 않게 이렇게 호의적인 사람이 자신의 이야기를 들어 주고 손을 내밀어 주었다. 아주 조금 희망이라는 단어를 떠올려 보았다.

✳

바람

승리와 롭샹이 섭지코지의 카페를 나설 무렵 눈이 내리기 시작했다. 종달리 해변 쪽 하늘에는 구름 사이로 해가 비쳤다. 부챗살처럼 펼쳐진 빛 내림이 바다로 떨어지고 있었다. 그 광경이 성화를 마주한 듯 웅장하고 경이로웠다.

"제주도는 한라산을 기준으로 날씨를 종잡을 수 없어. 저기 한라산 봐봐. 서쪽에서 오는 구름이 한라산을 못 넘어오고 있지?"

롭샹의 말처럼 한라산 정상을 못 미친 중턱에 구름이 잔뜩 걸려 있었다. 엄청난 눈구름으로 보였다. 이쪽 하늘은 이쪽대로 눈구름이 군데군데 흩어져 있었다. 그 구름 아래에는 영락없이 눈이 내리는 모양이었다.

"한라산뿐 아니라 동네마다 날씨가 다른 경우가 많아.

육지 사람들에게는 제주도가 경치 좋고, 볼 것 많은 여행지지만 여기 사는 사람들에게 제주도는 극복할 게 많은 곳이지. 나도 지금 어쩔 수 없이 몇 년째 여기 머물고 있지만 제주도의 날씨, 특히 바람은 적응이 힘들어. 추위를 정말 많이 타거든."

"아까 성산 일출봉 바람은 진짜 무서웠어요."

그뿐 아니었다. 제주 날씨는 하루에도 몇 번씩 변덕을 부렸다. 승리는 그제야 롭상이 자기 목에 둘러 줬던 목도리를 돌려줄 생각이 났다. 그렇게 추위를 타는 사람이 어쩌자고 선뜻 목도리를 건네 줬을까. 롭상은 승리가 목도리를 풀지 못하도록 손을 내젓고 앞서갔다. 점퍼 주머니에 손을 넣고 어깨를 웅크린 채 경중경중 앞서 걷는 모습을 보고 있자니 울컥한 기분이 올라왔다. 승리에게는 가까운 남자 어른이 없었다. 아빠는 돌도 되기 전에, 그나마 생존해 있는 삼촌은 너무 어릴 때 헤어져 기억에 없다. 승리는 롭상의 모습에서 저도 모르게 가족을 찾고 있었다. 든든하게 버팀목이 되어 주고 기댈 수 있는 어른의 존재가 그리웠다는 걸 새삼 느끼고 있었다.

승리는 착한 사람들을 신뢰하지 않았다. 지금까지 승리에게 세상은 어차피 악으로 가득 찼다고 밖에 생각되지 않았다. 나쁜 사람들이 제멋대로 뒤흔드는 세상이었다. 어쩌다 이들처럼 오지랖 넓고 선한 사람들을 만난 건 그저 한 번쯤 운이 좋을 뿐이라고 생각하는 편이 나았다. 스스로 선택하지 않았지만 불완전한 가정에서 불행 속에 태어난 원죄가 있어서 그런 게 아닐까 자꾸 되묻게 되었다. 제주에 와서 이들을 만나고서야 비로소 의심하기 시작했다.

넘어진 자리에서 벌떡 일어나 탈탈 털고 일어날 힘조차 애초에 꿈도 꾸지 않았다. 자신이 그렇게 역경을 디디고 일어나는 강한 사람이 되는 것을 누구도 원하지 않는다고 단정했다. 그런데 이제는 자벌레의 한 걸음만큼씩 앞으로 나가고 싶어졌다. 그럴 수 있을 것 같았다. 새의 깃털이 닿은 만큼의 미세한 온기가 얼어 버렸던 심장을 해빙시키고 있었다.

"감사합니다."

롭상이 차 문을 열어 주자 승리가 빙긋 웃으며 말했다. 금방 엉덩이가 따뜻해졌다. 승리는 시트에 깊숙이 엉덩이를 밀어 넣고 등받이에 등을 기댔다. 여러 번 롭상의 차를 탔지만 지금까지 느껴 보지 못한 편안함이 전해졌다. 얼었던 몸이 풀리면서 스르르 눈이 감겼다.

"어서 와. 어디까지 갔다 왔는데 이렇게 늦었어? 설마 자기들끼리 맛있는 거 먹고 온 건 아니지?”

정인이 객쩍은 농담을 했다. 요즘 들어 정인은 부쩍 말수가 늘었다. 롭샹이 가장 먼저 그걸 인지했다. 롭샹이 오가는데 일일이 반응을 보인 적이 없었다. 그저 눈길 한 번 주면 그만이었는데 확실히 달라졌다.

“아, 정말 영지 쌤이 오셨네? 어쩐 일이세요? 정말 한 달 예약하신 거 맞아요?”

롭샹이 반갑게 인사하고 하영지도 가볍게 손을 흔들었다. 그녀는 이미 편안한 복장으로 갈아입은 후였다.

“영지 쌤, 우리랑 한 달 있다가 강원도로 가신다네. 대안 학교 국어 교사로.”

“헐, 진짜요? 방황 끝, 행복 시작인가요?”

롭샹의 말을 선뜻 이해할 수 없었지만 승리가 보기에 세 사람은 이미 친분이 두터워 보였다. 롭샹의 살짝 들뜬 음성이 세 사람의 관계를 짐작하게 했다. 이미현도 그새 하영지와 구면처럼 세 사람은 한 테이블에서 귤을 까먹으며 차를 마시고 있었다.

“승리 양, 이 두 분하고 당분간 룸메이트 해야 하는데 괜찮죠?”

“아. 뭐, 저야 당연히 괜찮죠.”

✳

"아, 맞다. 영지 씨, 이 학생 이름은 한승리. 여행 왔다가 나한테 붙들렸어요. 당분간 내 손발이 되어 달라고 내가 잡아놨지요."

정인은 승리의 등장을 궁금해 하는 하영지에게 그렇게 소개했다.

"승리 양, 하영지 쌤은 고등학교 국어 선생님이에요. 몇 년 쉬어서 요즘 학생들에게 감이 떨어졌대. 한 달간 같이 지내면서 감 좀 살려 줘요."

정인의 이야기에 승리가 어리둥절한 표정을 지으며 당황하자 다들 웃었다.

승리는 선생님들과 별로 친하지 못했다. 특히 고등학교 선생님들은 승리가 느끼기에 철저히 입시 컨설턴트 같았다. 입시라는 목표를 향해 함께 달리는 경주마들처럼 앞만 보고 달렸다. 아이들은 차안대를 쓰고 달리는 경주마 같았다. 시계視界를 대학교 문에 고정하고 채찍을 맞으며 달리는 기분이었다. 특히 승리에게는 더욱 그랬다. 불우한 환경에서 벗어나고 내세울 것 없는 탄생과 가족관계에서 벗어날 수 있는 길은 오직 선생이 돼서 결혼을 잘 하는 것이라고 아주 어렸을 적부터 귀에 못이 박히도록 들었다.

할머니는 이따금 어린 승리를 앉혀 놓고 말했다.

"어린 네가 무슨 죄가 있겠냐. 너는 그저 얼른얼른 자라서 훨훨 날아가 살아라. 할미도 잊고 삼촌도 잊고 너만 생각하고 너만 출세하면 된다."

승리는 할머니가 그렇게 얘기할 때마다 서운해서 굵은 눈물을 뚝뚝 떨어뜨렸다. 그러면 또 할머니는 승리를 끌어안고 머리를 쓰다듬어 가며 말했다.

"그래그래. 우리 승리는 할미밖에 없으니 할미가 천년만년 살으마. 우리 승리 선생 하는 것도 보고 시집가서 잘 사는 것도 보고 그러마."

할머니는 저녁마다 한 움큼씩 약을 먹었다. 한 달에 한 번씩 병원에 다녀오면 식탁에 몇 개 남았던 약통에 약봉지가 다시 가득 채워졌다.

어쩔 수 없이 할머니의 죽음이 다시 떠올랐다. 그렇게 갑작스러웠던 죽음이 사실 그 수많았던 약봉지들과 관련이 있었던 게 아니었을까. 어쩌면 자신이 일조한 게 아닐까, 하는 생각. 할머니에게 승리에 대한 책임이 없었다면 할머니는 조금 더 적극적으로 자신의 병과 맞서지 않았을까. 승리는 혼란스러웠다. 자신 때문에 할머니가 그렇게 됐다는 자책감이 들었다.

정인이 승리의 손등을 살짝 터치했다.

✳

302

"승리, 무슨 생각을 그렇게 골똘히 하지요?"

눈물은 때로 예기치 않은 상황에서 아주 작은 신호에 반응하고는 한다. 그동안 참았던 눈물이 걷잡을 수 없이 터져 나왔다. 승리조차 그 상황이 당황스러웠다. 그간의 사정을 알고 있는 롭샹이 갑 티슈를 놓아주며 승리의 어깨에 잠시 손을 얹은 후 주방으로 갔다.

잠시 뒤 승리의 어깨를 감싼 이는 하영지였다.

"초면이지만 안아 주고 싶네."

그 후로 아무도 말 한마디 없이 한참을 그렇게 있었다.

무장해제 되는 기분이 그런 것일까. 자신의 결점을 내보이는 건 곧 공격의 대상이 되는 것과 마찬가지라고 생각했다. 승리는 자기방어에 철저한 아이였다.

하영지는 소리 없이 들썩이는 승리의 어깨를 가만히 안고 있었다. 토닥토닥 등을 토닥이고 살살 쓸어 주었다. 그녀는 과거에 그 품으로 많은 아이를 안아 주었었다. 그렇지만 한 아이를 끝내 놓치고 말았다는 후회와 죄책감으로 방황하던 참이었다. 자신에게 또다시 안아 주고 싶고 토닥이고 싶은 새 한 마리가 날아들었고 몸이 먼저 알아챘다. 마음이 시키는 대로 조용히 승리를 보듬었다. 어떤 인연이 그들을 엮었기에 그녀들을 이 자리에 있게 한 걸까. 정인은 음악의 볼륨을 조금 더 낮추었다.

갑작스러운 승리와 하영지의 반응에 분위기가 서먹해진 걸 깨달은 정인이 침묵을 깼다.

"아참, 영지 쌤. 궁금한 게 있어요. 혹시 본향당 신년과세제 가 본 적 있어요?"

"갑자기 그건 왜요?"

"제주에는 마을마다 본향당이 있고 정월에 그 본향당에서 굿을 한다는 이야기를 들은 적 있거든요. 병원 다녀오다가 신년과세 현수막이 붙어 있는 걸 봐서요."

정인이 갑자기 생각났다는 듯 하영지에게 물었다. 정인의 질문에 미현도 호기심이 발동했다.

"본향당? 선배 말이 좀 어려운데 무슨 뜻이에요?"

뜬금없는 정인의 질문에 하영지가 승리의 손을 놓고 정인을 바라보았다.

"과세가 제주말로 세배라는 뜻이래요. 풀이 하자면 신년이 됐으니까 신에게 세배를 한다는 의미겠죠? 새해가 됐으니 올 한 해도 잘 보살펴 주고, 풍년이 들게 해 주고, 마을의 안녕을 비는 그런 마을 굿이라고 보면 돼요."

하영지가 '본격적으로 이야기 한 번 해 봐?'하는 표정으로 설명했다.

“직접 본 적 있어요? 가서 보니 어땠어요? 나는 무당 굿 하는 걸 한 번도 보지 못해서 궁금하네요. 미현이 너는 굿하는 거 본 적 있어?”

“전혀요. 저도 궁금하기는 하네요.”

미현도 정인의 말에 맞장구를 치자 하영지가 신난다는 듯이 물 한 모금을 마시고 다시 이야기를 시작할 자세를 취했다. 이내 승리와 롭샹도 다가앉았다.

“여러분은 제주 하면 뭐가 제일 먼저 떠올라요?”

그렇게 물으며 눈으로는 롭샹을 바라봤다. 그러자 롭샹이 자신 있는 목소리로 대답했다.

“제주 하면 삼다도죠. 돌, 여자, 바람. 맞죠?”

자신 있게 대답하는 그 모습이 꼭 선생님의 질문에 답변하는 어린아이 같았다.

“다들 그렇게 생각하죠. 그런데 또 다른 게 하나 있어요.”

그렇게 말하고 잠시 뜸을 들였다. 그러자 정말 모두 그 하나가 무엇인지 궁금해하며 하영지를 향해 눈을 고정했다.

“바로 방금 선생님이 궁금해 하는 무속이에요. 제주는 예로부터 만 팔천이나 되는 신이 있고 절 오백 당 오백이라는 말이 있어요. 숫자의 의미보다는 그만큼 많다는 의미 같아요.”

그 숫자에 다들 놀라서 믿을 수 없다는 듯 서로를 쳐다봤다.

"근데 영지 쌤은 언제부터 제주 무속에 그렇게 관심이 많아졌어요?"

역시 가장 먼저 롭상이 의외라는 듯이 묻자 하영지가 장난스럽게 손을 들어 브이 자를 만들었다.

"무속에 관심이 있어서라기보다 주인 할머니가 해녀시잖아요. 해신당에 다니는 걸 알고 몇 가지 여쭙다가 이것저것 많이 알게 되고, 그러다 보니 자꾸 더 공부하게 되더라고요."

"역시 선생님이시네요."

미현의 말에 하영지가 수줍게 웃었다.

"제주는 섬이니까, 자연환경이 척박하고 그만큼 한계가 있었을 거예요. 사람들 삶에 그만큼 극복해야 할 시련도 많았을 테고요. 그러니 자연스레 신에게 기댈 수밖에 없었겠죠. 신의 힘을 빌어 위로 받고 치유 받고 그러면서 수많은 신당이 자연스럽게 생긴 거고요."

하영지의 설명은 꽤 전문적이고 진지하게 들렸다.

"제주에 온 다음해인가, 선생님이 보신 현수막처럼 저도 우연한 기회에 송당 본향당 신년과세제 현수막을 보고 찾아가 보게 됐는데 정말 인상적이었어요. 눈이 하얗게 내린 오르막길을 할머니들이 제물이 든 구덕을 메고 한발 한발 조심조심 걷고 있는데 그 자체로 너무 감동적인 거 있죠."

그때가 떠오르는지 하영지는 눈까지 지긋이 감았다.

"그러게요. 그렇게 말하니 어쩐지 그 광경이 정말 그려지네요."

정인도 눈을 감고 잠시 생각에 잠기는 듯했다.

"제단 위에 나란히 제물이 든 구덕을 올려놓고 심방인 무당의 본풀이를 듣는데 제주 말이라 완벽하게 알아들을 수는 없었지만 의외로 재미도 있었어요."

"근데 구덕이 뭐예요?"

그때까지 가만히 듣고만 있던 승리가 물었다.

"응. 구덕은 대나무로 만든 바구니를 말하는 건데 제주에서는 이 구덕이 정말 특별하게 쓰여. 해녀 구덕, 애기 구덕처럼 쓰임새에 따라 종류도 다양하지."

"와, 선생님은 정말 모르는 게 없으시네요."

승리가 호기심 가득한 눈빛으로 하영지를 바라보았다.

"자세히 좀 말해 봐요. 물 구덕이면 대바구니에 물을 담나요?"

이번에는 미현이 묻자 하영지가 손을 마구 저었다.

"설마요. 물 구덕 안에 물동이를 넣어서 지고 다니는 거지요."

"아하, 그러면 해녀 구덕은요?"

미현이 알겠다는 듯이 고개를 끄덕이며 다시 질문했다.

"해녀 구덕은 말 그대로 해녀들이 지는 구덕으로, 그 안에 작업하는데 필요한 도구나 작업한 해산물을 넣어서 지고 다니는 거고요."

"그럼 애기 구덕은 아기를 지고 다니나요? 포대기처럼?"

미현의 질문에 하영지가 손바닥을 들어 올렸다. 맞다는 표시로 하이파이브를 하자는 의미였다. 미현이 손바닥을 마주 맞춰 주었다.

"제주 사람들은 구덕에서 태어나 구덕을 지고 살다 구덕에 묻힌다고 할 만큼 구덕과는 깊은 관계가 있는 것 같아요. 애기 구덕은 길쭉하게 만들었는데 아기를 구덕에 눕혀 재우기도 하고 옆에 둔 채 일을 하기도 했대요. 이동할 때는 눕힌 채로 지고 다니고요."

"좀 짠하네요. 구덕을 벗어날 수 없는 삶이란."

정인의 말에 모두 다 고개를 끄덕였다.

"구덕에 눕혀 놓고 흔들흔들 흔들어 주면서 자장가를 부르는 젊은 아기 엄마 모습을 상상했어요."

미현이 말하자 하영지가 주머니에서 휴대폰을 꺼냈다.

"잠깐만 기다려 보세요. 제가 배우기는 했는데 가사가 다 생각이 안 나서 적어 놓은 걸 좀 찾아볼게요."

하영지의 말에 모두가 영문을 몰라 그녀의 손에 들린 휴대폰만 바라보았다. 그러자 하영지가 잠시 뒤 노래를 시작했다.

자랑 자랑 왕이 자랑

저레 가는 검동 개야

이레 오는 검동 개야

우리 애기 재와 도라

느네 애기 재와 주마

아니 아니 재와 주민

질긴 질긴 총배로

손모가리 발모가리

걸려 매곡 걸려 매영

짚은 짚은 천지소에

뽑난 날은 드리치곡

비온 날은 내치키어

하영지가 제주 자장가를 시작하자 다들 눈을 감고 감상했다. 승리도 할머니가 옆에서 '자장자장 우리 승리'하고 토닥여 주던 생각이 나서 두 눈을 꼭 감았다. 자장가가 끝나자 누구라고 할 것도 없이 박수를 쳤다.

"제주 말이라 다 알아들을 수는 없지만 아름다워요."

미현의 말에 하영지가 씽긋 웃었다.

"그런데 사실 해석하면 검둥개에게 아기를 재워 달라고 협박하는 거예요. 안 재워 주면 손, 발을 묶어 천지 연못에 빠뜨리겠다고 협박하는 노래요. 재밌죠?"

하영지의 말에 다들 고개를 끄덕이며 한바탕 웃었다.

"아, 이야기가 옆길로 많이 새어 나갔네요. 아까 어디까지 말했죠?"

"무당 본풀이요. 근데 본풀이가 뭐예요?"

그때까지 가만히 듣고만 있던 승리가 물었다.

"아, 본풀이란 그 신당의 신이 그곳에 좌정하게 된 이유와 그 마을의 내력 같은 걸 알려 주는 거야. 예로부터 심방의 입을 통해 계속해 이어져 온 그 지역 신화 같은 거라고 보면 돼."

"역시 선생님이라 그런지 설명도 잘하신다. 제주도 여행 가이드 해도 되겠어요. 영지 쌤은."

롭상의 칭찬에 하영지가 장난스럽게 어깨를 으쓱해 보였다.

"제주는 알수록 신기하고 흥미로운 곳 같아요. 근래 들어 신당을 많이 찾아다녔어요.”

“그래서 영지 쌤이 요새 채집을 잘 안 하고 있었던 거군요? 그런 거였으면 나도 좀 데리고 다니지 그랬어요.”

정인이 자못 섭섭한 듯이 말했다. 그러자 하영지 역시 손사래를 치며 변명하듯 대꾸했다.

“선생님은 강의도 나가셔야 하고 카페에, 게스트하우스까지 정신이 없으시잖아요.”

“하기는 그렇네요. 그런데 정말 흥미롭기는 해요.”

“마을마다 본향당, 산에는 산신당, 해안가엔 해신당, 포제당…… 정말 엄청 많더라고요.”

“그중에 영지 쌤에게 가장 인상적이었던 곳은 어디였어요?”

그때까지 조용하게 듣고 있던 미현이 물었다.

“아무래도 ‘송당 본향당’과 ‘상개납 돈짓당’이 제일 흥미로웠어요. ‘송당 본향당’의 신은 ‘백주또’라는 신인데 제주도 각 마을 본향당의 가장 어른 신, 쉽게 말해 조상신 격이라고 보면 되는 곳이거든요.”

“내가 본 것도 바로 그 송당 본향당 신년과세를 알리는 현수막 같아요.”

“재밌는 게 있는데 그 ‘백주또’ 신은 ‘소천국’이라는 여신과 결혼해서 수십 명의 아들, 딸을 낳았어요. 그 자식들이 제주 각 마을의 신이 된 거고요."

"그럼 그곳은 부부 신을 모시는 곳인가요?"

승리도 궁금했다.

"예리한 질문인데 두 부부는 이혼한 후 각각 위 송당과 아래 송당의 신이 됐다고 해."

"신도 이혼을 한다는 게 재밌는 것 같아요."

질문했던 승리는 의외의 대답이 재미있다는 듯이 말했다.

"그럼 '상개납돈짓당'은 또 뭐예요?"

미현의 질문에 정인이 웃으며 끼어들었다.

"작가님의 호기심 발동인건가?"

"아이 참 선배도, 자꾸 작가라고 놀릴 거예요?"

미현이 뾰로통한 표정을 짓자 승리가 그 모습이 귀엽다는 듯이 소리 나지 않게 큭큭 웃었다.

"아, 거기는 해신당인데요. 짐작하듯이 해신당은 어부나, 해녀들이 용왕신께 물질 작업의 안전과 풍요를 비는 곳이잖아요. 여기서 가까운 종달리 해안가에 있는데 영험해서 육지에서 무당들이 자주 오는 곳이에요. 근데 이곳은 재밌는 게 누가 있으면 방해하지 말고 기다렸다가 자기 차례가 되면 들어가야 해요"

"좁아서 그런가요?"

"직접 가 보면 알겠지만 해안가 자연석이 둘러싸고 있는 신당인데 한 사람이 들어가 앉으면 딱 좋을 만큼 작은 신당이에요. 규모는 작지만 돌 틈에서 자라난 우묵사스레피 나무를 신목神木으로 삼고 있어서 신당의 형태를 갖추었죠. 혼자 가서 신과 독대하며 자신의 한을 풀어내기 좋고 간혹 큰소리로 울부짖어도 파도가 그 소리를 감춰 주잖아요. 그래서 여성들이 선호하는 당이에요."

"쌤도 직접 들어가서 기도 해 보셨어요?"

미현의 질문에 영지가 작게 고개를 끄덕였다.

"이상한 기운이 있기는 한가 봐요. 전혀 그런 마음으로 간 건 아니었는데, 막상 안으로 들어가니 마음속에 담아 둔 것들을 풀어놓고 싶어지더라고요. 말로 꺼내지는 않았지만, 속으로는 잠깐 그런 마음이 스쳤으니…… 들어주시겠죠?"

"무엇을 빌었을지 알 것 같아요."

정인이 하영지의 손을 지그시 잡았다가 놓았다.

"그래서 제주가 치유의 섬인가 봐요. 섬 곳곳에 만 팔천의 신이 있으니 어떤 사람의 고민이나 아픔도 다 전달되지 않겠어요?"

"근거 있는 이야기 같아요. 땅에는 기운이라는 게 있잖아요. 사람한테도 마찬가지고요. 그런데 그 땅의 기운을 사람이 받아들여서 좋은 영향력을 받는다는 게 꽤 그럴싸하지 않아요? 처음에는 호기심에 신당을 찾아다녔는데, 다니다가 보니까 치유가 되는 기분이 들었어요."

"그래서 육지에 나갈 용기가 생긴 거군요? 정말 잘 된 일 같아요."

정인이 궁금증이 풀렸다는 듯 고개를 주억거렸다.

"글쎄요. 여러 가지 이유가 있겠지만 아무래도 그 용기가 생긴 이유는 제주 자체가 아닐까요? 제주에는 저를 어루만져 주고 토닥여 주는 그런 힘이 확실히 있는 것 같아요."

"혹시 가까운 곳에 우리가 지금 직접 가 볼 수 있는 신당이 있을까요?"

정인은 아직도 굿 이야기에 관심이 많은 모양이었다.

"정말 가 보고 싶으세요? 좀 으스스할 수도 있을 텐데, 승리 괜찮겠어?"

생각지 못한 제안에 하영지는 역시 선생답게 가장 먼저 승리를 챙겼다. 하영지의 질문에 승리가 고개를 끄덕였다. 승리는 이제 이들과 같이 있으니 두려울 게 없다고 생각했다.

두 대의 차에 나눠 타고 일행은 수산리에 있는 수산 초등학교로 향했다. 롭상은 내비게이션에 학교를 입력하라는 하영지의 말에 의아한 눈치였지만 잠자코 그렇게 했다. 잠시 뒤 두 대의 승용차가 수산 초등학교 주차장에 주차했다.

아담하고 아름다운 학교였다.

"여기서 퀴즈! 특이한 점이 뭐게요?"

하영지가 일행에게 장난스럽게 물었다. 일행들이 학교를 빙 둘러 쳐다봤지만 아무도 손을 드는 사람 없이 다들 고개만 갸우뚱했다. 그러자 하영지가 한 사람 한 사람 눈을 골고루 맞췄다. 그런 다음 승리와 맞춘 눈을 거두지 않았다.

"혹시 저 담장인가요? 학교 담장이라고 하기에는 규모가 좀 큰데요?"

승리가 자신감 없는 목소리로 말하자 하영지가 활짝 웃었다.

"역시 젊은이의 눈썰미가 정확하네요."

수산 초등학교는 옛 '수산진성' 안에 자리 잡은 학교였다.

"지금 우리가 가야 하는 '진안 할망당'은 이 수산진성 축성과 관련이 있어서 여기를 먼저 보여 주려고요. 이 수산진성은 조선 세종 때 정의현에 속한 곳이었는데 바닷가와 가까워 왜구의 침입이 극성을 부리던 곳이었죠. 마을을 지키고자 정의현에서 쌓았다는 기록이 있는 곳이에요. 이 성을 쌓으면서 희생된 여자아이를 신으로 모시는 신당이 이 학교 뒤에 있는데 그곳이 바로 우리가 가고자 하는 진안 할망당이에요."

하영지의 설명에 따르면, 그 성을 쌓는 데에는 막대한 인력과 비용이 들었다. 수산진성 안은 물론 정의현의 많은 백성이 부역에 동원되었고, 관원들이 집집마다 공사비를 거두러 다녔다. 어느 날 한 아낙이 관원들에게 남편이 없으니 부역도 나갈 사람이 없고 어린 자녀들과 피죽 한 그릇조차 먹기 어려운 형편이라 바칠 것이 없다며 사정했다. 가진 것이라고는 어린 딸 하나뿐이라는 말까지 덧붙여 사정하였다. 관원들은 차마 아이를 데려갈 수 없어 그대로 돌아갔다. 그러나 그 뒤로 성은 쌓는 족족 무너졌고, 사고 또한 잇따랐다. 원인을 찾던 중 마침내 그 여자아이를 희생시키자 성은 더 이상 무너지지 않고 무사히 완성되었다. 이후로 밤마다 여자아이의 울음소리가 들려왔다. 그리고 사람들은 희생된 아이의 넋을 달래기 위해 그를 신으로 모시게 되었다는 전설이다.

"신당을 진안 할망당이라고 부르는데 '진안'은 진성 안에 있다는 의미고 '할망'은 여신이라는 의미로 그렇게 불러요. 그래서 진안 할망당이 된 거죠."

하영지의 설명은 매우 슬픈 전설이었다. 설명을 다 듣고 나서 진안 할망당을 찾아가려니 다들 마음이 숙연해지는지 말없이 조용히 뒤따라 걸었다. 한 사람이 겨우 지나갈 만한 좁은 당올레길을 조심조심 걸었다. 마음이 무거운 중에도 돌담길은 정겹고 아름다웠다. 얼마쯤 걷다가 돌무더기를 넘자 커다란 신목이 나타났다. 신목에는 색색의 천이 걸려 있고 누군가 갖다 놓은 한복 한 벌이 얌전히 걸려 있었다. 제단 위에는 과자와 떡 등이 놓여 있고 술병도 보였다. 전설을 모르고 지나며 마주쳤다면 머리칼이 서고 소름이 돋을 만한 광경일 수도 있겠다 싶었다. 그러나 이미 사연을 다 들은 탓인지 무섬증보다 애처로운 마음이 더 드는 곳이었다.

"이곳은 밤에 온다고 해요. 여자아이 신이 밤에 나타나니까 밤에 와서 조용히 고하고 소원을 비는 거겠죠?"

언제 준비했는지 하영지가 소주 한 병을 꺼내 신목 주변과 돌담 주변에 조금씩 뿌렸다. 다들 의아한 눈으로 쳐다보자 씩 웃으며 말했다.

"요즘 자주 신당을 다니다 보니 차에 몇 병 가지고 다녀요. 이것도요."

그녀가 주머니에서 청포도 사탕 한 봉지를 꺼냈다. 하영지는 그것을 다른 사람들이 놓은 것과 같이 제단 위에 올린 다음 가볍게 고개 숙여 절했다.

하영지의 말을 듣고 그녀의 행동을 보니 승리도 어딘가

혹은 무언가를 찾아 빌고 싶고 이르고 싶은 마음이 생겼다. 다들 그런 마음인지 말없이 주변만 둘러보고 서 있었다.

"자자, 이렇게 왔으니 여러분도 진안 할망께 소원 하나씩 빌어 보는 건 어때요? 원래 저렇게 소지에 적는 건데 우리는 그냥 마음속으로."

하영지가 가리키는 곳을 보니 돌담 사이사이 종이가 접혀 끼워져 있었다. 소지는 딱 보기에도 여러 개 있었다. 종이의 빛바랜 정도로 아주 오래된 것과 얼마 되지 않은 것을 구분할 수 있었다. 소지 하나하나에 담겨 있을 간절한 소망은 다 이루어졌을까.

"저 소지 말인데요. 옛날 할머니나 어머니들은 글을 몰랐기 때문에 저 종이에 글을 쓰지 않고 마음을 담았던 게 대부분이었어요. 그래서 여전히 빈 종이를 올리는 경우도 많아요."

하영지가 그 말을 하면서는 약간 샐쭉한 표정을 지었다. 승리는 소지를 대신해 작은 돌 하나를 주워 돌담에 올려놓았다.

주차장으로 돌아오는 길에 다시 학교를 둘러보았다. 성곽 돌담의 돌 하나하나에 희생된 여자아이의 슬픈 사연이 깃들어 있다는 생각을 하니 마음에 돌덩이 하나를 얹은 기분이 들었다. 물론 전해 내려오는 전설이라고는 하지만 그 마음이야 세월이 아무리 흘러도 변하지 않는 것이리라. 우연한 대화로 시작해 느닷없이 흔하지 않은 경험을 한 것 같아 의미 있다고 생각하면서도 다들 같은 마음인지 말들이 없었다.

"우리 여기서 기념사진 한 장 찍고 갈까요?"

정인의 말에 롭샹이 자신의 휴대폰을 일행을 향해 흔들었다. 그러자 다들 정인의 주변으로 다가왔다. 목발을 짚은 정인이 똑바로 설 수 있도록 승리와 미현이 양쪽에서 목발을 잡은 후 정인의 팔짱을 끼었다. 롭샹이 조금 앞으로 가서 뒤돌아 선 다음 익살스러운 표정을 지으며 셀카 모드로 사진을 한 장 찍었다. 그런 다음 다시 돌아서 자신만 빠진 일행의 사진을 여러 장 찍었다.

"우리 기왕 이렇게 나온 거 들어가기 전에 당케 포구 후딱 갔다 올까요? 거기에도 재밌는 신당이 있거든요."

하영지의 제안에 신들린 듯 모두 빠르게 차에 올라탔다. 다들 하영지의 이야기가 흥미로웠던 모양이었다. 의외로 가장 흥미로워 하는 사람은 미현이었다. 정인은 그런 미현을 보며 좋은 사인으로 받아들였다. 승리 역시 지금까지와는 달리 적극적인 모습을 보였다.

*

당케 포구에는 표선의 해비치 해수욕장과도 관계있는 해신당이 있다. 포구 한쪽 숲 언저리에 돌담을 두르고 기와를 얹은 아담한 당집이 있었다. 수산의 진안 할망당과는 달리 관리가 잘 되고 있었다. 당집의 유리문을 오른쪽으로 밀자 정면으로 두 단짜리 제단이 있고 위 제단에는 나무로 된 위패가 놓여 있었다. 아래쪽 제단에는 온갖 제물들이 놓여 있었는데 누군가 와서 빌다 간 흔적으로 보였다. 한쪽에는 제기들도 가지런히 정돈되어 있었다.

"이곳은 세명주 할망당이고 여러분이 알고 있는 제주의 설문대 할망의 다른 이름이에요. 요 앞 표선 해수욕장을 하루 만에 만들었다고 하죠. 과거 어선들이 태풍을 만나면 이곳으로 피해 왔는데, 이 포구로 들어오면 세명주 할망이 안전하게 보호해 줬다고 해서 포구 이름조차 당케 포구라고 해요. 케가 제주 말로 포구라는 뜻이거든요. 당이 있는 포구다 그래서 당케라는 이름이 붙은 거죠."

하영지의 설명을 들으며 미현이 한쪽에 놓은 제기들을 유심히 살펴봤다.

"맞아요. 그건 여기서 제를 지낼 때 사용하는 제기들이에요."

"돈이 있네요?"

천 원 권 몇 장이 제단 위에 있는 걸 가리키며 승리가 물었다.

"맞아. 재밌는 게 저 돈은 필요한 사람이 가져다 써도 된다고 해. 하지만 꼭 필요한 사람이 꼭 필요한 만큼만 가져가야지 욕심내면 할머니가 벌을 주신다고 해. 배고픈 사람은 굶주림을 면할 딱 밥 한 끼 사 먹을 돈을 가져가야지. 욕심을 내면 절대 안 되겠지?"

"참 인심 좋은 할머니시네요."

승리가 말하자 하영지가 승리의 손을 덥석 잡으며 고개를 끄덕였다.

"저 돈은 나그네가 여비가 없을 때 여비로 써도 돼. 요즘으로 말하자면 올레꾼이 되겠네. 올레 걷다가 돈이 떨어지면 밥 한 끼 사 먹고 버스 한 번 탈 정도의 돈만 허락을 받는 거지."

신, 무당, 굿 그런 걸 생각하면 거부감이 드는 곳이지만 이야기를 들으면 들을수록 참 다정하고 인간에 대한 사랑이 충만한 신들의 이야기였다. 하영지는 그밖에도 제주도에 전해오는 신화와 여러 가지 전설에 대해 이야기해 주었다.

정인과 롭상은 제주에 정착한 지 몇 년 되지도 않았지만 아직까지 제주를 속속들이 알기는 역부족이었다. 미현이

나 승리 역시 마찬가지였는데 하영지의 이야기에 빠져들어 듣다 보니 어쩐지 제주가 훨씬 가깝게 느껴졌다.

"돌아보니 어땠어요?"

하영지가 일행을 향해 물었다.

"제주도의 문화가 참 다양하면서도 어쩐지 애잔하네요."

미현이 가장 먼저 대답했다.

"이런 당이나 굿도 무속이라고 터부시할 게 아니라 제주의 문화로 받아들여야 한다고 생각해요. 이들에게는 그저 지극히 자연스러운 삶의 일부였으니까요."

정인의 말에 다들 크게 고개를 끄덕였다.

"다음에 같이 한 번 보러 가시죠."

롭샹도 한마디 거들었다. 롭샹의 대답이 끝나자 일행의 눈은 자연스럽게 승리에게 모아졌다.

"무언가 의지할 수 있는 대상이 있다는 건 살아가면서 꼭 필요한 것 같아요. 지금까지는 그런 게 무슨 의미인가 싶었고 그럴 마음도 없었거든요."

승리의 대답은 그들 모두에게 던지는 질문 같기도 했다.

카페로 다시 돌아온 그들은 아까처럼 난롯가에 옹기종기 모여 앉았다. 롭샹이 모두에게 사진을 전송했다. 그러자 다들 휴대폰을 열어 사진을 확인했다.

✳

"그런데 이쯤에서 궁금한 거 하나."

사진을 들여다보던 롭상의 말에 다들 그에게 집중했다.

"세 분 머리말이에요, 모두 똑같은 스타일인 거 아시죠?"

그러고 보니 정인과 미현, 영지까지 셋 다 짧은 커트에 생머리였다. 정인과 미현은 비슷하게 그레이 컬러가 돼 가고 있었다.

"아, 정말 그러네. 나는 젊을 때부터 그랬다고 치지만 미현이 너는 언제부터 그렇게 짧은 머리를 하게 됐지?"

"저도 오래 됐죠. 일은 바쁘지 머리숱도 많은데 머리 한 번 하려면 시간도 너무 걸리고 돈도 많이 들고, 그래서 짧게 자르기 시작했어요."

"아 그렇네. 머리를 짧게 자르는 이유가 시간 때문이라는 말, 너한테 예전에 들은 적이 있는 것 같아."

"저는 이상하게 그런 강박이 있는 것 같아요. 미용실에 앉아 있는 시간이 세상에서 제일 아까운 거 있죠? 그때 아마 강박에 대해 이야기하다가 나온 말이었을 거예요."

"이 나이에 숱이 많은 건 복이라지만 저는 안 그래요. 파마하면 왜 그 미스코리아 사자머리가 되고, 좀 기르면 곱슬머리라 지저분하고, 머리 손질하는데 재능도 없거니와 시간도 아까우니 아예 매달 짧게 쳐 버리는 거죠."

＊

미현이 자신의 머리를 쓸어내리듯 한참 매만졌다.

"좀 짠하다."

정인이 찻잔을 들어 한 모금 마시며 코를 찡긋했다.

"어디 그뿐이게요. 저는 걸으면서도 늘 이어폰을 끼고 있어요. 늘 무언가를 듣고 있죠. 책이든 강의든 무엇이든요. 그냥 시간을 흘려보내는 건 왠지 저에게 사치 같았어요."

"그래, 충분히 알겠는데 이제 그러지 않아도 되잖아. 앞으로는 좀 너 자신을 위해 살아. 그래도 돼."

미현이 고개를 끄덕였다.

"그러게요. 이제 그래도 되는데 너무 오래 그렇게 살아서 몸에 굳어졌나 봐요."

"염색이라도 좀 해 보는 건 어때? 옛날이야 돈이 아까워 그렇다고 해도 설마 그것도 시간 때문이야?"

승리는 그녀들의 이야기가 흥미로웠다. 이미현은 반백의 커트 머리인데 그게 내심 궁금했었다. 오십 대 초반 여자치고 상당히 동안처럼 보였다. 어딘지 모르게 분위기도 있어 보였고 귀를 드러낸 짧은 커트 머리가 더 멋스러웠다. 염색하지 않은 것 역시 자연스럽다고 생각하던 참이었다.

할머니는 짧은 파마머리였다. 시장 안 샤넬 미용실 원장은 시장과 함께 늙어가는 할머니 미용사였다. 원장은 10대부터 친척 미용실에서 기술을 배웠고 시장이 생길 때부터 그곳에 자리 잡았다. 시장의 상인들과 같이 늙어가는 원장은 상인들의 전속 미용사였다. 누군가 머리에 보자기를 쓰고 장사를 하면 그날이 왔다는 의미였다. 며칠 새 할머니들 머리는 다 똑같은 스타일이 되고는 했다. 시장 노인들에게 샤넬 미용실만큼 편하고 저렴한 곳이 따로 없었다.

창밖에는 계속 눈이 쌓이는 중이었다. 다들 앉아서 창밖을 바라보고 있었다. 롭상 혼자 주방을 한 번씩 오갈 뿐이었다.

조금 전까지 소리 없이 주방을 왔다 갔다 했던 롭상이 어느 결에 다녀왔는지 시장바구니를 들고 들어왔다.

"홍길동이세요?"

하영지 선생이 장바구니를 받으려 했지만 롭상이 손을 내저으며 냉큼 주방으로 들어갔다. 그는 정말 홍길동처럼, 공기처럼 움직였다. 아무도 그가 마트에 다녀오는지 모르고 있었다. 자신들과 같이 있으려니 했다.

잠시 뒤 휴대용 가스버너가 놓이더니 큰 냄비 하나가 올려졌다. 롭상이 본격적으로 바삐 움직이기 시작했다. 앞밭에서 가져온 무를 숭덩숭덩 몇 조각 썰어 넣고 국물용 멸치도 한 줌 넣었다. 뿌리째 씻은 대파를 손으로 뚝뚝 잘라 넣고 넓적한 다시마도 몇 장 추가했다. 육수를 내려는 모양이었다. 다시 주방으로 간 롭샹이 밀가루 반죽 양푼을 들고 나와 탁자 위에 올려놨다. 그걸 언제 준비했는지 아무도 알 수 없었다. 그는 모두에게 손을 씻고 오라고 했다. 자리에 앉아 반죽 덩어리를 다섯 등분해 각자의 손에 들려주었다. 정확히 말하자면 모두 어리둥절한 사이에 이미 반죽 한 덩어리씩을 받아 들고 있었다.

"오늘 같은 날은 뜨끈한 수제비죠. 자 가열차게 한 번 뜯어 봅시다."

언제 반죽을 숙성까지 시켰는지 그건 롭샹만이 알 테지만 그건 또 롭샹이라서 가능한 일이기도 했다. 그 사이 육수가 끓기 시작했고 조금 더 끓은 후 롭샹이 육수용 건더기를 건져냈다. 그걸 신호로 모두 반죽을 뜯어 넣었다. 반죽을 넣는 속도가 점점 빨라지고 얼마 지나지 않아 수제비가 떠오르기 시작했다. 본격적으로 롭샹이 나설 차례다. 마늘과 파, 매운 고추, 채 썬 당근과 호박을 넣고 국 간장과 소금으로 간을 한 뒤 볼에 풀어놓은 계란 물을 휘휘 둘렀다.

밖에는 계속 눈이 쌓이고 수제비는 잘 끓었다. 소복하게 쌓인 눈처럼 각자의 그릇마다 수북이 수제비를 떴다. 말 많

＊

은 롭샹도, 말 없는 정인도, 방금까지 우울해 보였던 승리와 이미현, 하영지까지 수제비를 먹었다. 태어나 처음 수제비를 먹어 보는 사람들처럼 모두 먹는 행위에만 집중했다. 마음을 더없이 따뜻하게 해 주는 수제비였다. 한 그릇의 수제비가 어떤 마법을 부리기라도 하듯 모두의 얼굴이 보기 좋게 익어갔다. 얼마나 시간이 흘렀을까. 눈이 제법 쌓이기 시작했다.

"이번 크리스마스는 다섯이 파티라도 합시다."

승리는 어느 결에 다시 하영지에게 손이 잡혀 있는 상태였다. 그러고 보니 벌써 크리스마스 분위기 물씬한 연말이었다.

"참 사연 많은 사람들, 어디서 이렇게 모아 보려고 해도 못 모으겠다. 푸닥거리라도 해야 하나."

롭샹이 정인의 말에 객쩍은 농담을 더 보탰다.

"세상에 사연 없는 사람이 어딨어요. 다 드러내지 않을 뿐이지."

정인은 제주행 비행기를 탈 때마다 생각했다. 이 비행기의 승객 가운데 여행에 들뜬 사람 말고 내면의 고통에서 벗어나고 싶은 사람은 몇 명이나 되는지를. 처음에는 자신 역시도 제주도를 단순히 여행지나 관광지로만 생각했었다.

✳

그래서 제주라고 하면 누구나 들뜨고 행복한 기분으로 찾는 곳이라 여겼다. 하지만 게스트하우스를 운영하며 그렇지 못하다는 것을 알았다. 생각보다 많은 사람이 여행에 대한 설렘 대신 고민을 안고 찾아왔다. 특히 게스트 대부분이 젊은 사람들이고, 나 홀로 여행객이 많이 머무는 게스트하우스의 특성상 호스트로서 느끼는 감정이 남다를 수밖에 없었다.

거대한 목표나 특별한 이유가 있어서라기보다 우연인 듯 필연인 듯 시작하게 된 숙박업소 운영은 정인에게 정해진 운명처럼 느껴졌다. 지난 4년간 다녀간 게스트 중에 지금까지 계속 인연을 이어가는 사람들이 많다. 그녀에게 게스트를 불러들이는 특별한 능력이 있어서가 아니다. 누구라도 와서 편안하게 쉬고 갈 수 있도록 배려하는 마음이 전부였다. 지금처럼 때때로 예약 창을 닫아놓는 것도 그런 이유에서다. 당분간 이 게스트하우스의 손님은 이들 셋이 전부일 모양이었다.

열아홉 한승리, 삼십 대의 하영지, 오십 대의 이미현은 룸메이트로 함께 지낸 며칠 사이에 급속도로 가까워지며 나이를 초월한 친구가 되었다. 누가 보면 모녀 3대로 보일 만큼 각각의 나이 차가 묘하게 들어맞았다. 하영지는 지금 〈동백 아래〉에 머무는 한 달이 자신이 제주에서 보낸 4년보다 더 여유 있고 의미 있다고 생각했다. 이미현은 친구에게 이야기하고 연말까지 머물기로 했다. 승리는 정인이 깁스를 풀 때까지라는 암묵적인 약속이 있었지만, 그날이 언제가 될지 모른다. 애써 헤아리지 않기로 했다. 자신보다 한참이나 나이가 많은 그녀들과 함께하는 일상이 전혀 불편하거나 어색하지 않았다.

셋은 자주 바닷가로 나가 고래를 기다렸다. 고래를 기다리는 데 있어 관건은 바람이었다.

　제주의 겨울은 육지와 달리 기온이 영하로 내려가는 날은 별로 없었다. 그러나 바람은 달랐다. 살얼음처럼 차가운 바람이 풍속보다 빠르게 전속력으로 달려들어 살갗을 찌르고 난폭하게 굴었다. 그런 날은 하영지의 경차에 탄 상태로 바다를 보며 두어 시간씩 기다렸다. 어느 날은 롭상과 정인까지 함께 기다린 적도 있다. 인터넷에 검색해 고래가 출몰한다는 다른 지역에도 여행하는 기분으로 찾아갔다. 한 가족처럼 움직이는 다섯은 흡사 진짜 가족 같이 보였다. 자신들도 그걸 알고 있기에 더 돈독해지는 걸 느꼈고 실제로 서로를 더 잘 챙기게 되었다. 때때로 그들에게 카페를 닫아 두는 일은 전혀 망설일 일이 아니었다. 승리가 기다리기 시작한 돌고래였지만 어느새 모두의 꿈이 되었다.

　고래를 기다리는 건 어느새 목적이 아니라 과정이 되어가고 있었다. 어느 날은 다들 그냥 멍하니 바다를 바라봤다. 그 바다 어딘가 고래가 있겠지, 하며 각자의 생각에 빠져 있었다.

　"그래서 저 양반 실력은 처음이랑 비교해서 어때요?"

　고요를 깬 건 하영지였다. 파도 소리에 섞여 간간이 들려오는 색소폰 소리가 남자의 사연을 생각나게 했다.

"늘면 뭐 하나. 죽은 아내가 살아 돌아와서 들어 줄 것도 아닌데."

롭상이 심드렁하게 대꾸했다.

"그렇기는 하지만 좀 애달프기도 하네요."

하영지가 다시 대꾸했다.

"애달프기는. 있을 때 잘 해야지. 아무짝에도 쓸모없는 짓이야. 저 아저씨는 그저 자기 위로를 하는 거라고."

미현이 마치 색소폰 남자에게 말하듯 단호한 어조로 말했다.

"그러는 이미현 씨는 언제부터 그렇게 냉정해지셨나? 사랑이라는 감정이 있기는 하고?"

"이거 왜 이러십니까. 자고로 연애에는 유효 기간이 없는 법입니다. 선배."

"아이고 그러셔요. 그렇게 연애해라, 결혼해라 할 때는 들은 척도 안 하시더니 이제 와서 사랑 타령?"

"선배. 진짜 이러기예요?"

정인과 미현의 티키타카가 시작됐다. 미현이 골난 표정을 지었지만 서로의 대화에 악의란 찾아볼 수 없었다. 승리의 눈에는 별것도 아닌 일에 툭하면 티격태격하던 시장 상인들의 그것처럼 그저 재미있는 구경거리였다.

"그나저나 영지 씨는 어때요? 연애는 해 봤어요?"

잠시 둘의 대화에서 비켜나 먼 바다에 눈을 고정한 채 있던 하영지가 다시 호출됐다.

"글쎄요. 연애? 사랑? 그런 거 잊은 지 오래이기는 한데."

"한데? 그럼 뭐가 있기는 있었다는 이야기잖아?"

눈치 빠른 정인이 말꼬리를 잡았다.

"사실은요."

하영지는 마음에 둔 남자가 있었다. 남자는 하영지가 교직에 있을 때 자주 가던 로스터리 카페의 사장이다. 밤 열 시는 그 남자가 원두를 로스팅하는 시간이었다. 어느 한 밤 우연히 그 앞을 지나다가 갓 로스팅한 커피 향에 끌렸고, 다음 날부터 단골이 되었다. 남자는 직접 로스팅한 여러 가지 원두를 블랜딩해서 핸드드립으로 커피를 내리고 원두도 판매했다. 사실 하영지는 커피 맛보다 향을 더 좋아했다. 갓 내린 신선한 원두 향은 지금까지 자신이 경험한 일련의 커피 향과 달랐다.

그렇게 드나들다 보니 어느 순간 단골이 되었다. 아침 8시면 남자가 카페 문을 열었다. 하영지는 출근하면서 남자가 카페 문에 'OPEN'이라고 쓴 안내판을 거는 걸 보았다. 일반 카페보다 오픈 시간이 매우 일렀다. 자주 이용하다 보니 이유를 알 수 있었다. 주택가면서 외곽으로 연결되는 도로에 접해 출근 시간 테이크아웃 손님이 제법 됐다. 남자도 그걸 염두에 둔 듯 오픈 시간에 이미 완벽하게 영업 준비를 마친 후였다. 오픈과 함께 들어가면 실내 기온이 남자의 부지런함을 증명해 줬다. 여름에는 이미 냉방이, 겨울이면 훈훈한 실내가 먼저 반겨 주었다.

"그래서, 그 남자와 연애는 해 봤어요? 그 남자 어디가 마음에 들었어요?"

정인의 목소리에 호기심과 장난기가 가득 담겨 있었다.

"그 남자의 손이요. 희고 가느다란, 원두를 고르던 그 남자의 손이요."

하영지는 중간중간 호흡을 끊어 말했다. 그 잠시가 그보다 훨씬 긴 여운을 불러 왔다.

"아이고 이런, 승리 또래인 줄 알겠네. 너무 간질간질해."

미현의 말에 정인이 코를 찡긋하며 고개를 살짝 저었다. 그녀들의 반응에 승리는 속으로 웃었다. 이 귀여운 아줌마들은 요즘 청소년들을 너무 순수하게 판단하고 있다. 청소년들의 이성 교제는 어른들이 생각하는 것만큼 순수하지 못하다. 어른들보다 더 진하고 노골적인 연애도 수없이 많다.

"그래서, 그 희고 가느다란 손은 잡아 봤어요?"

✳︎

롭상이 끼어들었다. 아까부터 계속 고래를 찾고야 말겠다는 결의에 차 말없이 바다만 응시하던 롭상도 사실은 그녀들의 이야기를 다 귀담아듣고 있었다.

"유부남이었어요."

다들 할 말을 잃어 버렸다. 승리도 속으로 헉 소리가 날 만큼 놀랍고 어이없었다. 마흔이 다 되어 가는 삼십 대 후반의 여자가 처음으로 사랑의 감정을 느낀 남자가 하필 유부남이라니. 이건 뭐 아침 드라마 불륜 스토리도 아니고 황당함 그 자체였다.

"그 남자는 늘 눈부시게 하얀 셔츠를 입었는데 소매 단추를 풀어 두 번 접어 올렸어요. 피부가 하얀데 안쪽 손목부터 위로 핏줄이 파랗게 돋보였지요. 그걸 보면 괜히 잡아 보고 싶더라고요. 키스를 한다거나 다른 스킨십보다 손목을 잡아 보고 싶은 욕구라니. 우습죠?"

"연애 감정이 다 죽었군요. 그 나이에 기껏 손목을 잡아 보고 싶은 욕구라니."

정인이 다시 아까의 장난스러운 말투로 입을 떼었다. 두 사람은 전혀 심각한 감정 없이 가벼운 농담처럼 말했다. 나이를 먹는다는 건 그렇게 산뜻한 것일까.

"어느 날 다섯 살쯤 돼 보이는 예쁘고 깜찍하게 생긴 여자아이가 그 남자의 무릎에 앉아 있는데 그 순간 참 부럽더라고요. 저는 결혼에 대한 환상이 없어요. 이혼하지 못해 평생을 물고 뜯으며 서로 저주하던 부모 밑에서 자랐거든요.”

“부모님께 이혼을 권해 보지 그랬어요? 요즘은 황혼 이혼도 많이 하는데.”

정인이 진지한 표정을 지으며 물었다.

“웬걸요. 차라리 이혼하라고 하면 엄마가 뭐라는 줄 아세요? 우리 세 남매가 눈에 밟혀 안 된다고요.”

그랬다. 그때마다 하영지는 자신들이 볼모로 잡혀 있는 전쟁포로로 같았다. 부모님은 평생을 그렇게 물고 뜯으며 그걸 자식들을 위한 자신들의 희생으로 포장했다. 불안함 속에서 사는 것보다 더 불행한 건 끝없이 죄책감을 느껴야 하는 일이었다.

“부모님 누구도 우리에게 사과하지 않았어요. 돌아가시고 나니 그게 너무 아쉽더라고요.”

“하영지 씨에게 그런 상처가 있는 줄 몰랐네요.”

정인이 겸연쩍은 미소를 지으며 말하자 이미현도 한마디 했다.

“누구나 들여다보면 사연 없는 사람이 없죠.”

그날도 결국 고래는 보지 못했다. 자타공인 그 마을에서 돌고래를 가장 잘 본다는 롭샹이 함께 했지만 소용없었다. 어쩌면 고래를 보는 목적보다 서로의 이야기에 더 집중해 있는 동안 고래들은 제 갈 길을 갔을지도 모를 일이었다. 어쩐지 차 안의 온도가 조금 올라가는 기분이었다. 롭샹이 차를 출발시켰다.

다들 난로 옆 탁자에 둘러앉아 롭샹이 내려 주는 커피와 차를 마셨다. 이유 없이 분위기가 차분하게 가라앉았다. 색소폰 아저씨의 부인에 대한 미련처럼, 하영지의 짝사랑처럼 고요한 침묵이었고 그 어색함을 깬 것은 미현이었다.

"이상하죠. 늘 상처받는 쪽이 더 죄책감을 갖는다는 거? 상처를 주는 쪽은 그런 게 없는데 말이에요."

"너는 동생들에게 가스라이팅 당한 거고."

정인이 미현에게 그렇게 말했다. 미현이 늘 듣던 소리였다. 부모의 사고는 우연이었다. 결코 미현의 탓이 아니었다. 그런데도 미현은 20년이 넘도록 죄책감에 시달렸고 동생들에게 자신의 젊음을 다 바쳤다. 정인은 미현의 동생들이 그걸 교묘하게 이용했다고 주장했다.

"선배가 몰라서 그래 누군가를 원망할 수 있는 것도 힘이야. 그 애들은 나를 원망하는 힘으로 버틴 거야."

✻

정인이 볼멘소리를 했다.

"아이구, 저 바보. 저런다니까 글쎄. 네 동생들이 사람이면 너한테 고맙다고 인사라도 해야지. 어떤 부모도 그렇게까지 지극정성 자신을 희생하지 못해. 누가 형제에게 20년을 투자하니?"

미현이 정인의 쓴 소리를 들으면서도 더 이상 대꾸하지 못했다.

"너 지금도 혹시 동생들 연락 기다리는 건 아니지?"

정인의 물음에 미현이 아무 대답하지 못하고 있었지만 어느새 눈은 자신의 휴대폰을 보고 있었다. 그걸 보던 정인이 미현의 눈앞으로 손을 내밀며 미현의 휴대폰을 향해 눈짓했다. 미현이 잠시 망설이는 듯하더니 체념한 듯 고개를 살짝 끄덕였다. 그리고는 정인의 손바닥에 자신의 휴대폰을 올려놓았다.

정인이 잠시 무언가를 찾는 것처럼 보였다. 그리고는 휴대폰을 다시 미현에게 돌려주었다.

"네 동생들 전화번호 삭제했다. 벌써 10년이야. 무슨 미련이 있어서 그걸 못 지우고 있어."

정인이 나무라는 투로 말했지만 그건 더없이 다정하고 안타까운 마음의 표현이었다. 애정이 없다면 그러지 못할 일이다. 미현을 누구보다 잘 알고 아끼는 정인만이 할 수 있는 일이었다.

미현은 아무 대꾸도 하지 않았다. 실제로 수없이 고민했던 일이기도 했다. 각자 외국으로 떠난 후 10년이 되도록 안부 한 번 전하지 않는 동생들이었다. 그럼에도 알 수 없는 미련과 책임감 때문에 아직까지 그들을 기다리고 있었는지 모른다. 이제 그만 동생들을 놓아 줘도 괜찮다고 생각했지만 절대 스스로 해결하지 못한 일이었다.

"자자, 여러분 이제 심각한 이야기 그만하시고 식사들 하실까요? 승리, 나 좀 도와 줘."

그때까지 주방에서 분주히 움직이던 롭상이 승리에게 수저통과 식탁보로 쓰는 흰 비닐 한 장을 건네주었다. 온갖 해산물이 넘치도록 듬뿍 들어간 해물탕이 전골냄비 가득 먹음직스럽게 담겨 나왔다.

"와, 우리 롭상의 시그니처 메뉴네."

정인이 제일 반가워하며 그릇을 내밀었다. 요즘 들어 정인이 그렇게 롭상의 일에 일일이 반응을 보이고 환호해 주자 롭상은 더 신이 난 모양이었다. 롭상이 국자를 들어 모두의 대접에 골고루 담아 주었다. 언제 심각한 이야기를 했나 싶게 다들 전투적이라고 할 만큼 해물탕을 비워 갔다.

＊

문어를 자르고, 새우 껍데기를 까고, 제주산 뿔소라의 속살을 빼내는 과정은 롭상이 도맡아 했다. 롭상은 모두의 그릇에 골고루 그것들을 나눠 주며 그 과정을 즐겼다. 음식을 나눠 줄 때 롭상의 미소는 그 어느 때보다 빛났다.

롭상의 해물탕에는 특이하게 감자가 들어갔다. 국물용으로 썼던 무와 각종 건더기를 건져낸 후 제주 감자를 큼지막하게 토막 내 해물탕 재료와 함께 끓인다. 해물을 다 먹어 갈 때쯤 마지막까지 두었던 감자를 먹으면 밥을 따로 먹지 않아도 속이 든든했다. 포슬포슬한 제주 감자는 적당히 간까지 배어 그 맛이 더 특별했다. 다들 국자로 냄비 바닥의 감자를 건져 먹으며 색다르다는 말과 함께 롭상의 음식 솜씨를 칭찬했다.

"음식을 만드는 건 단순히 끼니를 때우는 개념이 아니죠. 음식은 뭐랄까, 영혼을 위로하는 기능?"

롭상이 무슨 말인가를 더 하려다 그만두었다. 그가 말을 멈췄어도 다들 그가 말하고 싶어 하는 의미를 알아듣는 표정이었다.

승리도 생각해 보았다. 〈동백 아래〉에 와서 많은 음식을 먹었다. 그 음식을 먹을 때마다 승리는 잠깐씩 자신의 처지를 잊고는 했다. 어쩐지 힘이 나는 것도 같았다. 솜씨가 예사롭지 않다고 생각했는데 일반인인 그가 그렇게 요리를 잘하는 비결이 그런 정성을 기울여 만들기 때문이라고 생각하니 어쩐지 납득이 되었다.

"롭샹, 카페 말고 밥집을 해 보는 건 어때요?"

근래 들어 롭샹의 밥을 자주 먹어 본 하영지가 말하자 모두 고개를 끄덕였다.

"거기까지."

정인이 단호하게 반대 의견을 냈다.

"커피는 굶겨도 밥은 굶길 수 없거든."

자주 문을 닫아야 하는 그들에게는 적당하지 않다는 말이었다. 그 말을 들은 롭샹이 대꾸했다.

"흥! 질투쟁이 같으니라고. 그렇다고 뭘 그렇게까지 정색할 일이에요?"

롭샹이 토라진 듯 입을 삐죽거리는 시늉을 했다.

"우리 롭샹은 띄워 주면 한없이 떠오른다니까요. 계속 맛있는 음식 먹고 싶으면 거기까지."

냉정하지만 어쩐지 누구도 반박하지 못하게 설득력 있는 말이었다. 역시 롭샹을 말릴 수 있는 사람은 정인밖에 없었다. 식사가 끝나갈 때쯤 롭샹이 숟가락을 놓으며 말했다.

"곧 크리스마스인데 파티 어떻게 할까요?"

＊

“뭘 어떻게 해. 게스트 더 받지 말고 이 멤버들끼리 조촐하고 우아하게 하는 거지.”

정인이 뭘 그런 걸 묻느냐는 듯이 대꾸하자 롭샹 역시 그럴 줄 알았다고 고개를 끄덕이며 자신의 식기와 수저를 들고 먼저 일어났다.

“나 병원 가는 날 같이 나가서 장 보면 될 것 같아.”

“예썰!”

언제나 유쾌한 롭샹과 진지한 정인의 대화에 다들 익숙하게 고개를 끄덕였다.

우리 아이

밤새 눈이 내렸다.

"와, 눈이다."

가장 먼저 일어난 미현이 창을 열고 낮게 중얼거렸다. 하영지도 창문 여는 소리에 부스스 일어났다. 기척을 느낀 미현이 돌아보며 입술에 자신의 검지를 갖다 댔다.

"쉿."

승리는 아직 곤히 자고 있었다. 둘은 조용히 옷을 갈아입고 밖으로 나갔다. 카페 주방 창으로 아침 준비 중인 롭샹이 보인다. 밤사이 내린 눈이 소복이 쌓여 있다. 며칠 전부터 피기 시작해 지금 한창인 제주 수선화가 눈의 무게를 견디지 못하고 전부 휘어져 있다. 동백이가 두 사람을 보며 반갑게 꼬리를 흔들고 반겨 준다. 그때 마침 정인도 목발을 짚고 나왔다.

"이게 웬일이야. 정말 화이트 크리스마스네?"

정인의 얼굴이 어느 때보다 환했다.

"몸이 불편한데도 눈이 좋아요?"

"발이 네 갠데 뭐가 불편해. 당신들보다 내가 더 안전하거든요."

정인이 목발 하나를 살짝 들어 보이며 웃었다.

"아이고, 아주 자랑이십니다."

미현도 지지 않고 대꾸했다. 언제 일어났는지 승리가 게스트하우스 출입문을 열고 금방 따라 나왔다. 그러고는 데크 울타리에 쌓인 눈을 손가락으로 푹푹 찔러 모양을 냈다. 자신이 만든 하얀색 하트 모양을 보는 승리는 기분이 좋아 보였다.

"굿모닝."

다들 롭상에게 인사하며 카페로 들어갔다. 오늘도 롭상의 앞치마 주머니에서는 여전히 인도 음악이 흥겹게 흘러나온다.

"다들 일찍 나오셨네요. 아직 준비가 덜 됐는데 오늘은 먼저 짜이를 한 잔씩 드실래요?"

롭상은 흰 눈과 아침 짜이가 환상적인 궁합이라고 생각

했다. 여자들보다 더 감성적이고 섬세하게 여자들의 마음을 꿰뚫는 그였다.

"밥을 안 먹어도 배고픈 줄 모르겠네. 눈 때문인가."

"아이고, 할마시가 그 나이에도 눈 타령이에요?"

정인을 향한 롭샹의 말에 장난기가 가득했다.

"롭샹도 내 나이 먹어 봐. 늙는 건 껍데기인 몸이지 마음은 늙지 않는다고. 그리고 내가 뭐 지금 노인네야? 아직 한창이거든."

정인의 말은 언뜻 가시 돋친 듯이 들렸지만 뾰족하지 않고 뭉툭한 가시임에 틀림없었다. 정인의 빙그레 웃는 눈이 그걸 말해 주고 있었다. 승리는 그동안 정인이 한 번도 화내는 걸 본 적이 없었다. 정인의 미소는 어쩐지 마애삼존불의 미소를 닮았다고 생각한 참이었다. 주고받는 두 사람이나 듣고 있는 다른 사람들도 눈은 전부 창밖의 귤밭에 가있었다. 귤나무에 하얗게 쌓인 눈과 파지 귤 몇 개가 사이사이 하나씩 눈에 띄었다. 마치 점점이 박혀 있는 보석을 보는 것 같았다.

"눈도 오시겠다. 오늘은 눈 보면서 짜이 먼저 한 잔씩 어때요? 아침은 조금 천천히 먹고."

모두들 이구동성으로 좋다고 하자 롭샹이 환하게 웃으

며 주방으로 들어갔다. 승리는 제주에 와서 처음 짜이를 마셔 보았다. 따뜻하고 향긋한 짜이를 마시면 속이 데워지면서 마음까지 따뜻해지는 기분이 들었다. 처음 마시던 날 승리가 맛있다고 하자 롭상은 매일 같이 짜이를 끓여 주었다.

"왜, 그 우동 먹으러 일본 가고 와플 먹으러 벨기에 간다는 농담 있잖아요. 짜이 마시러 인도 가고 싶네요."

불현듯 마시던 짜이 잔을 들여다보던 하영지가 말했다.

"나는 소시지 먹으러 독일 가고 싶은데."

미현도 웃으며 말했다. 정인이 승리를 바라보았다. 승리가 망설이다가 말했다.

"저는 피자 먹으러 이탈리아 가고 싶은데요."

그러자 롭상도 한마디 했다.

"그럼 저는 하몽 먹으러 스페인 가야겠는데요."

"그럼 디저트는 다 같이 파리에서 만나서 에끌레르를 먹을까?"

정인의 농담에 다들 한마디씩 거들며 분위기가 밝아졌다.

"말 나온 김에 진짜 짜이 먹으러 인도 한 번 같이 가는 거 어때요?"

정인이 제안하자 다들 뜬금없다는 표정을 지었다.

"한번 가 보고 싶기는 해요. 갠지스강 화장터."

"이 작가님은 인도하면 제일 먼저 화장터가 떠오르나 봐요?"

미현의 말에 하영지가 물었다.

"죽고 싶은 사람이 거기 가서 며칠만 살아 보면 다시 살고 싶어진다잖아요. 죽고 싶을 때가 정말 많았거든요."

미현이 심각한 이야기를 조금도 심각하지 않은 투로 말했다.

"저는 인도하면 히말라야가 떠올라요. 언젠가 한 번쯤 꼭 히말라야 트레킹을 해 보고 싶어요."

하영지가 말하며 승리에게 묻듯 쳐다봤다.

"저는 그냥 인도라는 나라에 가 보기만 해도 좋겠어요."

승리의 말을 정인이 얼른 받았다.

"가면 되지. 가요, 그럼."

"제가 어떻게요."

승리는 지금 당장 여행을 가야 할 상황에 놓인 사람처럼 당황해 정색한 표정이었다.

"그냥 가면 되죠. 돈 때문이라면 걱정하지 말고. 여름 방학 때 여기 와서 아르바이트하겠다고 약속해요. 그럼 선불로 해 줄게요. 같이 가요."

"우와, 선생님은 정말 승리를 데려 가고 싶은가 봐요?"

하영지가 놀라워하며 물었다. 승리는 아무런 대답도 하

지 못했다. 무슨 말을 할 수 있을까. 한 번도 그런 호의를 받아보지 못했다.

승리는 이들을 얼마 전 자신이 본 영화 〈가재가 노래하는 곳〉에서 어린 카야를 도와준 흑인 부부 같다고 생각했다. 아빠의 폭력을 견디지 못한 다른 가족이 다 떠나고 아빠와 단둘이 남은 어린 카야. 보호받지 못하는 어린 카야를 가게 주인 부부가 물심양면 도와주는데, 첫 만남에서 부인이 아빠 모르게 카야의 옥수수 가루 봉투에 사탕 하나를 넣어 주었다. 승리는 그 장면에서 훌쩍이며 울었다. 수능을 끝내고 다들 홀가분한 기분으로 단체관람을 하던 영화관에서였다. 울음을 터뜨린 승리를 보고 반 친구들은 이해 못 하겠다는 표정을 지었다. 할머니 외에 세상 사람들은 승리에게 사탕 하나만큼도 호의적이지 않았다. 얼마 후 들이닥칠 할머니의 갑작스러운 죽음을 예상이라도 한 걸까. 그날 승리는 알 수 없는 불안과 외로움을 느꼈다.

승리는 그들의 호의가 감사하면서도 부담스러워지기 시작했다. 자신은 이제 정인이 깁스를 풀면 떠나야 할 사람이다. 더 이상 이들에게 폐를 끼쳐서는 안 된다고 생각했다. 지금껏 받은 호의만으로도 차고 넘칠 정도로 충분했다.

승리가 대답이 없자 한창 들떠 있던 이야기는 거기서 마무리되었다.

"그건 그렇고 식사 후에 비자림 산책 어때요? 오는 길에 다들 크리스마스 장도 보고요. 나랑 승리가 진료 보는 동안 세 사람이 장보고 디저트 카페 가 봅시다. 이 동네에 프랑스에서 정식으로 디저트 배워 온 사람이 만드는 에끌레르 맛집이 있거든. 오늘 디저트 내가 쏠게요."

모두 다시 한번 일심동체가 되어 정인의 제안을 기꺼이 받아들였다.

비자림 숲 입구에서 정인이 일행들에게 일렀다.

"나는 천천히 조금만 걸을 거예요. 내가 정말 아끼는 곳이라 자주 오거든요. 오늘은 미현이 하고 승리에게 보여주고 싶어서 오자고 한 거니까 롭샹이 안내해서 잘 보고 와요. 나는 조금 걷다가 입구 카페에서 기다릴게요."

"저도 선생님과 같이 할게요. 영지 쌤이 안내해서 셋이 다녀오세요."

틱틱거리고 장난스러우면서도 정인을 챙기는 건 역시 롭샹이었다. 정인이 다치고 나서 특히 더 그렇게 정인을 챙겼다. 정인을 앞서 걷지도 않았다. 늘 보폭을 맞춰 나란히 걷거나 오히려 뒤에서 호위하듯 걸었다. 승리가 들고 있던 정인의 손가방을 롭샹에게 건넸다. 두 사람은 나머지 일행들에게 어서 먼저 가라고 손짓했다.

정인의 뜻을 알기에 일행들도 이의 없이 앞서 걸었다. 정인은 목발을 짚고 천천히 일행을 뒤따랐다. 오래 지나지 않아 숲길로 접어드는 걸 보면서 잠시 후 정인도 숲길로 들어섰다.

비자나무 숲은 정인이 제주에 정착하면서 가장 많이 찾는 곳이다. 숲 전체가 천연기념물로 지정되어 보호받고 있는 곳으로 수백 년 묵은 비자나무 수천 그루가 밀집해 자생하는 곳이다. 그 숲 나무들의 기운 때문인지 숲에 들어오면 요동치던 감정이 차분하게 가라앉았다. 수령을 알 수 없는 오래 묵은 비자나무는 바라보는 것만으로도 숙연한 기운이 느껴졌다. 특히 수령이 가장 오래되고 웅장해서 '새천년 비자나무'라고 이름 붙은 나무 앞에 서면 왠지 모르게 무겁던 마음까지 가벼워졌다. 근심하던 일도, 아팠던 일도 다 내려놓을 수 있었다. 가만가만 토닥여 주는 손길이 느껴졌다. 수없이 숲에 들었고 그때마다 알 수 없는 기운이 정인을 다독여 주었다. 지금 정인은 그 느낌을 일행들에게 느끼게 해 주고 싶었다. 특히 승리가 그걸 느꼈으면 싶었다. 스무 살도 안 된 소녀가 감당하기에 큰일들을 겪었지만 그럼에도 시간은 흐르고 언젠가 치유될 수 있다는 용기를 얻길 바랐다.

숲에 들자 승리와 미현은 계속해서 탄성을 질렀다. 하영지는 그런 반응이 당연하다는 듯이 미소를 지었다.

"비자림은 비자나무 숲이라는 뜻인데 여기 말고도 제주도에 몇 군데 비자나무 숲이 있어요. 이곳이 워낙 유명하다 보니 비자림이 대명사처럼 되어 버린 거죠."

역시 하영지는 제주 전문가다웠다.

"이따가 새천년 비자나무를 만나게 될 텐데 그 나무가 가장 오래됐고 이 숲의 다른 나무들도 수령이 몇백 년씩은 됐어요. 너무 대단하죠?"

하영지가 설명과 질문을 동시에 하자 다들 고개를 끄덕이며 감탄하는 눈치였다. 하영지의 말끝에 승리가 물었다.

"그 할아버지 나무는 진짜 천 년을 산 건가요?"

"진짜 천 년이라기보다 그만큼 오래됐다는 의미인데 거의 그 정도로 추정하는 것 같아. 가 보면 알겠지만 정말 대단하거든."

앞서가던 하영지가 어느 순간 걸음을 멈추고 한 곳을 가리켰다. 커다란 바위 틈새에 뿌리를 내리고 바위를 끌어안은 비자나무 한 그루가 있었다. 탄성이 절로 나왔다. 그 나무는 왜 하필 돌 틈에 뿌리를 내렸을까. 승리는 꼭 자신의 처지 같다고 생각했다. 위태로워 보였다. 좋은 토양에 뿌리 내리지 못하고 하필 돌 틈에 자리 잡은 모양이 영락없이 자신 같아서 우울했다.

"어때요? 정말 대단하지 않아요? 저 상태로 몇백 년을 견뎌온 거잖아요. 저는 처음에 저 나무가 안 됐다고 생각했는데 자꾸 보니까 오히려 그 어떤 나무보다 더 위대하다는 생각이 들었어요."

승리는 뜨끔했다. 하영지의 말이 꼭 자신을 향해 하는 소리 같았다. 방금까지 자신이 하고 있던 생각을 읽기라도 한 걸까. 그 나무가 수백 년 동안 그렇게 견뎌온 건 그만한 이유가 있다는 걸 나무를 대신해서 말로 표현해 주고 있었다.

하영지의 말처럼 새천년 비자나무 나무 앞에 섰을 때 다들 놀라서 아무 말도 하지 못했다. 나무 둘레로 이어진 데크 길을 빙 둘러 걸으며 보는 나무의 위용이 상상했던 것보다 더 웅장했다. 하늘이 보이지 않을 만큼 넓게 펼쳐진 가지와 끝없이 위로 뻗은 나무의 키는 짐작 가지 않을 만큼 높았다.

"눈물 날 것 같아요. 너무 거대해서 벅차올라요. 내가 정말 아무것도 아닌 것 같아요."

미현의 말에 승리도 인정한다는 듯 고개를 끄덕였다. 하영지가 안내문을 꼼꼼하게 읽고 나서 말했다.

"자연 앞에서 인간이 위대하다는 건 정말 교만한 이야기 같아요. 저 자리에서 몸피를 늘리는 동안 대략 8백 년이 흘렀다는데 백 년도 못 사는 인간이 큰소리치는 건 아이러니죠."

"그러게요. 백 년도 못 살면서 우리는 세상의 짐을 다 짊어진 것처럼 심각하게 살고 있네요."

미현의 말에 승리의 가슴에는 따끔따끔 미세 전류가 흘렀다. 그녀들에 비하면 자신은 그야말로 씨앗 단계라는 걸 인정할 수밖에 없었다. 자신은 건강한 나무로 자랄 수 있을까. 지금 자신은 이미 뿌리가 송두리째 뽑힌 위기의 상태라고 생각하고 있었다. 곧 뿌리 끝까지 말라 버려 죽고 말거라는 좌절감에 빠져 있었다. 그런데 그녀들의 말이 묘하게 위로가 됐다. 나이를 먹어도 그만큼의 고민이 있다고 생각하니 자신만 억울한 게 아닐지도 모른다는 생각이 들었다. 몇백 년 된 큰 나무 이외에도 수만 그루 비자나무가 서식하고 있는 비자나무 숲을 아주 천천히 걸었다. 천년 비자나무가 있는가 하면 지금 막 싹트기 시작한 어린 싹도, 아직 땅속에 묻혀 있는 씨앗까지도 숲의 일부였다. 그렇게 생각하면 승리도 세상이라는 숲의 일원으로 살아갈 수 있을 것 같았다.

출구로 나오자 눈이 제법 쌓여 있었다. 이들은 정인과 승리를 병원에 내려 주고 근처 대형마트로 크리스마스 파티를 위한 장보기에 나섰다. 둘은 영상의학과에 들러 뼈가 잘

붙었는지 엑스레이 촬영을 하고 진료실 앞에 앉아 대기하고 있었다. 진료실에 들어가기 전 정인은 승리에게 자신을 기다리지 말고 먼저 카페에 가서 창가 자리를 잡으라고 시켰다.

"거기 바다가 잘 보여서 다들 탐내거든. 롭상한테 데리러 오라고 했으니 먼저 가서 자리 잡고 있어요."

정인은 전에 없이 서둘렀다. 같이 있겠다고 하고 싶었지만 정인의 말이 너무 단호했다. 승리는 정인을 부축해 진료 의자에 앉힌 후 병원을 나와 카페로 갔다.

"뼈가 잘 굳었네요. 그동안 불편하셨죠? 깁스 풀고 당분간은 목발 사용하면서 딛는 훈련을 하면 어떨까요?"

정인은 담당의의 말이 반가웠지만 당분간 더 유지하고 싶다는 뜻을 전했다.

"무슨 특별한 이유라도 있으신가요?"

"특별한 이유라기보다는 조금 더 엄살을 떨면서 보호받고 싶어서요?"

"네? 설마요."

"아니, 진짜예요. 아까 그 여학생이 제 보호자거든요. 제 손발이 돼 주고 있는데 어찌나 잘하는지 조금 더 보호받고 싶어서요."

정인의 말에 담당의가 고개를 갸웃하면서도 알았으니 다음 진료 때 보자고 했다. 정인은 아직 승리를 서울로 보낼 때가 아니라고 생각했다. 이대로 승리를 보내고 싶지 않았다.

정인의 말대로 카페는 사람들로 가득했다. 빈자리가 더러 보였지만 창가 다인석 자리는 이미 중년의 남자 한 명과 여자 셋이 앉아 있었다. 승리는 외투를 벗어 그들의 옆 테이블 의자에 걸어 놓고 잠시 화장실에 갔다. 들어올 때는 빈자리를 찾는 데만 집중해 미처 보지 못했던 카운터 앞 진열장을 지났다. 온갖 화려한 디저트 중에도 정인이 말한 여러 종류의 에끌레르가 눈에 들어왔다. 말로만 들었고 보기만 해도 달콤함이 떠올라 입안에 벌써 침이 고였다. 화장실에 다녀오자 아까의 창가 다인석 자리가 비어 있었고, 마침 종업원이 자리를 정리하는 중이었다. 그 사이 새로 들어오는 손님은 없었다. 승리는 잠시 바다를 보며 기다렸다가 테이블 정리가 끝나자마자 옆자리에 걸쳐 두었던 외투를 다인석 테이블 자리로 옮겼다. 막상 바다를 향해 앉아 보니 배경이 더 극대화되어 보였다. 한쪽 면이 전부 바다를 향해 있어 문을 열면 바다가 카페 안까지 밀물처럼 들어오는 것 같았다. 출입문을 등지고 바다를 향해 앉아 휴대폰을 꺼냈다. 카메라 기능을 조절해 하늘과 바다가 맞닿은 장면을 담고 싶었다. 그때였다.

"학생, 이 자리에서 지갑 못 봤어?"

중년의 여자가 다짜고짜 승리 앞에 서서 물었다. 아까 그 자리에 앉았던 일행인 모양이었다.

"지갑요? 아니요. 못 봤는데요."

여자가 승리를 위아래로 훑어보았다.

"못 보긴 뭘 못 봐. 우리 나가고 바로 학생이 앉았잖아. 우리 나가기 전부터 주변에서 빙빙 돌았잖아. 좋은 말로 할 때 내놔."

여자가 승리 앞으로 자신의 손바닥을 거칠게 내밀었다. 느닷없는 상황에 겁을 먹은 승리가 본능적으로 고개를 옆으로 휙 돌렸다.

"진짜 못 봤어요."

그때 그녀를 뒤따라온 또 다른 여자가 잔뜩 인상을 쓰며 말했다.

"야야, 경찰 불러. 요즘 애들은 경찰 무서운 걸 몰라."

승리는 잘못한 것도 없이 가슴이 쿵쾅거렸고 눈물이 울컥울컥 쏟아졌다.

"경찰 부르세요. 저는 진짜 몰라요."

승리가 떨리는 목소리로 간신히 말했다. 그러자 여자가 의자 위에 놓여 있던 승리의 가방을 휙 집어 들었다. 그리고는 다짜고짜 가방을 뒤지기 시작했다. 또 다른 여자가 승리의 외투를 잡아채 주머니를 뒤졌다. 주머니에서는 아무것도 나오지 않았다. 가방을 뒤지던 여자가 지갑을 찾지 못하자 가방을 뒤집어 테이블 위에 쏟아 버렸다. 그래봤자 그녀들이 찾는 게 나올 리 없었다. 본인들도 알 텐데 마치 화풀이라도 하듯이 행패를 부리고자 작정한 모습이었다. 놀란 승리가 어쩔 줄 몰라 벌벌 떨며 그녀들을 말리려 했지만 막무가내였다. 그때 마침 진료가 끝난 정인이 롭상과 함께 카페로 들어서고 있었다. 분위기가 심상치 않음을 감지한 롭상이 빠른 걸음으로 다가오며 승리에게 물었다.

"무슨 일이야?"

목발을 짚은 정인도 어느새 승리의 곁에 와 있었다.

"무슨 일이시죠?"

정인의 목소리가 한층 거세게 카페 안에 울렸다. 그때까지 승리의 가방을 뒤지고 있던 여자가 두 사람을 보고 황급히 변명하듯 말했다.

"아니 그게, 우리가 아까 여기 앉아 있었는데 지갑을 두고 갔거든요. 근데 이 학생이 모른다고 하잖아요."

여자가 슬그머니 가방을 테이블 위에 올려놓았다.

"뭐요? 그럼, 지금 이 학생을 의심한다는 거예요?"

롭샹이 발끈해 큰소리로 묻자 그때까지 승리의 외투를 들고 있던 여자도 슬며시 그것을 의자에 내려놓았다. 그걸 본 정인이 여자에게 한발 다가서며 말했다.

"우리 애가 어딜 봐서 도둑처럼 보여. 어? 당신들 지금 큰 실수 했어. 이봐요. 여기 경찰 좀 불러 줘요."

정인이 카운터를 향해 소리쳤다. 손님들끼리의 실랑이로 알고 그때까지 별 반응을 보이지 않던 종업원이 다가왔다.

"무슨 일이시죠?"

종업원이 묻자 여자가 다시 한번 지갑 이야기를 했다. 처음에는 당당했던 여자도 어쩐지 조금 자신 없는 말투였다. 잠시 여자의 설명을 듣던 종업원의 표정이 묘하게 일그러졌다. 그리고는 한 손을 들어 여자들의 말을 제지했다.

"잠깐만요, 손님."

종업원이 카운터로 달려가더니 손에 무언가를 들고 급히 다가왔다. 그녀의 손에 들려 있는 것은 빨간색 여성용 장지갑이었다.

"이거 손님 지갑 맞죠?"

지갑을 건네자 여자의 얼굴이 뭐라 말로 표현할 수 없는 표정이 됐다. 벌레를 씹은 것처럼 일그러지고 순식간에 붉게 물들어 갔다.

"사과해. 당신들 우리 애한테 당장 사과해."

정인이 소리쳤다. 목발을 짚은 정인의 손이 부들부들 떨리고 있었다. 아까부터 카페의 모든 이목이 그들에게로 쏟아지고 있던 참이었다.

"미안해요."

여자가 정인을 향해 기어가는 목소리로 말했다.

"나한테 말고 우리 애한테 하라고."

정인이 눈을 크게 뜨고 여자를 노려봤다. 정인의 목소리도 조금 떨리고 있었지만 그건 승리의 떨림과는 분명 결이 다른 떨림이었다. 두렵고 무서웠던 승리와 달리 정인은 당당했고 분노하고 있었다.

"미안해."

여자가 마지못해 승리에게 말했다. 승리는 아까부터 어깨를 들썩이며 울고 있었다.

"정중하게 사과해요. 당신들이 지금 무슨 짓을 했는지 알아요? 죄 없는 학생 하나를 도둑 취급하고 협박하고……."

롭상 역시 말을 더 잇지 못하고 있었다. 그로서는 지금 굉장한 인내심으로 화를 참는 중이었다. 어느새 꽃집에 들렸던 미현과 하영지까지 모두 그들 앞에 섰다. 승리 혼자일 거라고 생각해서 그랬을까. 막무가내였던 그녀들은 하나둘 승리를 보호하는 사람이 늘자 당황한 낯빛이 역력했다. 그렇게 옥신각신하는 동안 밖에서 여자들을 기다리던 다른 일행들까지 올라와서 사정을 듣게 되었다.

"정말 죄송하게 됐습니다. 학생, 미안해요. 용서해 줘요."

남자가 승리와 일행에게 고개 숙여 사과했다. 여자는 여전히 못마땅한 눈으로 남자를 쳐다봤다. 그도 모자라 남자에게 신경질적으로 한마디 했다.

"미안하다고 했으면 됐지. 뭘 애한테 고개까지 숙이고 그래."

남자가 여자를 날카롭게 한 번 쳐다보더니 다시 한번 고개를 숙였다.

"정말 죄송합니다. 어떻게 사과드려야 할지 모르겠습니다. 학생 정말 미안해요."

남자는 다시 정중하게 사과했다. 정인이 아까의 여자 앞으로 나섰다.

"이봐, 당신. 아직 어리고 약자라고 해서 함부로 해도 된다고 생각했다면 이제부터 그렇게 살지 마. 세상에 함부로 해도 될 사람은 없어."

남자가 거듭 사과하고 여자들에게 다시 한번 정중하게 사과하라고 말하자 여자들도 더 이상 어쩌지 못하고 고개 숙였다. 그쯤에서 마무리하고 그들이 돌아가자 일행은 놀란 가슴을 진정하느라 주문도 잊은 채 잠시 앉아 있었다.

롭상과 하영지가 일어나 카운터로 갔다.

"승리야, 많이 놀랐지?"

정인이 승리를 안아 주었다. 지금까지 승리는 정인이 참 어려운 사람이라고 생각했다. 롭상과 다르게 자신에게 한 번도 말을 놓지 않았고 말도 최대한 아꼈다. 다른 사람들에게도 마찬가지였다. 롭상은 정인이 요즘 들어 많이 달라졌다고 했지만 승리는 상상이 되지 않았다. 그 정도가 달라진 거면 전에는 어땠는지 짐작이 가지 않았다.

어린 승리에게도 존대하며 예의를 차리던 그녀가 순간 무섭게 변하고 말투부터 달라지자 다들 속으로 놀라고 있었다. 상대방을 꼼짝 못 하게 할 만큼 말투에서 엄격함과 단호함이 묻어 나왔다.

주문한 음료와 디저트를 들고 온 롭상이 승리 앞에 빨간 히비스커스차를 놓아 주었다.

"승리, 앞으로는 그렇게 먼저 울기 없기."

롭상의 말은 다정했지만 단호했다.

사실 승리가 눈물을 흘린 건 그들의 위협이 무서워서가 아니었다. 정인이 그들에게 몇 번씩이나 자신을 '우리 애'라고 지칭했기 때문이었다. 지금까지 세상에서 자신을 '우리 애'라고 불러준 이는 오직 할머니 한 사람뿐이었다. 정인과 함께 생활한 이십여 일간 그렇게 흥분한 모습을 본 적도 없고 늘 승리 양이라 부르며 존대했었다. 그런 정인이 자신을 '우리 애'라고 부르고 롭샹과 이미현, 하영지까지 모두가 승리를 보호하고 대신 맞서 줬다.

할머니 이외의 누구에게도 받아 보지 못한 지지와 응원이었다. 승리로서는 두 번 다시 겪기 싫은 아주 난감하고 힘든 상황이었다. 만약 이들이 그 자리에 함께하지 않았다면 어땠을까 생각하니 승리는 다시 쏟아지는 눈물을 주체할 수가 없었다.

일행들은 얼마쯤 승리의 마음을 이해하고 있을까. 아직 모두에게 다 열지 못한 승리의 속사정을 이제는 털어놔도 될 시간이 온 것 같았다.

이들과 있으면서 자신이 왜 제주에 왔는지 순간순간 잊고 있었다. 돌고래를 보기 위해 왔다고 했지만 사실은 이들을 만나기 위해 온 것 같은 생각이 들었다.

할머니의 갑작스러운 죽음을 겪었고 엄마가 찾아오고

나서 자신의 인생이 앞뒤로 꽉 막혀버렸다고 생각했다. 희망이라는 건 애초에 겨자씨만큼도 없고 오로지 절망뿐이라고 생각했다. 비행기 표를 편도로 끊은 이유도 어쩌면 다시 돌아갈 용기가 나지 않아서였을 것이다. 그런데 지금 무언가 서서히 자신을 향해 다가오는 따뜻한 기운이 느껴졌다. 마치 고래 떼가 물살을 헤치며 드디어 자신을 찾아오는 느낌이었다.

울고 있는 승리를 보면서 다들 복잡한 심경으로 찻잔을 만지작거리고만 있었다. 그때였다.

"갑시다, 여행. 인도든 어디든! 이 상처 많은 사람들 모두 함께 치유 여행 갑시다."

롭상이 모두를 향해 단호하게 말했다.

모두 고개를 끄덕였다. 승리도 천천히 고개를 끄덕였다.

정말로 창밖 바다에서는 무언가 빠르게 이들을 향해 헤엄쳐 오고 있었던 게 아닐까. 윤슬이 유난히 반짝였다.

작가의 말

통나무 도마를 본 기억이 있었다. 아니, 있었던 것 같다. 언제 어디였는지 정확히 기억하지 못하는 걸 보면 꿈이었을 수도 있고 그도 아니라면 내 상상 속에서 만들어 낸 장면일 수도 있다. 그런데도 그게 너무 선명해서 내내 마음속에서 떠나지를 않았다. 매끈하다고 할 수는 없지만, 말하자면 큰 통나무를 툭 잘라 와서 수피를 벗겨내고 위, 아래 수평을 대충 맞춰 생선 도마로 사용하는 듯했다. 배경이 다 지워지고 덩그러니 놓여있는 통나무 도마. 그리고 그 위에 무심하게 놓여있는 무쇠 칼 한 자루. 프레스로 찍어낸 칼이 아니라 옛날 대장간에서 불에 달구고 쇠모루에 올려 수십 번 두들겨 맞아 단단하게 단련된 무쇠 칼이었다. 두께감이 있고 투박해 보이지만 어쩐지 장인의 손을 거쳐야지만 만들어질 수 있는 작품처럼 느껴졌다. 그 칼이 통나무 중간에 칼날을 박고 반듯하게 꽂혀 있었다. 통나무도 무쇠 칼도 너무나 강렬해서 오래도록 머릿속에서 떠나지를 않고 맴돌았다.

제주도를 특별히 좋아한다. 수없이 다니면서도 바다보다 숲이 더 좋았다. 어렸을 때 물에 빠졌던 트라우마 때문에 지금도 물이 두렵다. 그런데 언제부턴가 제주에 가면 자꾸 바다에 집중하게 되었다. 거기 '제주 남방큰돌고래'가 있다고 했다. 어느 겨울에는 무작정 대정 앞바다에 간 적이 있었다. 꽤 오래 기다렸지만 추웠던 기억만 남아 있다. 몇 년이 지났지만 여전히 제주 남방큰돌고래에 집착하고 있고 아직도 보지 못했다.

오래전부터 인도에 가고 싶었다. 인도 여행기를 읽고, 영화를 보고, 아무튼 그렇게 인도를 동경했다. 이 소설을 쓰는 동안 그 작업을 수없이 반복하다 보니 마치 정말 다녀온 기분이 들 정도였다. '정말 다녀왔으면 더 실감 났을 텐데'하는 속엣말을 자주 했다.

'무쇠 칼'과 '제주 남방큰돌고래', '인도'. 세 가지의 소재가 하나의 소설이 될 줄은 나도 미처 몰랐다. 계획하지 않은 일이었는데 오랫동안 마음속에 담고 있다 보니 서로를 당겨와 하나의 이야기가 되었다. 즐겁고 신나는 일이었다. 그때부터는 시간이 가는 것도 아까웠다.

그럼에도 첫 장편이었고 확신이 없었기에 발표할 엄두를 내지 못하고 있었다. 노트북 안에 내내 잠들어 있는 채로 시간이 꽤 흘러갔다. 태생적 소심증은 꼭 그럴 때 나타난다.

　첫 소설집 『아보카도』를 토지문화관에서 교정했다. 아침마다 박경리 선생님께 문안 인사 드리듯 동상 앞에 서서 기도했었다. "장편을 쓰고 싶어요." 교정한 원고를 보내고 피드백이 올 때까지 며칠 여유가 생기면 새 소설을 쓰려고 했는데 문득 잠들어 있던 원고를 깨워서 함께 보내보고 싶었다. 어쩌면 이 작품은 선생님의 대답이 아니었을까. 새 작품 욕심내지 말고 잠들어 있는 작품부터 깨우라는. 서둘러 퇴고하고 다음 교정 원고 보낼 때 함께 보냈다. 동무들과 놀러 나가는 형님 손에 어린 아우를 달려 보내는 일처럼 염려하는 마음이 컸다. 그런데 거짓말처럼 계약으로 이어졌다. 형님 손을 놓치고 길이나 잃지 않으면 다행이라 생각했는데 순간 어엿한 청년이 되어 돌아온 자식 같았다. 지나고 보니 그 모든 일들이 우연 같고 기적 같다.

2026년 4월, 어이산실에서

김혜영

고래가 정말 올까요?

초판인쇄 2026년 4월 15일
초판발행 2026년 4월 15일

지은이 김혜영
발행인 채종준

출판총괄 박능원
책임편집 조지원
디자인 공진혁
마케팅 문선영
전자책 정담자리
국제업무 채보라

브랜드 그늘
주소 경기도 파주시 회동길 230 (문발동)
투고문의 ksibook1@kstudy.com

발행처 한국학술정보(주)
출판신고 2003년 9월 25일 제406-2003-000012호
인쇄 북토리

ISBN 979-11-7457-543-2 03810

그늘은 한국학술정보(주)의 소설 출판 전문브랜드입니다.
더운 여름날 그늘 밑에서 편하게 읽을 수 있는 책이라는 의미를 담았습니다.
세상에 없던 이야기를 발굴하고, 우리가 닿지 못한 세계의 그림자를 찾아봅니다.
스토리 속 일상의 즐거움을 발견할 수 있도록 이야기의 쉼터가 되겠습니다.